海柏利昂
HYPERION

上

丹・西蒙斯

a novel by

DAN SIMMONS

林漢昌
李漢威
譯

目錄 CONTENTS

HYPERION

楔子

霸聯領事端坐於漆黑太空船的陽臺上，用一架古老但保養得宜的史坦威鋼琴彈奏拉赫曼尼諾夫升C小調前奏曲。綠色的大型蜥狀生物在下方沼澤騰躍、怒吼。蘊釀中的雷暴雨正往北方進逼。烏黑雲朵描出整片巨大裸子植物森林的輪廓，層積雲在洶湧的空中直上九公里高。閃電劃過地平線。近船艙處，不時有模糊的爬蟲類形影撞入阻絕力場，慘叫一聲，墜入靛青迷霧裡。領事無視風暴與夜色將臨，專注於曲中某個棘手樂段。

超光速通訊接收器響起。

領事停下，手指懸在琴鍵上方，側耳聆聽。奔雷隆隆穿過厚重空氣，森林方向傳來一群食腐動物嗚嚕嗚嚕的悲號，底下陰暗某處，一隻小腦獸類不甘示弱，揚聲回應，又隨即安靜下來。此刻的寂靜中，只剩下力場的低鳴。收訊器又響了。

「該死！」領事咒罵一聲，入內應答。

電腦正轉換、解譯這波衰減中的太穹粒子，領事趁這幾秒鐘給自己斟上一杯蘇格蘭威士忌。他一坐上投影室軟墊，顯示鍵就閃現綠光。「播放。」他下達指令。

「你已獲選重回海柏利昂。」一陣嘶啞的女聲傳來，全息影像畫面尚未成形，除卻告知領事此次通訊是來自霸聯總部（天崙五中心❶）的編碼脈衝，空氣中依然空無一物。領事無需讀取傳輸座標就能得知這項資訊，他不會錯認梅娜·葛萊史東那上了年紀卻仍舊悅耳的聲音。

「你已獲選重回海柏利昂，以荊魔神朝聖者的身分。」聲音持續播送。

妳說這什麼話?領事如此想著,起身準備離開。

「你和其他六名成員已由荊魔神教會選定,並由萬事議會網路確認。基於霸聯的利益,你必須接受。」葛萊史東道。

領事佇立在船艙內,背對閃爍不定的符碼,動也不動。他並未轉身,反倒舉起酒杯,將所剩的威士忌一飲而盡。

「情況令人捉摸不定。三個標準週前,領事館和自治議會通知我們,時塚有開啟的跡象。圍繞在四周的反熵場正迅速擴張,荊魔神的活動範圍也向南延伸到馬轡山脈。」葛萊史東的聲音帶有倦意。

領事轉過身,跌坐在軟墊上。此時梅娜.葛萊史東年邁的臉孔也完成顯像,眼神看起來和聲音同樣疲憊。

「一支宇宙軍特遣隊已經立刻從帕爾瓦蒂❷星系出發,希望能在時塚開啟前撤離海柏利昂上的霸聯公民。他們的時債將略多於三個海柏利昂年。」她稍事停頓。在領事腦海裡,參議院首席執行官的面容未曾如此嚴厲。「我們不知道撤離艦隊能否及時抵達,但情況甚至更複雜。我們偵測到,一群至少

---

❶ 天崙五中心(Tau Ceti Center)是本故事所虛構的假想行星。天崙五為鯨魚座τ星,距離太陽系十一.九光年,質量與光譜和太陽頗為類似。

❷ Parvati,印度教女神,為濕婆(Shiva)之妻。

含有四千……單位……的驅逐者遷徙團正朝海柏利昂星系前進。我們的特遣隊大概只會比他們早一點到達。」

領事明白執行官的遲疑。驅逐者遷徙團往往包括各式船艦，小自單人駕駛的「小綿羊」，大至「罐頭城」「彗星堡」這類可容納上萬星際蠻族的龐然巨物。

葛萊史東繼續道：「霸軍參謀長聯席會相信，這次行動是驅逐者的巨大攻勢。」太空船的電腦將全息影像定位完畢，因此女子沮喪的棕色眼眸看起來就像正對著領事。「至於他們只是想要控制海柏利昂，好拿下時塚，還是打算全面進攻整個萬星網，仍有待觀察。同時，一支滿編並配署傳送門建造營的宇宙軍戰鬥艦隊已從坎姆星系開拔，預備加入撤離特遣隊。但我們有可能為了因應戰局變化而召回。」

領事點點頭，心不在焉地把酒杯舉到唇邊，發現杯子是空的，眉一皺，將杯子丟往投影室內的厚重地毯。就算沒受過軍事訓練，他也能了解執行官和參謀長聯席會所面臨的戰術難題。除非能不惜一切在海柏利昂星系趕工完成軍用傳送門，否則恐怕無法抵擋驅逐者的侵略。那些可能隱藏在時塚內的祕密也會落入霸聯敵人之手。倘若艦隊真的及時建好傳送門，而且霸聯也將所有軍力投入遙遠孤立的海柏利昂殖民星系，萬星網就得冒著驅逐者從其他邊疆地區進攻的可怕風險。在最糟的情況下，這些野蠻人甚至有可能奪取傳送門，突破萬星網的防線。領事試圖想像全身披掛的驅逐者部隊開進傳送甬道，攻入上百顆星球內毫無防備的主要都市。

他穿過梅娜・葛萊史東的全息影像，取回酒杯，又倒了一杯威士忌。

「你已被選派加入荊魔神朝聖團。」年邁的首席執行官影像繼續說著，媒體頗喜歡將她和林肯、邱吉爾、艾瓦瑞茲·天普，或隨便哪個時下當紅的前聖遷時期❸歷史傳奇人物相提並論。「聖堂武士團派出他們的樹船『世界之樹』❹號，撤離特遣隊的指揮官也收到放行的命令了。三週的時債內，你都可以在世界之樹號從帕爾瓦蒂星系進行量子跳躍前跟他們會合。荊魔神教會所遴選的其餘朝聖者屆時也已登艦。我們的情資顯示，七位朝聖者中，至少有一名是驅逐者的奸細。此時……我們仍無法得知……這個人究竟是誰。」

領事不由得笑了。葛萊史東除了要承擔諸多風險，這位老邁的女人還得考量他就是間諜的可能性。她會不會正把重要情報傳給驅逐者的探子？但這位首席執行官給了他任何關鍵資訊嗎？艦隊只要一啟動霍金空間跳躍推進器❺，就會有人偵測出船艦動態，所以假設他真是奸細，首席執行官的洩祕也可能是在嚇阻他。他笑意消失，又喝起威士忌。

「索爾·溫朝博和費德曼·卡薩德也在獲選的七人之中。」葛萊史東說道。

---

❸ Hegira，原指西元六二二年回教創始者穆罕默德從麥加到麥地那的逃亡，亦為回教紀元之始。在本故事中則另有他意。艾瓦瑞茲·天普（Alvarez-Temp）則為西班牙語姓名，此處當為作者虛構人物。

❹ Yggdrasill，北歐神話中支撐全宇宙諸世界的巨大樹木。

❺ 所指涉的應為英國理論物理學家史蒂芬·霍金（Stephen Hawking），著有《時間簡史》（*A Brief History of Time*）等書。

領事眉頭更加深鎖。他凝視著數碼構成的雲霧，那雲霧有如微塵，在女子影像的四周閃爍不定。超光速傳輸還剩下十五秒。

「我們需要你的幫助。」梅娜・葛萊史東道。「時塚和荊魔神史萊克的謎團一定得解開。這次朝聖可能是我們最後的機會。如果驅逐者終究還是征服了海柏利昂，你一定要不惜代價消滅間諜，並且封閉時塚。霸聯的存亡或許就在此一舉。」

通訊結束，只留下一束脈衝標明會合點的座標。「要回覆嗎？」船上的電腦詢問著。儘管要耗費極高的能源，這艘太空船仍有辦法將簡短的編碼資料串送入巨量的超光速信號流，而正是這永不止息的信號流，將銀河系內的人類世界串連起來。

「不。」領事說著步出門外，倚靠在陽臺的欄杆上。黑夜降臨，雲層低垂，諸星不見影蹤。除了北方間歇的雷電閃光和濕地漫起的微弱磷火，四下是絕對的黑暗。就在此刻，領事驚覺他是這無名世界裡唯一的意識體。他聆聽沼澤的亙古夜聲，想著早晨，想著乘第一道曙光駕駛維肯電磁車出發，在日照下度過一整天，想著在南方蕨林追捕大型獵物，傍晚回到船上享受美味牛排和冰涼啤酒。領事想著狩獵的強烈快感和孤獨所帶來的同樣強烈的撫慰——那孤獨是他在海柏利昂的痛苦與噩夢中贏得的。

海柏利昂。

領事入內，收攏陽臺，在首波沉重雨點開始墜落之際封閉全船。他攀上旋梯，前往船頂的臥艙。除了靜默的電光映照著天窗外的雨水涓流，圓形房間一片漆黑。領事脫下衣物，躺臥在穩固的墊子上，開啟音響系統和船外的收音裝置，靜靜聆聽，風暴的怒吼與華格納〈女武神的騎行〉的激昂樂章融為一體。颶風陣陣衝擊船身，天窗炫閃，雷鳴充盈房內，殘影則烙在領事的視網膜上。

華格納只適合在雷暴時欣賞啊，他這麼想著。雙目未張，閃電仍能穿透閉合的眼簾。他憶起時塚旁的矮丘，冰晶光芒劃過頹圮廢墟，還有荊魔神史萊克那棵難以置信的樹，樹上的金屬尖刺發出的鋼鐵光澤比冰晶光芒還冷。他還記得當晚的狂嘯，以及史萊克百目複眼那殷紅如寶石及鮮血的凝視。

海柏利昂。

領事默默命令電腦關閉所有揚聲器，舉起手腕遮蔽雙眼。在驟然的寧靜中，他躺著思索重回海柏利昂有多瘋狂。他在那顆遙遠謎樣的行星擔任領事十一年，期間神祕的荊魔神教會批准過十二次境外朝聖團出發前往群山以北、時塚四周那塊強風吹襲的不毛之地。這些人無一歸來。而那還是在平常時期，魔神為時潮與無人理解的力量所囚禁，反熵場局限於時塚方圓數十公尺內，更沒有驅逐者入侵的威脅。

領事想著橫行於海柏利昂各個角落的荊魔神史萊克，這具怪物蔑視物理定律，只以死亡來溝通，令上百萬名當地人與數千霸聯公民茫然失措。儘管艙內溫暖依舊，他仍不禁打了個寒顫。

海柏利昂。

黑夜與暴雨終於過去。黎明將至，另一波風暴前緣卻搶先一步。暴雨將至，兩百米高的裸子植物也彎下樹身，不住地拍打。就在第一道曙光展現之前，領事的漆黑太空船拖著藍色電漿凝尾筆直升空，刺穿增厚中的層層雲朵，攀上天際，前往會合。

HYPERION

I

領事醒轉過來，伴隨特別的頭痛、喉乾症狀，並感覺到自己遺忘了上千個唯有冷凍神遊階段才能經歷的夢境。他眨了眨眼，於低矮臥榻坐直，頭昏眼花地將皮膚上僅剩的感測膠布撕開。兩個奇矮的複製人船員與一名身材高大、頭戴兜帽的聖堂武士和他同在這沒有窗戶的蛋形房間。其中一個複製人端給領事以傳統方法解凍的柳橙汁。他接下杯子，貪婪地牛飲。

「本樹距離海柏利昂尚有兩光分，航行時間約為五小時。」聖堂武士說道，領事才發覺向他報告的正是聖堂樹船船長、「世界之樹真言者」海特．瑪斯亭。茫然中，領事約略了解到船長親身前來叫喚乃是極高的殊榮，但他仍受神遊影響，腦袋實在過於昏沉，無法表達謝意。「其他人在幾個小時之前就已經清醒，並在主餐廳甲板集合了。」瑪斯亭示意複製人離開。

「咳呵。」領事出聲，喝了口飲料，清清喉嚨再試一次。「謝謝你，海特．瑪斯亭。」他勉力應答。環顧房內，深綠青草權充地毯，半透明的牆壁，以及完整無拼接的彎曲梁木所構成的支撐拱肋，領事明白他必定身處於較小型的環境莢艙。閉上眼睛，他試著喚醒在量子跳躍前一刻與樹船會合的記憶。

領事想起他逐步接近這艘長達一公里的樹船時，第一眼見到的印象。船體細部為備用機具和由耳格❶生成、如球狀迷霧般環繞在四周的阻絕力場所遮蔽，因而模糊不清。儘管如此，這枝葉扶疏的巨物依然金光閃閃，萬千光點柔和地穿透葉片及薄壁的環境莢艙，或是沿著數不清的甲板、船橋、指揮平臺、樓梯和涼亭映照全船。工程與貨物球艙像過大的蟲癭叢生在樹船基部周圍，藍紫色的引擎噴流拖曳其後，彷彿十公里長的樹根。

「其他朝聖者正恭候大駕。」海特．瑪斯亭輕聲說道，並向領事行李所在的矮墊點頭示意。箱子等候指令，預備開啟。這位聖堂武士若有所思地凝視著屋梁椽木，領事同時也起身換上半正式的晚宴服裝：寬鬆的黑長褲、光亮的登船靴、手腕與肘部特別膨大的白色絲質上衣、黃玉色領口繫帶、黑色半身外套掛上緋紅條紋的霸聯肩章，以及柔軟的金色三角帽。彎曲牆壁的一部分變作鏡子，領事注視著映照出來的形象：一名身穿半正式晚禮服的男子，歲數已過中年，皮膚因日照而黝黑，但憂傷的雙眼下方卻異常蒼白。他皺了皺眉，點點頭，隨即轉身。

船長比了個手勢，領事立刻跟在這身著長袍的高大身軀之後，穿過莢艙寬敞處，直到一條向上的通道。小徑繞著樹船巨大主幹構成的樹皮艙壁盤旋而上，消失於視線之外。領事暫停腳步，移向走道邊緣，又急忙後退一步。往下起碼有六百公尺深，旁邊也沒有欄杆保護——由於埋在樹基的奇異點產生六分之一標準重力，物體是會往下墜落的。

他們一言不發，繼續往上走。離開主要幹道三十公尺，繞經樹幹半圈，穿越輕巧脆弱的吊橋，步入一段五米寬的樹枝。沿著這條向外的通道，兩人來到一個枝葉繁茂的地方，海柏利昂主星的光芒自葉間縫隙微微閃耀。

❶ erg，原為物理學中能量的單位，等於一千萬分之一焦耳。在本書中作者借用該名詞作為某種能產生力場的神祕動物名稱，詳見第五章。

「我的船已經移出倉庫了嗎？」領事問道。

「她已經加滿燃料，並在第十一號球艙內備便。」海特・瑪斯亭回答。此刻他們進入樹幹陰影，透過葉縫暗處可見群星。「如果獲得霸軍當局的首肯，其他朝聖者願意搭您的船著陸。」他補充說明。

領事揉揉眼睛，很希望能有更多時間，從冷凍神遊中恢復智能。「你們已經和特遣隊接觸過了？」

「噢，是的。在我們穿出量子跳躍的同時，就收到他們的呼叫。現在……一艘霸聯戰艦……正護衛著我們。」船長指了指上頭的天空。

領事斜眼向上瞥，此時上層樹枝卻旋離樹蔭，整畝的葉片在陽光下紅得發火。就算在陰暗處，螢鳥聚集，像日式燈籠高高掛在明亮的走道、發光的盪藤和閃耀的吊橋之上，來自元地球的螢火蟲和茂宜❷—聖約星的游絲一閃一爍，井然有序穿過樹葉迷陣，這些光源混雜星點，足以迷惑最通曉星象的航行家。

瑪斯亭走進一個由鬚狀碳索所支撐的吊籃，繩索彼端沒入頂上三百公尺高的樹木。領事跟進，兩人靜悄悄地垂直上升。他注意到除了些許聖堂武士和矮小的複製人船員，所有走道、莢艙和甲板顯然空空蕩蕩，杳無人跡。領事回想起他趕忙從會合處前往進入冷凍神遊的期間，並沒有遇見其他旅客。但在當時即將進入量子跳躍的急迫下，他拋開了這個疑慮，認為這些人都安穩地躺在臥榻。然而，現在樹船正以遠低於光速的速度航行，她的枝椏應該布滿被如此景色嚇呆的人群。他向船長提及所觀察到的現象。

「您們六位是本樹僅有的旅客。」瑪斯亭解釋道。吊籃停靠在糾結不清的葉簇中，樹船船長領路，步上一具年代甚久，日益斑駁的木造電扶梯。

領事吃驚地瞥了一眼。正常情況下，一艘聖堂武士的樹船可搭載兩千到五千名乘客，這也是大家公認最喜歡的星際航行方式。樹船在橫渡相隔僅數光年的星系時，不但景色宜人、需時短暫，所產生的時債也很少超過四、五個月，正因如此，裡頭的大批旅客所必須承受的冷凍神遊時數也得以降至最低程度。往返海柏利昂星系一趟，這艘船就累積了六個萬星網標準年的時間無法進帳，想必聖堂武士們也蒙受了巨大的經濟損失。

接著，領事才後知後覺地領悟到：其實樹船最適合執行即將到來的疏散任務，而所有營運費用絕對是由霸聯全額支付。儘管如此，領事也明瞭，開著像世界之樹號這麼美麗又無防衛能力的太空船（同級船艦僅僅不過五艘）進入戰區，聖堂武士兄弟會也實在冒著極高的風險。

「諸位朝聖夥伴。」海特．瑪斯亭和領事登上一處寬闊平臺時，船長如此宣布，那邊已經有一小群人在木製長桌的角落等待。頭頂上星光閃爍，不時隨著樹船改變航向和角度而旋轉。平臺兩側由茂密枝葉構成的堅實障壁，如同巨大水果的綠色外皮，勾勒弧線，向外伸展。其餘五名旅客起身讓瑪斯亭

❷ Maui，取名自美國夏威夷州的第二大島茂宜島。茂宜島是夏威夷群島中最佳的觀鯨點，每年秋季有上萬隻座頭鯨洄游到此島附近過冬。

坐上餐桌首位之前，領事立刻便認出這是船長餐廳平臺的擺設。他發現在船長左手邊，有張空位等他入席。

當所有人都安靜地坐定下來，海特．瑪斯亭便開始正式介紹。儘管領事和這些人素昧平生，有幾個名字還算熟悉，他也利用長久以來所受的外交官訓練，歸納整理每位成員的身分及印象。

領事左邊坐著雷納．霍依特神父，隸屬於一個名為「天主教」的舊式基督教派。好一會兒，領事忘卻那一襲黑衫和羅馬領結的重要性，但他隨即憶起將近四十個標準年前於希伯崙❸結束極其不幸的首次外交任務後，進入當地的聖方濟醫院接受酒精中毒治療的景況。而且霍依特這個名字也讓領事聯想起自己就任於海柏利昂期間另一位失蹤的教士。

在領事的眼裡，雷納．霍依特算是個頂多三十歲出頭的年輕人，可是外表看起來彷彿不久之前才因為某種事物促使他急速衰老。領事看著那張瘦削的臉龐：顴骨緊貼氣色不佳的灰黃皮肉，眼睛雖大，但瞇著深陷眶內，雙頰肌肉不住抽搐，薄唇因而過度下翻，連冷嘲熱諷的哂笑都談不上，髮線像是受到輻射傷害，開始後退，但不甚明顯。他覺得自己正盯著一個臥病多年的男人。不過，領事仍驚訝地發現，隱藏在痛苦的面具背後，依然殘存著年輕男孩的形象，圓潤的臉蛋、細緻的肌膚，還有柔嫩的嘴唇，儘管至為模糊，這些仍曾屬於那個年輕、健康，而較不憤世嫉俗的雷納．霍依特。

教士的另一邊坐著一名男子，好些年以前，大多數的霸聯公民對他應該並不陌生。不知現在萬星網內群眾的注意力是否和領事當年還居住其間的時候一樣短暫？或許還更短吧。倘若如此，那麼人稱

「南布列西亞屠夫」的費德曼．卡薩德上校，可能不再惡名昭彰，或說美名遠播。但是對領事同輩或資訊不甚流通的邊疆地區居民而言，卡薩德並不是那種容易被遺忘的人。

上校身材高大，幾乎可和兩米高的海特．瑪斯亭四目平視，他穿著黑色霸軍制服，卻並未佩戴階級肩章和勳表。說也奇怪，黑色制服倒和霍依特神父的裝束頗有幾分雷同，但這兩個人的外觀並沒有任何相似之處。迥異於霍依特的頹廢，卡薩德膚色紅棕，體格明顯健壯，精瘦如鞭柄，毫無贅肉，肩頭、手腕和喉部展現出肌肉的線條。他的眼睛小而深邃，有如某種老式攝影機鏡頭綜覽四周景物，毫無遺漏。有稜有角的臉，由多處平面和陰影所構成，好似刻劃過的冰冷石頭，而不像神父的面容，消瘦且憔悴。下巴一道細鬚就像刀鋒上的鮮血，更加凸顯他銳利的外貌。

上校專注緩慢的動作，讓領事想起多年前在盧瑟斯❹星某家私人種船動物園裡看過的地球原生美洲豹，他更沒有因為上校聲音輕柔而沒察覺到，就算上校一言不發，也能使人乖乖立正站好。

長桌幾乎空空蕩蕩，所有人都集中在一端。費德曼．卡薩德對面坐著一名男子，經過介紹，才知道是詩人馬汀．賽倫諾斯❺。

---

❸ Hebron，原指中東古城，位於約旦河西岸，耶路撒冷南方三十公里處，為猶太教、基督教及伊斯蘭教的聖地。一九九四年曾發生種族屠殺。

❹ Lusus，原字義為「畸形物」。

❺ Silenus，賽倫諾斯典出自希臘神話，為酒神戴歐尼修斯的養父暨摯友，經常以醉酒騎驢的形象出現。

賽倫諾斯的形象恰與對座的軍人完全相反。卡薩德身形高大精瘦，賽倫諾斯卻個頭矮小，而且健康狀況明顯不佳。相較於上校嚴峻的五官，詩人的臉孔表情豐富多變，頗為類似地球的靈長類動物。他的聲音宏亮，鄙俗而刺耳。領事總覺得馬汀・賽倫諾斯的外表展露出某種宜人的魔性：紅通通的臉頰、寬闊的嘴巴、挑起的眉毛、尖尖的耳朵，不停比畫的雙手所生出的細長手指頗適合於鋼琴演奏——抑或，把人掐死。詩人的滿頭銀髮也粗糙地剪成參差不齊的瀏海。

馬汀・賽倫諾斯看來年近六十，但領事觀察到他的喉頭與手掌上浮現不正常的藍色，因此懷疑此人已經接受過多次波森延壽療程。他的真實歲數可能在九十到一百五十標準年之間。如果真的接近後面那個數字，領事明白，詩人八成瘋得不輕。

生氣勃勃、縱情喧鬧，是賽倫諾斯在初次見面時的外在表現，相形之下，下一位賓客的沉靜含蓄所散發出的智慧氣息也著實令人印象深刻。當介紹到他的時候，索爾・溫朝博抬了抬頭，領事則注意到這位知名學者短而灰白的鬍鬚、滿布皺紋的額頭，還有那憂鬱卻不減其璀燦的眼眸。領事也曾耳聞「流浪的猶太人」❻故事和那毫無希望的追尋，然而，當他發現這老人臂膀上抱著一名僅僅只有數週大的嬰孩，也就是他的女兒蕾秋，還是感到十分震驚。他不忍卒睹，於是把視線移開。

第六位朝聖者布瑯・拉蜜亞❼，也是團中唯一的女性。介紹到這名偵探時，她盯著領事猛瞧，甚至在她轉頭之後，領事依然能感受到她的眼神所帶來的壓力。

拉蜜亞以往是盧瑟斯星的公民，由於該星重力達一・三G，所以她的身高並未超過在她右方隔了兩張座椅的詩人。然而就算穿著寬鬆的燈籠式登船裝，仍掩蓋不了她結實身軀上的層層肌肉。黑色鬈髮及肩，眉毛則是兩條濃密黑線水平形成一字，鼻肉厚實、鼻梁挺拔，瞠視因而更加有神。拉蜜亞的嘴巴寬闊、表情豐富，顯得頗富感性，嘴角帶著淺笑稍稍上揚，不知這意味著殘酷，或者只是俏皮的一笑。她烏溜溜的雙眼彷彿向旁人挑戰，要他們猜猜笑容的真正意義。

領事心想：布瑯・拉蜜亞說不定能稱得上美麗。

介紹告一段落，領事清了清喉嚨，轉向聖堂武士。「海特・瑪斯亭，你說過朝聖者總共有七位。難道第七位是溫朝博君的小孩嗎？」

瑪斯亭的兜帽從一側緩緩轉向到另一側。「不。只有意識清楚，決心要追尋荊魔神的人，才算是朝聖團的一員。」

桌旁一行人微微騷動。大家必定都明白領事所想的：要獲得荊魔神教會贊助北上朝聖，團中成員數量必得是個質數。

---

❻ The Wandering Jew，原指基督教傳說中的人物，由於他在耶穌被押赴釘十字架刑場的途中對其辱罵，因而被詛咒在世間不停流浪，直到基督再度降臨為止。此處指的是索爾．溫朝博的故事，見第四章。

❼ Brawne Lamia，這個名字是由兩個和詩人約翰．濟慈（John Keats）有關的女性人名結合而成。一是他的未婚妻法蘭西絲．布瑯（Frances Brawne，通常以小名芬妮稱呼之），其二是他的著名詩作〈拉蜜亞〉（*Lamia*）中的同名母蛇精主角。

「我就是第七個。」海特．瑪斯亭，這位聖堂樹船世界之樹號的船長暨世界之樹真言者說道。宣布完畢，全場一片寂靜。瑪斯亭比了比手勢，複製人船員們開始為朝聖者送上著陸前的最後一餐。

「所以驅逐者還沒進入海柏利昂？」布瑯．拉蜜亞問道，嘶啞的喉音使領事心中萌生奇異的感覺。

「還沒有，不過我們也只比他們早幾個標準天而已。儀器已經偵測出星系外圍的歐特雲❽有小規模的核融合戰爭。」海特．瑪斯亭回答。

「會打仗嗎？」霍依特神父提問，他的聲音和表情一樣疲憊。沒有人想要回答，於是教士把頭轉向右邊，似乎要詢問領事相同的問題。

領事嘆了口氣。複製人船員送上紅酒，但他想喝的是威士忌。「誰知道那些驅逐者會做出什麼事？他們早就不再依照人類的邏輯行事了。」

馬汀．賽倫諾斯放聲大笑，揮舞的雙手濺出酒液。「聽你的意思，好像是說我們他媽的人類就會遵守人類的邏輯囉？」他豪飲一口，擦擦嘴，又笑了起來。

拉蜜亞皺眉道：「如果正式的戰鬥太早開始，也許當局會不允許我們著陸。」

「我們會獲得許可。」瑪斯亭說。陽光像找到路似地鑽進斗篷的皺褶，映照出淡黃色的皮膚。

「就算逃過戰火中不可避免的死亡，也躲不了荊魔神必殺的毒手。」神父小聲嘟囔著。

「宇宙間沒有死亡！」❾馬汀．賽倫諾斯高聲吟誦，領事確信就算是沉睡於冷凍神遊的人也會因而驚醒。詩人喝乾所剩的紅酒，高舉空杯，明顯向群星祝頌：

沒有死亡的氣息——死亡永不存在⑩。哀嚎，哀嚎，
哀嚎啊！希布莉⑪，哀嚎罷！妳邪惡的嬰孩
已將天神化為陣陣痙攣。
哀嚎啊！兄弟們，哀嚎罷！我的神力不再，
衰微似葦荻——虛弱——一如我氣若游絲——
噢，噢，那痛楚，那無力的痛楚。
哀嚎，哀嚎，我凍結的身軀漸次消融……

賽倫諾斯戛然而止，再給自己斟上一杯。其間還打了個嗝，突破朗誦之後的靜默。其餘六人面面

---

❽ Oort cloud，是一個假想包圍著太陽系、半徑約一光年的球體雲團，布滿數十億至數兆顆不活躍的彗星，天文學家推測可能為彗星的發源地。

❾ 連同以下詩句片段，出自濟慈〈海柏利昂的殞落〉（*The Fall of Hyperion*）第一篇章，第四二三～四三〇行。

❿ 作者在此改動了詩句內容，「死亡永不存在」（there shall be no death）原為「死亡應會存在」（there shall be death）。

⓫ Cybele，古代小亞細亞地區所崇拜的大地女神，等同於希臘神話中的莉亞（Rhea）。

相覷。領事注意到索爾．溫朝博淺笑著，直到懷抱中的嬰兒動了一下，吸引他的注意。

「好吧。」霍依特神父猶豫地接腔，似乎要拉回原來的思緒：「假設霸聯的護衛艦隊離開，讓驅逐者拿下海柏利昂的話，占領過程或許不會流血，那他們就會讓我們做自己的事。」

費德曼．卡薩德上校輕笑道：「驅逐者絕對不會想占領海柏利昂。如果他們攻下這顆行星，必定會大肆搜刮，為所欲為。他們會把城市燒成焦炭，然後把焦炭打成碎片，一直烤到發紅為止。他們還會融化極區冰塊、煮沸海洋，用剩下來的鹽渣醃漬陸地上殘留的事物，這樣一來，那些土地就再也長不出什麼東西了。」

「唔……」神父想要應答，卻又把話吞了回去。

於是，在複製人收拾餐前湯和沙拉盤，端上主菜時，這群人沒再交談。

「你說有艘霸聯戰艦正護衛著我們？」享用完烤牛肉和水煮天空烏賊之後，領事向海特．瑪斯亭再次確認。

聖堂武士點點頭，指出船艦的方向。領事瞇眼看去，卻沒發現旋轉的星空裡有什麼物體正在移動。

「用這個。」費德曼．卡薩德彎腰越過霍依特神父，遞給領事一具折疊式軍用雙筒望遠鏡。領事頷首致謝，拇指按壓電源開關，開始掃描瑪斯亭所指的空域。鏡中陀螺儀水晶微微蜂鳴，同時穩定鏡頭，以設計好的模式進行掃描。霎時間，影像靜止、閃動、放大，而後固定下來。

領事看到霸聯戰艦的影像塞滿了整個畫面，不由得倒吸一口氣。那既非他預想的單人「小綿羊」受到力場影響所呈現出的模糊光點，也不是炬船所形成的球根狀，電子描繪的輪廓在在顯示那是一艘毫無光澤、完全漆黑的攻擊母艦。它氣勢驚人，千百年來也唯有軍艦才能如此引人注目。這艘霸聯空間跳躍船的艦體連同它四具備戰狀態下收起的機械吊臂構成不甚協調的流線，六十公尺長、探針狀的艦橋如同克洛維斯尖器⓬一般銳利，而它的霍金推進器和核融合泡形罩遠遠落在矛桿狀太空船的尾部，好似箭上的羽毛。

領事一言不發，將望遠鏡交還給卡薩德。倘若特遣隊派出一艘全副武裝的攻擊母艦來為世界之樹號護航，那他們到底安排了多大的陣仗來面對驅逐者的侵攻？

「我們還要等多久才能登陸？」布瑯．拉蜜亞問道。她試著使用通訊記錄器存取樹船的資料球，但顯然對她所找到的內容，或者該說是沒有查到的東西，感到十分失望。

「再四個小時進入軌道，再加上搭乘登陸艇的幾分鐘。我們的領事朋友已經答應用他的私人飛船載各位下去。」海特．瑪斯亭輕聲回答。

「到濟慈市嗎？」換索爾．溫朝博發問了。自晚餐上菜之後，這是學者第一次出聲。

⓬ 史前印第安文明所使用的燧石製尖器，約有一萬三千餘年的歷史，首次於美國新墨西哥州的克洛維斯出土，分布範圍可達北美與中美洲各地。這種尖器是笛狀，可供投擲的物體，考古學家相信可將之綁在矛上使用。

領事點頭，解釋道：「那裡仍然是海柏利昂唯一的民用太空港。」

「太空港？」霍依特神父語氣頗為憤怒：「我以為我們會直接前往北方荊魔神的領地。」

瑪斯亭耐心地搖頭：「朝聖之旅一直都是從首府開始出發，花上幾天的時間抵達時塚。」

「好幾天？這沒道理嘛！」拉蜜亞不屑地駁斥。

「或許吧。」船長同意她的話。「但毫無疑問，事實就是這樣。」

神父幾乎沒有進食，但是整張臉看起來就像晚餐裡有某種食物使他消化不良。「喂，難道我們這次就不能換換規矩嗎——我是說，為因應戰爭的威脅等等，直接就降落在時塚還是什麼地方的旁邊，趕快辦完不就得了？」

換領事搖頭了：「近四百年來，不少太空船或飛行器嘗試抄近路直達北方荒野，但就我所知，沒有人成功過。」

「可不可以問個問題？」馬汀．賽倫諾斯就像上學的小孩子一般高興地舉手：「那一狗票的船究竟發生了什麼他媽的鳥事？」

霍依特神父對著詩人皺起眉頭，費德曼．卡薩德倒是輕輕笑著。索爾．溫朝博補充說明：「領事的意思並不是那塊地方完全無法接近。任何人都可以利用船艦或是各種陸路抵達目的地。那些太空船或航空器也沒有消失，它們能輕易地降落在廢墟或時塚的旁邊，就像返回電腦原先所設定的地方一樣簡單。只不過駕駛員和乘客從此消失不見。」學者從懷中舉起沉睡的嬰兒，將她安置到掛在頸上的揹巾裡。

「那些老掉牙的傳說是這麼說的。」拉蜜亞說：「船上的日誌怎麼寫的？」

領事答道：「什麼也沒有。沒有暴力介入、沒有武裝入侵、沒有偏離航道。沒有無法解釋的時光間隙。沒有不尋常的能量放射或損耗。沒有任何具體的異常現象。」

「也沒有乘客。」海特．瑪斯亭補上一句。

領事過了半晌才意會過來。如果瑪斯亭的確是在開玩笑，那這就是他這輩子和聖堂武士打交道以來，第一次看到有那麼一個表現出些許幽默感。可是領事看著船長斗篷底下微微帶點東方色彩的臉孔，找不出一絲戲謔意味。

「好一齣情境喜劇啊！」賽倫諾斯大笑。「真是現實世界當中連耶穌基督也要哭泣的冤魂之海⓭，而我們正朝向那兒前進哩！不管怎樣，到底是誰安排了這一屎桶的噁爛劇情？」

「給我閉嘴！老頭！你喝醉了！」布瑯．拉蜜亞怒斥。

領事嘆了口氣。這些人聚在一起的時間還不到一小時呢。

複製人船員清走碗盤，端出甜點，包括雪酪凍、咖啡、樹船果、巴伐利亞葡萄，以及特調文藝復

⓭ Sargasso，即指馬尾藻海（The Sargasso Sea），是北大西洋西部由四道洋流包圍而成的一處海域，也是地球上唯一沒有海岸線的海。海面因漂浮巨量馬尾藻而得名。著名的百慕達三角即位於其西側，許多神祕失蹤事件在此發生，因而惡名昭彰。冤魂之海原文 Sargasso of Souls，是為借喻。

興巧克力飲品。馬汀・賽倫諾斯揮手拒絕了點心，叫那些複製人再給他一瓶葡萄酒。領事想了幾秒鐘，然後指明要來杯威士忌。

「我想到了，我們的生死存亡也許得仰賴彼此之間的談話。」用完甜點之後，索爾・溫朝博對著大夥兒重啟話題。

「你這話是什麼意思？」布瑯・拉蜜亞問道。

溫朝博不經意地搖了搖胸前熟睡的嬰孩。「打個比方，在座諸位有誰知道自己為何被荊魔神教會和萬事議會選上，來參加這次朝聖？」

眾人不發一語。

「我想沒有吧？」溫朝博繼續說著：「更有趣的是，這邊有哪一位是荊魔神教會的成員或信徒？拿我自己來說，我是猶太人，不管這些年來我的宗教觀變得多麼混亂，但可不包括信奉一具有機的殺人機器在內。」他揚起厚重的眉毛，環視全桌。

海特・瑪斯亭答道：「我是世界之樹的真言者。有不少聖堂武士相信荊魔神是天神下凡，來懲罰那些不從樹根攝食的人們。但我必須說這種異端邪說並不存在於聖約或謬爾先知⓮的記載之中。」

船長左邊的領事聳聳肩：「我是個無神論者，也從來不曾和荊魔神崇拜有過任何接觸。」他一邊說著，一邊將斟上威士忌的酒杯舉向光源。

霍依特神父笑了，笑意中不見一絲幽默：「天主教會授與我聖職，而荊魔神信仰卻完全牴觸教會所捍衛的真理。」

卡薩德上校搖頭，不知是拒絕回答，還是否認他屬於荊魔神教會的一分子。

馬汀．賽倫諾斯則擺出誇張的姿態。他說：「我受洗成為路德教派的一員，這條支脈現在已經不存在了。我也在你們老爸老媽出生之前出力創建諾斯替禪⑮。我曾經是個天主教徒、天啟論者、新馬克思主義信徒、介面狂熱分子、受戒的震顫派⑯信眾、撒旦教徒，當過傑克虛無教派的主教，還是保證轉世協會的付費會員。現在，我可以很高興地說，我只是單純的有神就拜。」他向在場所有人微微一笑。「對我這種人來說，荊魔神是最值得信仰的神祇了。」詩人作了結論。

「管它什麼宗教，我才不會向它們屈服呢。」布瑯．拉蜜亞說。

「我相信我的論點已經成立了。」溫朝博道：「我們之中沒人供稱自己認同荊魔神的教義，可是這個宗教團體的長老卻挑上我們，而略過了上千萬衷心祈求能前往參拜時塚……還有他們那凶惡主神……的信眾，更何況這一回很有可能是類似朝聖中的最後一次。」

---

⑭ Muir，應指約翰．謬爾（John Muir, 1838-1914），美國博物學家，負責籌建加州的紅杉國家公園，並倡議美國聯邦府採取森林保護政策。

⑮ Zen Gnosticism，諾斯替教是一種融合多重信仰，把神學與哲學結合在一起的 傳宗教，強調從內在直覺的真知獲得救贖，西元一至三世紀流行於地中海東部。作者在此將禪學與諾斯替教結合，成為一種新的宗教。

⑯ Shaker，從英國公誼會分出的美國基督教新教派別，信徒在宗教儀式中全身顫動，因而得名。

領事搖搖頭說：「溫朝博君，你的論點或許成立，但我仍然不懂你的意思。」

學者下意識地捋一下鬍鬚。「事情似乎是這樣：我們重返海柏利昂的理由具有高度的強制力，以致於連荊魔神教會和霸聯的機率情報單位都同意我們應該要再回去。」他解釋道：「有些原因——拿我作例子好了——可能全世界都知道，但我很確信除了在座各位，沒人能夠全盤了解這些背後的因素。所以我建議大家在接下來的幾天當中，彼此分享自己的故事。」

「為什麼？」卡薩德上校反駁：「感覺沒什麼意義。」

溫朝博微笑回應。「剛好相反，它最起碼是一種娛樂，至少也可以讓我們在荊魔神還是其他災禍將大夥兒分開之前，稍稍窺探一下同行旅伴的靈魂。除此之外，如果我們夠聰明，能從過去經驗裡找出哪條共同的絲線，將大家的命運和荊魔神不可預知的意念緊繫在一起，或許可以領悟到保命的方法。」

馬汀．賽倫諾斯大笑出聲，他合上雙眼，開始吟誦：

各自騎乘海豚背上
搭扶鰭翅穩坐，
無辜的人兒重新經歷死亡，
傷口再次迸裂。⑰

「蕾妮斯塔的作品，是吧？」霍依特神父問道：「我在神學院有讀過。」

「接近了。」詩人張開眼睛，往杯中倒入更多紅酒。「是葉慈。蕾妮斯塔還在咬她老媽鐵奶頭的五百年前，這傢伙就已經活在世界上了。」

「看吧。」拉蜜亞出聲了。「互相說故事有什麼好處？等到我們遇上荊魔神，就告訴它我們想要的東西，然後一個人的願望會實現，其他人全部死光光。我說的沒錯吧？」

「神話就是這麼說的。」溫朝博道。

「荊魔神可不是純屬虛構，他的鋼鐵巨樹也不是。」卡薩德提出警告。

「那為什麼我們還要拿出自己的故事來煩人家呢？」拉蜜亞追問，同時向她最後一塊巧克力起司蛋糕進攻。

溫朝博輕輕撫弄沉睡嬰兒的後腦，他說：「我們活在奇特的時光裡。因為我們不像其他霸聯公民安穩地住在萬星網內，而是隸屬漫遊群星間的那萬分之一。所以我們分別象徵晚近各式各樣不同的時代。拿我為例，我現在有六十八標準歲，但因為旅途上所承受的時債，這六十八年的歲月很可能分散在超過一個世紀的霸聯歷史當中。」

---

⑰ 本段詩句為愛爾蘭詩人威廉・巴特勒・葉慈（William Butler Yeats）的〈德爾菲神諭的消息〉（*News for the Delphic Oracle*）第二節第十三～十六行。

「那又怎麼樣？」他身旁的女人問道。

學者張開手掌，比了比在座所有的人。「我們不但各自代表了一座時間的島嶼，也擁有屬於自己觀點的一片汪洋。也許更恰當地說，我們每個人都掌握某個謎團的一部分。而自從人類首度降臨海柏利昂以來，始終就沒有人能解開。」溫朝博抓抓鼻子說：「這是個難以破解的謎題，老實說，就算只剩下一個星期好活，我還是會被這樣的謎題所吸引。哪怕是寸絲半粟的了解都非常歡迎，就算不成，光是研究它，我也就心滿意足了。」

「我同意。」海特．瑪斯亭不露絲毫情緒地說：「雖然沒有想得這麼深入，但我已看出在面對荊魔神之前彼此分享故事之舉所蘊含的智慧。」

「但有什麼可以防止我們說謊呢？」布瑯．拉蜜亞又問了。

「完全沒有。」馬汀．賽倫諾斯咧嘴笑道：「這就是妙處所在呀。」

「我們應該來投票決定。」領事提議道。他正想起梅娜．葛萊史東認定朝聖團中有一名成員是驅逐者的奸細。聽故事會不會是找出間諜的辦法？領事笑著想：真有這麼笨的內奸？

「誰說我們是快樂民主小團體？」卡薩德上校問道，語氣頗酸。

領事回答：「我們最好這樣。為了各自的目標，我們這群人得一起到達荊魔神的勢力範圍，此時就需要一個決定事物的機制。」

「我們可以指派一個領導人哪！」卡薩德如此回應。

「我呸！」詩人以快活的聲調表達鄙棄。其他人也搖頭反對。

領事開口了：「好吧，我們就來表決。第一個議題由溫朝博君提出，建議我們應該說出自己過去與海柏利昂有所牽連的故事。」

海特．瑪斯亭補上一句：「要就全講，不要就都不說。大家得要服從多數。」

「同意。」領事突然興起聽聞他人故事的好奇心，同時也有把握絕對不會講出自己的祕密。

「贊成說故事的有哪幾位？」

「我。」索爾．溫朝博說。

「我也是。」海特．瑪斯亭同樣肯定。

「當然好囉！」馬汀．賽倫諾斯說道：「就算在繡特星上一整個月的高潮湯，我也不想錯過這場小小的滑稽鬧劇。」

「我也投贊成票。」領事對自己的決定感到訝異。「有哪些人反對？」

「我……」霍依特神父回答，聲音有氣無力。

「這主意真遜！」布瑯．拉蜜亞不改立場。

費德曼．卡薩德則聳聳肩。

「統計結果：四票贊成、兩票反對、一票棄權，贊成一方通過。誰要先講？」領事如此宣布。

全場鴉雀無聲。馬汀．賽倫諾斯原本埋首書寫一小疊紙張，此刻卻抬起頭來。他將一張紙撕成細長條狀，開口說道：「這邊已經寫好了一到七的號碼，我們何不以抽籤來決定順序？」

「不會太孩子氣嗎？」拉蜜亞道。

「我就是這麼長不大。」賽倫諾斯以他一貫色迷迷的笑容回應。他向領事點頭示意：「大使啊，我可以借用你戴在頭上的那個金枕頭嗎？」

領事遞過三角帽。摺好的紙片投入其中，開始傳遞抽籤。索爾．溫朝博第一個抽，馬汀．賽倫諾斯則殿後。

領事小心翻開紙片，確保其他人窺探不到內容。他是第七號。內心的緊張瞬時化消，如同灌得太飽的氣球一洩而空。合理推斷，輪到他之前，事情就會有所變化。也許戰爭會讓一切變成學理上不切實際的猜測，也許大家又改變主意，對故事不感興趣，或者國王會死，還是馬會死，又說不定他能教馬如何說話呢⑱。

別再喝威士忌了，領事心想。

「誰是第一個？」馬汀．賽倫諾斯問道。

短暫的靜默之中，領事依稀聽見樹葉隨著感覺不出的微風搖曳作響。

「是我。」霍依特神父應答。這位教士的表情顯露出身心勉強承受著痛苦，領事過去只在罹患末期重症的朋友臉上看見過。霍依特舉起他的籤紙，大而潦草的「1」字清楚呈現。

「好，那就開始吧！」賽倫諾斯說。

「現在？」教士有所遲疑。

「為什麼不行？」詩人反詰。除了益發通紅的臉頰，以及幾分像惡鬼般挑起的眉毛，實在看不出他已經喝掉兩瓶紅酒。「還要好幾個小時才降落，何況只要等到我們安全著陸，並且在平凡的當地人群中安頓下來，我就要好好睡掉冷凍神遊的感覺。」

學者輕聲贊同：「我們的朋友講的沒錯。真要說故事的話，每天晚餐後的時間的確非常適合。」

霍依特神父嘆口氣，隨即起身。「請稍候。」他離開餐廳甲板。

經過好幾分鐘，布瑯．拉蜜亞有點不耐煩了：「你們說他是不是在發神經？」

「才沒有。」雷納．霍依特自黑暗中浮現，從被當作主通道的木造電扶梯那頭走過來。「我需要這些東西。」入座同時，他把兩本髒汙的小筆記丟在桌上。

「不公平！怎麼可以拿祈禱書裡的故事來充數？大博士⑲，規定可是要說我們自己的故事啊！」賽倫諾斯抗議道。

---

⑱ 典出於歐美的民間故事。版本眾多，大意是：有人得罪了國王，被判死刑，刑前他向國王請求寬限他一年，他會教國王的馬說話（或唱歌、飛行等等）。友人知道他並無此種能力，便問他為何還向國王提出這樣的請求．他答道：一年內會發生什麼事難以預料，國王可能會死，馬可能會死，他也可能會死云云。於是這幾句就有「世事難料，要點手段能拖就拖」的引申意義。

⑲ Magus，受到指引前往伯利恆的東方三博士之一。這裡當然是詩人挖苦教士的稱謂。

「給我閉嘴！真該死！」霍依特大吼。他伸手抹過自己的臉龐，最後碰觸在胸膛之上。這已經是當晚第二次，領事知道眼前這個人病得不輕。

「很抱歉，但如果要講我……我的故事，就得同時講另一個人的。這些日誌就是他寫的，他是我當初來到海柏利昂的原因……如今我重回這裡，也是由於他的緣故。」霍依特深深吸了一口氣。

領事摸了摸筆記本。它們似乎歷經一場大火，不僅骯髒，還有焦灼的痕跡。「你的朋友還保有古老的品味，如果他仍然用手寫日記的話。」

「是的，如果大家都準備好，我就要開始了。」霍依特回答。

在座一行均點頭示意。用餐平臺下方，一公里長的樹船帶著活物特有的生氣穿過冷冽夜晚。索爾．溫朝博將睡著的孩子抱出揹巾，小心翼翼地安放在座椅旁邊的席墊。他取出通訊記錄器，將之置於墊子附近，設定過濾周邊的噪音。一週大的嬰兒俯臥安睡。

領事向後仰身，找到了那顆藍綠相間，被稱作海柏利昂的行星。在他的注視下，這顆星星似乎越變越大。海特．瑪斯亭把斗篷往前拉，直到陰影蓋住容顏。溫朝博點起菸斗。其餘人等接過續杯咖啡，安坐在位子上。

聽眾之中，馬汀．賽倫諾斯大概是最迫不及待的，他弓身向前，輕聲低吟：

他說：「好罷，既然這故事遊戲，得由在下我率先，那請以上帝之名，歡迎最短第一籤！
諸君友聽吾道來，策馬騎乘走向前。」
朝聖眾耳聞此語，當下便不再停歇，
講者立刻就開始，歡樂笑意布滿臉，
完整故事和陳述，全數都寫在下面。⑳

一 教士的故事——呼喊上帝的人

「有時候，正統的熱情和離經叛道之間，僅僅只有一線之隔。」雷納．霍依特神父如是說。

教士的故事就這麼開始。稍後，領事在轉述到通訊記錄器時，記憶仍完整無缺，還過濾了停頓、沙啞、離題脫節，以及些許冗長重複等等自古以來就存在於人聲敷陳的缺點。

霍依特是個年輕的教士，他在天主教世界平安星上成長，當他首次離開家鄉，從事教會工作的同

⑳ 這是喬叟《坎特伯利故事集》中〈總楔子〉的最後六行。原著由此導引出第一個〈騎士的故事〉。詩人賽倫諾斯在霍依特神父開始講述之前完整引用該片段，其理不證自明。

時，也獲得聖職，任務是護送頗受尊崇的耶穌會神父保羅．杜黑前往殖民世界海柏利昂，使他能在當地安靜度過流放生涯。

倘若身處其他年代，杜黑神父大概可以升任主教，也許還能當到教宗。他是一名高瘦的苦行者。莊重的額頭上方，蒼蒼白髮漸次消退，眼神銳利，充滿經驗與智慧，也隱藏了修行中所歷經的痛苦。保羅．杜黑是聖德日進[21]的追隨者，同時從事考古學及民族學的研究，此外他還是傑出的耶穌會神學家。雖然天主教會古雅的信仰和與世隔絕的態度，和霸聯主流脫節甚久，導致整個教派即將為人所遺忘，但耶穌會的邏輯學仍然有其影響力。杜黑神父也依舊深信，「唯一、至聖、至公、從宗徒傳下來的教會」一直是人類追求永生的最後，也是最好的希望。

對年少的雷納．霍依特而言，不論是神學先修班時期幾次罕見的造訪，抑或成為正式神學學生前夕在新梵諦岡更為少有的接觸，他眼中的杜黑神父多少有著幾分上帝般不可侵犯的形象。接下來他在神學院的那幾年，杜黑則於鄰近的亞瑪迦斯特行星從事教會所資助的重要挖掘工作。霍依特獲頒聖職的幾週後，這位耶穌會士返回新梵諦岡，但一切卻是疑雲重重。層峰之外，無人得知事情的真相。有小道消息傳出他被革除教籍，甚至受到宗教法庭的審訊——自地球滅亡所造成的大混亂以降，該組織已蟄伏了四個世紀，沒有任何作為。

不同於流言，杜黑神父反倒主動要求任命到海柏利昂，一個以怪誕的荊魔神崇拜發源地而聞名的星系，霍依特神父也獲選與他同行。這的確是樁苦差，不但囊括學徒、保鏢和間諜等角色中最糟的一面，還享受不到探訪新世界的樂趣。命令囑咐霍依特陪同杜黑神父降落至海柏利昂太空港，之後就可以搭乘原來的空間跳躍船返航，回到萬星網。主教當局提供給他的，除了冷凍神遊二十個月，和旅程中為時數週的星系內航行之外，就只有時債了。霍依特重返平安星時，將會比任職於梵諦岡本地宣教的同學少了八年的光陰。

由於個性順從，再加上神學院嚴明的紀律，他並沒有多問，就接下這項任務。

他們的交通工具，霸聯星艦娜迪亞·歐雷格號，充其量不過是坑坑疤疤的金屬桶，只要空間跳躍引擎不運轉，就沒有任何形式的人工重力。乘客不但沒有觀景窗，除了和資料鏈相連的刺激模擬器，得以把人留在吊床及冷凍神遊臥榻，船上便毫無娛樂可言。旅客們絕大多數是來自異星系的工人，財力有限的觀光客，加上部分荊魔神信徒，甚至有些還想自投羅網，為數量可觀的死亡名單新添一條亡魂。這些人自冷凍神遊醒來，也只能繼續睡在原來的床鋪，到平凡無奇的用膳甲板吃著回收再製的食品。大體來說，他們得在從空間跳躍點到海柏利昂這段為期十二天的無重力航程中，克服暈太空病與無聊感。

那段強制下的親密時光裡，霍依特並未從杜黑神父身上學到什麼，至於把老教士送往流放之路的亞瑪迦斯特事件，他更是一無所知。年輕人只好查詢植入體內的通訊記錄器，找出所有和海柏利昂相關

㉑ St. Teilhard。所指的應該是Pierre Teilhard de Chardin，法國古生物學家、哲學家，同時也是耶穌會神父，主張演化論，認為生命將不斷進化，到最終階段抵達基督的境界。曾參與鑑定北京人頭骨化石。

的資料。等到距離降落還有三天時，霍依特神父自認可以算是這個世界的專家了。

某個傍晚，大多數乘客躺下把玩情色刺激模擬，兩人則浮在無重力吊床上交談。此時，霍依特開口發問：「根據記錄，之前天主教曾到過海柏利昂布道，但並未提到那邊有主教區的存在。我猜想您大概是要下去從事傳教吧？」

杜黑神父回答道：「完全不然。海柏利昂的善男信女不會向我強迫推銷他們的宗教，所以我也找不出任何冒犯他們，逼他們改宗的理由。事實上，我希望前往南方的天鷹大陸，找機會從浪漫港市進入內地。但不是以傳教作為幌子。我計畫在大裂口旁建立民族學的研究站。」

「研究？」霍依特複述著，頗為錯愕。他閉起眼睛，查閱內建的通訊器，又看了杜黑一眼，說：「神父，飛羽高原一帶沒人住啊。由於火燄森林的緣故，那個地方幾乎終年都無法接近。」

杜黑神父微笑著點點頭。他並未植入通訊記錄器，而那具舊式的機種在旅途中一直都收在行李當中。他輕輕地說：「還是有辦法的。而且那邊也不是完全沒有人煙。畢庫拉族住在那兒。」

「畢庫拉。」霍依特邊說邊合上眼。「但他們只不過是傳說而已呀。」他最後還是說出口了。

「嗯，交叉搜尋瑪梅特．史貝德靈看看。」老神父給了提示。

霍依特再度閉上雙眼。通用索引顯示出史貝德靈是一個不怎麼重要的探險家，隸屬於小文藝復興星上的沙克爾頓㉒研究所。在大約一個半標準世紀以前，他向單位提出了簡短的報告。內容指出他從當時還只是新墾殖區的浪漫港出發，一路開山闢路，深入內地，穿過後來被闢為塑性纖維作物屯墾區的沼澤，趁著某次罕見的活動間歇期越過火燄森林，向上攀登至飛羽高原，抵達大裂口，在那裡遇上了一個小型的人類聚落，他們的特徵和傳說中的畢庫拉族完全吻合。

史貝德靈在簡短的記錄中提出一項假設：這些人是三個世紀之前某艘失蹤殖民種船的倖存者，史貝德靈並清楚描述這個族群在極端孤立、近親繁衍、過度適應當地環境的影響之下，所遭受到的典型文明退化現象。他就直截了當地寫道：「……不出兩天就可明顯地發現，畢庫拉族人過於愚蠢、遲鈍，也非常無趣，實在不值一提。」正當此時，火燄森林開始有了恢復活動的跡象，於是史貝德靈不再浪費時間觀察他的新發現，而趕緊衝回海岸地區。逃亡的三個月裡，四名當地挑夫、所有的裝備和記錄，以及他的左臂，都葬送在這「平靜」的森林當中。

「我的天哪！」霍依特躺在浮床上說：「為什麼您要研究畢庫拉族呢？」

「有什麼不妥嗎？」杜黑神父溫和地回應：「我們對他們幾乎一無所知啊。」

「我們一樣不了解海柏利昂星球上絕大多數的事物啊！」青年教士有點激動：「像是時塚，還是傳說中在奔馬大陸上馬轡山脈以北地區活躍的荊魔神，這都很有名啊！」

「沒錯。」杜黑神父道：「可是雷納，你想想看，究竟有多少學術論文是針對那些墳墓和所謂的

㉒ Shackleton，應是指涉 Sir Ernest Henry Shackleton，愛爾蘭探險家，以南極探險聞名於世。

史萊克怪物作研究的？幾百篇？還是幾千篇？」老教士裝填菸絲、點燃菸斗。霍依特看著整個過程，在無重力環境下，做起來可不輕鬆寫意。杜黑繼續說：「此外，就算史萊克這傢伙是真的，它又不是人。我只對人類感興趣。」

「了解。」霍依特絞盡腦汁，想找出有力的論點：「可是畢庫拉族這個祕辛實在太微不足道了。您頂多就只能發現幾十名土著，住在如此虛無縹渺的地區……重要性小到連殖民當局的地圖繪製衛星都無視於他們的存在。何苦要選擇他們？海柏利昂又不是沒有巨大的謎團可供研究……像是迷陣哪！」他靈光乍現：「神父，您知道海柏利昂是九大迷宮世界的其中之一嗎？」

「那是當然。」杜黑回答。約略成形的半球狀煙霧從他身上開始擴散，直到氣流擾動，使之支離破碎。「可是，雷納，整個萬星網已經有不少人在進行研究，甚至讚嘆這些迷陣的鬼斧神工，何況九大迷宮星球上的地道已經有多久的歷史了？五十萬標準年？我相信大概有七十五萬年。它們的祕密勢必將永遠流傳下去。但畢庫拉文明在被現代化的殖民社會融合以前又能撐多久？或者，他們更有可能就這樣被環境自然淘汰出局？」

霍依特聳聳肩：「也許他們已經消失了。自從史貝德靈和他們接觸之後，就沒有其他經過證實的記錄報告。倘若全族就此覆滅，您所有的時債、一路上所受到的辛勞、苦痛，不就完全化為泡影？」

「完全正確。」這四個字就是杜黑神父的回應。隨後他平靜地呼出一口煙。

上述對話發生於兩人同行的最後一小時。登陸艇降落的當下，霍依特終於能稍稍理解同伴的想法。海柏利昂星邊緣如寶石散發白綠光芒，在他們頭頂閃耀了幾個鐘頭。老舊的登陸艇突然切入大氣外層，窗外瞬間布滿火燄，他們寧靜地飛翔在烏黑雲塊上端約略六十公里的高空，星光下的大海，以及拂曉所形成的光暗界線，如同一波幻異的頻譜潮浪，向他們飛馳而來。

「真是壯觀。」保羅．杜黑悄聲讚嘆，與其是向他的年輕夥伴訴說，還不如是講給自己聽。「真是奇蹟。就是在這種時候，我才有所感覺……那一絲絲的感應……感應到天父之子要付出多大的犧牲，才能屈尊俯就，成為人類之子。」

霍依特有話要說，但杜黑神父依舊凝視窗外，完全陷入沉思。十分鐘後，他們降落在濟慈太空港，杜黑隨即捲入繁瑣的海關和提領行李手續，再過二十分鐘，徹底頹然失望的雷納．霍依特再度升空，回到娜狄亞．歐雷格號。

「主觀時間五週後，我回到平安星。」霍依特神父述說著：「我已錯置在八年後的時空，但不知為何，我的失落感卻遠比這單純事實所能帶來的更加沉重。當我抵達的時候，主教就告知說：保羅．杜黑在海柏利昂停留的四年來，完全沒有任何消息。新梵諦岡花了大筆經費透過超光速通訊進行調查，然而，殖民政府當局和濟慈市的領事館都無法掌握這名失蹤教士的行跡。」

霍依特停下來啜飲一口清水，此時領事補充道：「我還記得那次搜查。當然，我從來沒有遇過杜黑，不過我們已經盡力尋找了。我的副手席奧在那段期間花了許多精力在失蹤神職人員這個案子上面。

除了幾次來自浪漫港，內容互相矛盾的目擊報告，他就沒有留下任何蹤跡。而且這些報告還溯至數年前他剛抵達海柏利昂的頭幾個星期。那邊有上百個屯墾區無法用無線電或通訊線路聯絡，主要是因為他們除了塑性纖維作物，還兼做禁藥勾當。我猜想我們根本就沒有掌握到他所待過的屯墾區。起碼在我離開的時候，杜黑神父的案子尚未結案。」

霍依特神父點點頭。「在你的繼任者接掌領事館後的一個月，我又抵達了濟慈市。主教對我自願返回海柏利昂感到十分驚訝。教宗猊下還親自召見。我在海柏利昂待了將近七個當地月。當我踏上歸途的時候，已經發現杜黑神父的命運。」他輕輕敲著桌上兩本髒汙的皮革書冊。「如果我得說出完整的故事，就必須念出這些摘錄。」他的聲音顯得混濁。

世界之樹號再度旋轉，龐大樹身遮蔽陽光。餐廳甲板和其下弧形的樹葉天篷頓時又陷入黑夜。但不若在行星地表所觀察到的繁星點點，朝聖團員的眼裡，上方、兩側，甚至底下，都有百萬恆星綻放光彩。此時，海柏利昂已是明顯球體，好似致命彈頭，風馳電掣正向他們而來。

「念吧。」馬汀·賽倫諾斯道。

轉述自保羅·杜黑神父的日誌

第一日

我的放逐就這麼開始。

其實我還真有點不知道如何為新的日誌標上日期。根據平安星所使用的教會曆，今天是天主二七三二年湯瑪斯月的第十七天。在霸聯標準曆上則是P. C. 五八九年十月十二日。若採用海柏利昂的算法，也就是我待的老舊旅館櫃檯邊那個乾癟小夥計告訴我的，今天則是利修斯月（海柏利昂一年分成七個月，每月四十天，利修斯[23]則是最後一月）二十三日，年分，可以記成四二六A. C. D.（意思是登陸艇墜毀後！）或是哀王比利第一百二十八年，事實上他已不在其位超過百年之久了。

去它的。我就用放逐第一日吧。

真是累人的一天。（睡了幾個月居然還會累，的確很奇怪，不過聽說那是從冷凍神遊醒來後的正常反應。就算腦海中沒有記憶，細胞仍然感覺得到過去幾個月長途跋涉的疲憊。可是我不記得年輕時在星際旅行中會有同樣的倦怠。）

旅途上沒有試著更深入了解霍依特，對此我感到十分難過。他看起來是正派的那種人，不僅嫻熟

㉓ Lycius，濟慈詩作〈拉蜜亞〉的男主角。為蛇精拉蜜亞所誘惑的對象。

教義，還有一雙明亮的眼睛。我們教會已經走向衰亡之路，但那不是他那一輩年輕人的錯。只不過他別具風格的快樂、天真，完全無法阻擋教會似乎早已注定，一路走低，終究為世人所遺忘的命運。

唔，我的貢獻同樣也沒什麼幫助。

登陸艇帶著我們下降到這個新世界，我也從窗外目睹了她璀燦的一面。我能夠看見三塊大陸其中之二，奔馬和天鷹。至於第三片大陸牝熊，則在星球的另一邊。

在濟慈市登陸後，通過海關，接著搭乘地面交通工具前往市區，得花上好幾個小時。沿途有些難以理解的景色：延伸向北的山脈上頭飄著移動中的藍色薄霧，丘陵長滿橙色與黃色的樹木，黯淡的天空底層泛著藍綠色澤，太陽看起來特別小，卻又比平安星系的恆星來得明亮。遠遠望去，景物色彩頗為鮮明，然而隨著距離越來越近，這些顏色如同點彩派畫家的調色盤，逐漸淡化、散去。風聞已久的巨型哀王比利雕像倒是令人失望。從公路上一眼望去，看起來頗為粗糙，只不過是在陰暗山巒上頭急就章刻出來的初步塑形，和預期中莊嚴堂皇的印象相去甚遠。然而，它面對人口五十萬的墮落城市若有所思的模樣，可能會令這位神經兮兮的詩人國王頗為欣賞。

城市本身似乎被劃分成兩半：一邊是貧民窟和酒吧蜿蜒交錯的迷陣，當地人稱作傑克鎮，另一邊則是滿布光亮石材、單調乏味的濟慈市本身，也就是所謂的舊城，儘管她的歷史頂多只能往前追溯四個世紀。我馬上就要前往一遊。

雖然計畫在濟慈市待上一個月，但我已經渴望要繼續前行了。噢，艾督華特蒙席，如果你現在可以見見我，該有多好！我這個受到責難但仍不知悔改的人啊。這回新的流放，我格外感到孤單，但卻異常滿足。倘若我以往熱情所導致的過當行為，換來的懲罰是被打入地獄第七圈㉔的荒蕪，海柏利昂實在是個不錯的選擇。我可以忘卻指派給自己的遠探畢庫拉族的任務（他們當真存在嗎？今晚我不這麼認為），心滿意足地在這天主所遺棄的落後世界都城中安度餘年。如此放逐也不能不說是完滿了。

啊，艾督華特，我們一同長大、一同上學（縱使我從來都不像你那麼聰慧、嚴謹），現在又一起成為老人。但如今你長了四年的睿智，我卻依舊淘氣頑皮，依舊是你腦海裡那個絕不追悔的男孩。我祈求你平安健在、身心愉悅，祈求你也在為我祝禱。

我累了，要去睡了。明天要周遊濟慈市，好好吃一頓，還得安排前往南方天鷹大陸的交通事宜。

第五日

濟慈市內有一座大教堂，唔，應該說以前有過。它已經荒廢至少兩個標準世紀。教堂座落在廢墟裡，兩側沒了屋頂，直指藍綠色的天空，其中一座西塔並未完工，另一座也僅剩頹圮石堆和鏽蝕支柱所構成的骨架。

㉔ 典出但丁《神曲》〈地獄〉篇。但丁的地獄第七圈又細分為三環，分別懲罰對鄰人、自身和上帝或自然施以暴行的罪人。

我徜徉在胡黎河岸人煙稀疏處，無意間發現這座遺跡。該地是舊城漸次崩壞，與傑克鎮交接的地帶。雜亂的高聳貨倉擋住視線，無法瞥見教堂崩塔，非得要拐過轉角，進入一條窄小的死巷，才能見到教堂的空殼。禮拜堂近半塌陷，倒入河流，遺留自後聖遷大擴張時代，悲憐、天啟的雕像陳跡，如痘疤一般零零星星點綴著門面。

我穿過格狀陰影和傾倒的區域，進入中殿。平安星主教當局並未提到海柏利昂上頭有任何天主教活動記錄，遑論這座教堂的存在。實在很難相信四百年前所散播的種船殖民地能聚集足夠的信眾，好獲得授權讓主教進駐，要建立大教堂，就更不用說了。但它確實存在過。

我在陰暗的聖器收藏室裡摸索。空氣中灑滿塵埃和石膏粉末，有如焚香景象，太陽從高高在上的窄窗照射，隱約顯現兩道光束。步入較為寬廣的光亮處，走向聖壇，壇上裝飾早已剝落，只有掉落磚石所造成的碎屑與裂痕。原本懸掛於聖壇後方東牆的十字架也掉落地面，如今躺臥在散亂一地的石堆瓦片之中。我未經思索，立刻走到那兒舉起雙手，開始聖餐儀式。這個動作絕對不是帶有嘲弄的擬仿，也並非隨便的即興演出，更沒有任何隱含的意圖，只不過是一個生命中四十六年來幾乎天天做彌撒的教士，如今面對再也無法進行類似神聖儀式，使人身心安頓的場域，所自動表現出的反應罷了。

察覺竟然有位信徒在場，令我頗為驚訝。這位老婦跪在第四列的長椅上。她的黑色服裝和圍巾完美地和陰影融在一塊，只有蒼白的橢圓臉蛋可供辨視。那張年邁、布滿皺紋的面容，猶如靈魂出竅般在黑暗中游移不定。我吃了一驚，儀式的連禱文同時中斷。她注視著我，但眼中的異物，即使在一段距離之外，都能使我馬上明白這位婦人其實眼睛目盲。有好一陣子，我站在那兒不能言語，只是斜眼瞅著灰濛濛的光線籠罩聖壇，試圖對自己說明這幽幻的一幕，同時也企圖編出一套解釋，闡述自己為何身在此地，又做出這些舉動。

等到終於又能開口發聲，我呼喚那名老婦——聲音在巨大的廳堂中迴盪——才知道她已經離開，尚可聽見她的腳步刮磨石地板。遠方一陣刺耳聲響起，隨即瞬發閃光，勾勒出位於聖壇右端的老婦側面。我以手遮光，從聖壇欄杆曾經豎立的瓦礫堆中尋找著落足點走過去。我再度叫喚她，為了使對方安心，我告訴她不要害怕，儘管背脊發涼的人是我自己。雖然快步想要跟上，可是等到我抵達中殿留有蔽蔭的角落，她卻消失無蹤。一道小門通往頹圮的禮拜堂及河岸。那邊竟不見她的身影。我回到陰暗的教堂內部，樂於將婦人的出現歸究於自己的想像，是在這麼多個月來強制冷凍的無夢狀態之後，第一道清醒夢。然而，有個實物證據確認她的存在。清冽的黑暗中，一根許願紅燭孤伶伶地燃燒，微弱火燄隨著不可見的氣流搖曳不定。

我已厭倦這座城市。我已厭倦她異教的虛像與偽造的歷史。海柏利昂是個缺乏詩意的詩人世界。濟慈市本身則混雜著花俏俗麗、虛假的古典氣息，和新興都市那股無頭蒼蠅般的活力。城裡有三間諾斯替禪的集會所，以及四座大穆斯林的清真寺，但，數不盡的吧間和窯子才是真正的信仰中心。巨大的市集交易著南方運來的塑性纖維，失落的靈魂則把他們傾向自我毀滅的絕望，以膚淺的神祕主義當作偽裝，隱藏在所謂的荊魔神廟之中。整座星球充斥神祕思維的惡劣氛圍，絲毫沒有一點啟示。

統統下地獄吧。

明天我就要前往南方。這個荒謬的世界的確擁有浮掠機和其他飛行器，然而，對一般民眾而言，搭乘交通工具往來於這些受詛咒的島嶼、大陸，似乎仍受限於海上舟艇（聽說那得花上一輩子才到得了），或是每週僅有一班，從濟慈市出發的巨型客運飛船。

明天一大早，我就要搭乘飛船離開了。

——第十日——

動物。

首支踏上這星球的探險隊一定對動物有著莫名的依戀。馬啊，熊啊，老鷹啦。我們花了三天，越過一條叫作「馬鬃」的不規則海岸線，才抵達奔馬大陸的東岸。昨天整整一日，我們穿越中央海的窄峽，直到一座名喚「貓鑰」的大島，今天則在這座島上的「主要城市」菲力克斯卸下旅客和貨物。從瞭望廳和飛船繫索塔上觀看任意散布的小屋與房舍，人口絕對不可能超過五千。

接下來飛船將會有段八百公里的航程，緩緩爬過一連串稱作「九尾」的小島，接著要大幅橫越外海與赤道，這段距離也有七百公里。在那之後，我們所見到的陸地，就是天鷹大陸的東北岸，人稱「鷹喙」的地方。

又是動物。

把我所搭乘的交通工具貼上「客運飛船」的標籤，實在是玩弄文字的作法。它其實是一部巨大的起重裝置，載貨量足以把整座菲力克斯鎮拖出海，還有餘力容納數千大綑的塑性纖維。在此同時，比較不重要的貨物，像是我們乘客，就自個兒隨便在船上打理了。我在近船尾處的貨艙門邊架好一張行軍床，給自己和私人行李，還有三大箱的探險器材，布置了較為舒適的小窩。附近有一家八口，他們是在農場工作的在地人，半年一度前往濟慈市大採購，現在則要返家。雖然我並不在乎籠裡豬隻所散發的聲音與氣味，以及食用倉鼠的吱吱尖叫，但有好些個夜裡，我真的受不了那些昏了頭的可憐公雞搞不清時刻，持續不斷的嘶鳴。

怎麼都是動物！

第十一日

今晚和霸聯公民何瑞米斯・丹佐在散步甲板上方的沙龍共進晚餐，他是安迪米昂㉕市郊一所小型農業學院的退休教授。他告訴我，首支踏上海柏利昂的探險隊其實並未對動物有狂熱喜好，三座大陸的官方名稱也不是奔馬、牝熊、天鷹，而是克雷頓、艾倫森、羅培茲。他繼續解釋說，這是為了紀念當年

㉕ Endymion，希臘神話中，月亮女神瑟莉妮（Selene）所鍾愛的俊美牧羊人。濟慈根據此神話在一八一八年年寫下同名的傳世詩篇。

勘查部門的三名中階官僚。原來如此，我還寧願那些人有戀獸癖呢！

吃完晚餐，我獨自在散步甲板外層欣賞夕陽。這裡的走道有前方貨櫃作為屏障，因此吹來的風不過是帶有鹹味的輕拂。上方弧線是飛船橘綠相間的外殼。我們位於島嶼間的上空，大海像是華麗寶石，泛著淡淡青綠，恰與天色相對。高掛卷雲抓住海柏利昂小小太陽的最後一絲光線，如同燃燒的珊瑚般灼熱發光。除了電動渦輪的微弱蜂鳴，四下萬籟俱寂。底下三百公尺處，現出巨大魟狀海獸的影蹤，亦步亦趨地跟隨飛船。須臾間，有隻蟲子還是飛鳥，身形和色彩與蜂鳥頗為相似，但卻具備一米寬的薄紗羽翼，牠懸在五公尺外的空中，端詳著我，隨即收攏翅膀，向大海俯衝而去。

艾督華特啊，今夜我備感孤寂。若能得知你尚在人間，依然在花園裡忙進忙出，每晚在書齋裡勤寫不輟，或許會好過一些。我以為，這次旅行將喚起我以往所信仰，聖德日進對天主的概念——進化基督、個人、普世、高傲、前衛等種種思維的結合。然而，信仰仍未見復甦的跡象。

天色漸暗了，我也漸漸老了。對於在亞瑪迦斯特的考古挖掘中偽造證據的罪，我若有所感……但絕非後悔……可是，艾督華特閣下，如果那些文物真能指出：距離地球六百光年，且早在人類能夠脫離地表的三千年之前，當地就存在過基督文明……

難道我大膽解讀曖昧不明的資料，甚至有機會讓基督教能在我們有生之年東山再起，竟是如此滔天大罪？

是的，的確如此。但我認為，罪之所以重大，不在竄改資料，而是在於認定基督教得以復興。艾督華特啊，教會正在衰亡。不單只是聖樹裡我們所鍾愛的枝椏，所有的旁支，包括退化的痕跡、腐壞的潰瘍，都將全數毀去。艾督華特啊，整個基督教體系正如我這飽受摧殘的軀體一般，必死無疑呀。在血色太陽只會照亮塵埃與死亡的亞瑪迦斯特，你我業已洞悉。在神學院裡首度宣誓的涼爽翠綠盛夏，你我都已明瞭。在我們還是索恩河畔自由城[26]靜謐的遊戲場上玩耍的孩童時，你我早已知曉。如今，我們依然確信這項事實。

夕陽墜落，我必須就著上層甲板沙龍窗中流出的微光來書寫。群星構成奇特的星座。夜暗的中央海，散發出泛著綠色的病態磷火。有團漆黑座落在東南方的地平線上。它可能是場暴風雨，也有可能是島鏈中的下一座島，「九尾」中的第三尾（是哪個神話描述貓有九條尾巴？我完全沒聽過）。

為了早先我看到的那隻鳥，如果牠是鳥的話，我祈禱那塊陰影是座島嶼，而不是一場暴風雨。

第二十八日

我在浪漫港不過八天，就已經碰上三個死人。

第一個是具擱淺在海邊的屍體，蒼白浮腫，勉強有個人樣，我進城的那個傍晚，被海浪沖刷至錨

[26] Villefranche-sur-Saône，原為法國薄酒萊酒鄉的首府，此處借以作為外星殖民地名。

塔外的平坦泥地。孩子們對著它扔擲石塊。

我看到的第二具死屍是在下榻旅館附近的貧民區裡，從一家燒毀的天然氣行廢墟中拖出來的。他的軀體焦黑不可辨識，因高熱而萎縮，手腳緊繃成職業拳擊手的姿態，自古以來葬身火窟的人都是這副模樣。我原本在全天齋戒，但得慚愧地承認：空氣中瀰漫肉體燃燒時所散發的濃郁煎油氣味，使我不禁流下口水。

第三個人則是在離我不到三公尺處慘遭謀殺。我剛走出旅館，踏上泥漿飛濺、被這座可憐小鎮充當人行道的木板陣。忽然槍聲大作，我身前數步的男人身體歪斜，看起來像是腳步滑了一下，轉身朝向我，滿臉疑惑，最後仆倒在路旁的汙水爛泥之中。

他被某種投射武器擊中三次。兩發子彈射入胸膛，第三發則穿過左眼下方。我靠近他的時候，他居然還有呼吸，真是不可思議。我沒有多想，便從背包裡取出聖帶，摸索找出那一小瓶攜帶已久的聖水，接著開始進行臨終塗油禮的儀式。圍觀群眾無人出面阻撓。倒地者一度甦醒，清清喉嚨，似乎要說些什麼，然後就死了。屍身尚未移開，人群便已四處散去。

這是一名淺棕色頭髮的微胖中年男子，並未攜帶任何身分證件，連萬用卡或通訊記錄器也沒有。口袋裡僅有六枚銀幣。

基於某種原因，我選擇整天待在屍體旁邊。驗屍的醫生個子矮小，言詞尖酸不留情，他倒允許我全程參與勘驗。我懷疑他其實是想找人聊天。

「這就是整個傢伙唯一有價值的東西了。」他一面說著，一面像打開粉紅提包似地解剖這可憐人的肚子，拉出皮膚皺褶和一條條肌肉，如同搭帳篷時固定斜面般將它們釘住。

「是什麼？」我問道。

「他的命啊！」醫生說著說著又拉了拉屍體臉上的皮肉，有如一張油膩的面具。「你的命，我的命。」顴骨上方彈孔周圍，原本層層肌肉的紅白條紋現出青色瘀傷。

「應該不只這個吧？」我說。

醫生停下手上令人生厭的工作，抬起頭，帶著一抹茫然的微笑。「有嗎？秀給我看哪。」他捧起那人的心臟，似乎用手掂了掂重量。「在萬星網的星球上，這東西也許能在自由市場賣到一些價錢。有的人錢不夠多，負擔不起人工培植複製器官的貯藏費用，但他們還不至於因為缺顆心臟就得放棄自己的資產。可是在這裡，這東西只不過是塊垃圾。」

「總還是有其他價值吧？」我辯駁道，儘管明知沒什麼說服力。還記得離開平安星前不久，教宗厄本十五世猊下的葬禮。教宗遺體遵循前聖遷時期所傳下的古禮，並未作防腐處理。遺體停放在主殿旁的小廳等候入棺，那是具樸素的木棺。從旁協助艾督華特和弗瑞蒙席為僵硬屍身覆蓋祭服的時候，我注意到那發黃的皮膚和鬆弛的嘴巴。

醫師聳聳肩，馬馬虎虎地完成驗屍。接著是極為短暫的正式訊問。沒有嫌犯，也沒有明顯的犯案動機。被害者的描述報告送往濟慈市，屍體本身則在第二天就下葬在泥灘和黃色叢林之間的貧民墳場。

浪漫港是一片雜亂的黃。豎立在迷陣般鷹架與板築之上的堰木建物向外延伸，直入坎斯河口潮間帶的泥灘。河流注入托斯察海灣，出海口有兩公里寬，但僅有少數水道可供通航，因此疏浚工程夜以繼日，不停進行。每一個夜晚，我清醒地躺在索價低廉的房間，開敞的窗戶傳來疏浚機鎚打的陣陣敲擊，好似這墮落城鎮心臟的律動，遠方浪濤拍擊的輕語，則是它潮濕的氣息。今夜，我聆聽這城市的呼吸，竟不由自主地想把它供給遇害男子那張被剝開的臉。

有公司在城鎮邊緣經營一座浮掠機場，將人員和物資運往內陸較大的屯墾區，但我買不起上機的資格。事實上，我是可以把我自己送上去，但付不起載運三大箱醫療與科學器材的費用。不過我仍然躍躍欲試。我對畢庫拉族的研究，現在看起來，比起以往更顯荒謬、不理性。只有那希冀找到目標的奇特需求，以及意欲完成這回自我強迫的放逐期程所需的受虐決心，驅使我向上游前進。

一艘河舟將在兩天內逆坎斯河而上。我已經買好票，明天把箱子搬上船。把浪漫港拋諸腦後，不會是什麼難事。

第四十一日

商場燭臺號持續她緩慢的航行。自從兩天前我們離開梅爾頓碼頭後，就沒看見任何人煙。叢林像面堅實厚牆，壓迫河岸，更有甚者，在河寬僅三、四十米的地方，樹木就幾乎籠罩在我們頭上。濃膩如液狀奶油的光線，自八十公尺高的繁茂枝葉滲入，傾瀉在棕色的坎斯河面。我坐在中央乘客駁船生鏽的洋鐵頂棚，伸長脖子想看我從未見過的特斯拉樹㉗的模樣。坐在一旁的老卡迪暫時停下切削木頭的動作，從缺牙處朝船外啐了一口唾沫，然後嘲笑我說：「這一路下去還很遠都不會看到火燄樹的啦！如果這片森林就是的話，就他媽的不會長成這個樣子。你得要爬上飛羽高原才看得到特斯拉樹。神父啊，我們還沒走出雨林呢！」

每天下午必定有雨。拿「雨」這個字眼來描述直擊我們的大水，實在是過分溫和。大雨滂沱，令人看不清河岸，打在駁船的洋鐵皮頂，響聲震耳欲聾，使我們的逆流蝸行更顯緩慢，近乎靜止。一到午後，河水似乎就變成垂直傾洩的奔流，船隻勢必得攀爬這座瀑布，才能夠繼續前進。

燭臺號是艘古老的平底拖船，周圍搭載著五條駁船，像是衣衫襤褸的小孩緊抓住疲累母親的裙襬不放。這些雙層駁船當中有三艘用來載運大綑貨物，準備和沿岸為數稀少的墾殖區及聚落進行買賣交易。其餘兩艘則權充當地人逆河上行的寄宿之處，儘管我懷疑有些乘客根本住在船上。我的臥鋪只不過是地上一塊帶有汙漬的墊子，牆上還爬著蜥蜴狀的昆蟲。

雨後，所有人都聚集在甲板上，看著傍晚霧氣自冷卻中的河水向上蒸升。空中瀰漫著一整天所累

㉗ Tesla tree，名稱借自塞爾維亞裔美籍天才電機發明家尼可拉·特斯拉（Nikola Tesla, 1852-1943）。他發明了交流電，並因此和推行直流電的愛迪生在電力輸送效率與安全性的問題上引發重大爭論。他對電磁學的理論研究與諸多發明對現代無線通信與無線電發展有重大貢獻，並發明無線能量傳輸技術。著名的特斯拉線圈於一八九一年發明，是一種利用共振原理運作的非傳統變壓器，能產生超高電壓、低電流與高頻的交流電，運作中能產生空氣放電現象，形成絢麗的電弧。

積的濕氣，十分悶熱。老卡迪告訴我說，我來得太晚，已經無法趕在特斯拉樹開始活動之前穿越雨林和醆林。我們就等著看好了。

今晚迷霧升起，好似長眠於河流陰晴表面下的生魂。下午濃密的雲蓋僅存最後幾絲殘餘，消散於樹梢，色彩又重現在這片大地。我眼看著稠密的森林由鉻黃變成半透明的番紅，而後又漸漸褪去，赭黃、棕土，直至幽暗。視線回到船上，老卡迪點起自上層甲板垂下的燈籠和燭球。此時，彷彿不讓船上燈火專美於前，陰闇的叢林泛起淡淡磷光，更加暗淡的上游地區，可見螢鳥和七彩游絲在枝椏間四處飄移。

海柏利昂的微小月亮今夜未能得見，不過相較於一般近日行星，它的軌道上有較多的宇宙塵，因此流星雨往往照耀整個夜空。今夜的天空特別多產，當我們進入河道較寬之處，可以見到燦爛的流星軌跡交錯縱橫，將群星編織在一塊兒。如此景象有好一陣子烙印在我的視網膜，就算低頭往河裡看去，陰暗水面也倒映出相同的視覺回像。

東方地平線上有道明亮的光芒。老卡迪說，那是來自軌道反射鏡，要供給光給一些較大的屯墾區。

天氣實在太熱，無法回到艙內。我在駁船頂棚攤開薄草席，看著天體奇景。同時，成群的在地家庭用我壓根兒都不想學習的土語，唱出縈繞心頭的歌曲。我想著依然遙遠的畢庫拉族，一種奇特的不安感覺油然而生。

森林某處有動物哀鳴，猶如女子受驚尖叫。

第六十日

抵達裴瑞斯堡屯墾區，病了。

第六十二日

病得非常重。發燒，痙攣不止。昨天我吐了一整天的黑色膽汁。雨聲令人聾聵。到了晚上，軌道反射鏡自上頭點燃雲彩。天空似乎要著火了。我的體溫也很燙。

有個女人來照顧我。幫我洗澡。實在病得太重，也顧不得羞恥了。她的頭髮比大多數當地人還黑。話不多。有雙烏黑、溫柔的眼睛。

噢，天哪，我竟臥病異鄉。

第　日

她等著窺伺著自雨中進來穿著薄衫

明知道我是什麼人還故意要引誘我，我的皮膚燒起來黑黑的乳頭緊貼著薄棉紗我知道他們是誰他們正在看，我有聽到他們的聲音在晚上他們用毒藥清洗我燒我他們以為我不知道但我有聽到他們的聲音比雨聲還大當尖叫停止停止停止我的皮快沒了。底下紅紅的可以感覺得到臉頰的洞。等我找到那顆子彈我會把它吐出來出來。上帝的羊羔帶走世間罪惡求你憐憫我們憐憫我們憐憫

——第六十五日——

謝謝祢，敬愛的主，解救我於疫病之中。

——第六十六日——

今天刮了鬍子。總算能夠自行淋浴。

姍法幫我準備迎接屯墾區行政官的到訪。我以為他是我從窗口所見，在分類場上工作的大老粗，結果卻是一個口齒略為不清的恬靜黑人。他的助益甚大。我掛念著要支付醫療費用，但他卻再次保證，絕對分文不取。更棒的是——他將派一個人帶我前往高地！據他說，雖然季節已經到了尾聲，但只要我能在十天內成行，就能夠趕在特斯拉樹完全活動之前，穿過火燄森林，直達大裂口。

他離開後，我坐著和姍法交談了一陣子。她的丈夫三個本地月前才因一場收割的意外喪生此地。她本身則來自浪漫港。和米克爾的婚姻對她來說是種救贖，因此她選擇留下來做臨時工，而不願回到下游區域。我實在不能責怪她。

一陣按摩之後，我將就寢。最近時常夢見母親。

十天。我會在十天內作好一切準備。

第七十五日

在偕同塔克離開前，我走下阡陌縱橫的田野，向姍法說再見。她說得不多，但我可以從眼底看出她對我的離去感到哀傷。我沒有多想，即刻為她祝福，並親吻她的額頭。塔克站在旁邊，微笑揶揄著。然後我們帶領兩隻馱鳥出發。正當我們踏上深入金黃樹叢的窄徑，區長奧蘭第來到路的這一頭揮手道別。

主啊，請指引我們。

第八十二日

整整一週在小徑上……哪來的小徑？整整一週在毫無通路的黃色雨林間打轉，整整一週竭盡體力，攀爬日益陡峭的飛羽高原肩坡。今早我們登上一處岩石露頭，在這裡能夠回身俯瞰廣闊的叢林，一路延伸至鷹喙及中央海。這裡的高原海拔有三千公尺，景色使人印象深刻。厚重的雨層雲在我們腳下展開，直到飛羽丘陵底部，但從白灰雲海的間隙中，我們可以瞥見幾眼風景：好整以暇地朝向浪漫港與海洋伸展的坎斯河、先前才在其中掙扎前進的片片駱黃森林，還有東方遠處一抹洋紅，塔克斬釘截鐵地說那就是裴瑞斯堡附近地勢較低的塑性纖維作物農田阡陌。

我們繼續上行，直至夜深。塔克顯然擔心特斯拉樹恢復活動時，我們會困在火燄林內。我掙扎著要跟上腳步，猛力拖拉負載沉重的馱鳥，口中喃喃念著禱詞，好讓心靈平靜，不受傷痛與憂慮所影響。

——第八十三日——

今天日出之前就已裝載完畢，提早出發。空氣中瀰漫著煙霧與飛灰的氣息。

高原植被的變化令人驚異。原本隨處可見的堰木和多葉的卡爾瑪樹不復存在。我們通過矮小常綠與常藍植物所構成的中間地帶，又向上攀爬，途經茂密的變種黑松及三葉白楊，終於進入火燄森林。一叢叢參天的普羅米修斯樹、永不消逝的鳳凰曳尾，以及匯聚成片的琥珀瑤光，在在彰顯出它的獨特。間或遭遇白色纖化、分成雙叉的石綿植物斷面，破碎不得穿越。塔克頗富創意地將之形容成：「看起來就像埋得不深的巨人屍體身上爛掉的大屌，偶很切定就素這樣。」我的嚮導對於用字遣詞確有他的一套。

直到午後甚久，才瞧見第一棵特斯拉樹。在那之前半個小時，我們還疲憊地踩過蓋滿灰燼的森林地表，小心翼翼不使自己踏上鳳藤幼嫩的枝椏，以及雄糾糾地從熏黑土壤破出的火鞭。此時，塔克停下腳步，指給我看。

那棵特斯拉樹，距離還有半公里遠，高度至少有一百公尺，比最高大的普羅米修斯樹還高出一半。近樹冠處，因其特有蓄能樹瘻的洋蔥狀球體而隆起。樹瘻上方的放射樹枝生出數十光輪藤蔓，青綠色天空映襯下，逐一展現銀白的金屬光澤。整棵樹的外觀讓我聯想到位於新麥加某些典雅的大穆斯林清真寺卻俗麗地掛上金屬箔片裝飾。

「我們得要快點把鳥兒和屁股帶出這個鬼地方。」塔克嘟噥著。他堅持要在此時此地換上火燄森林所需的裝備。於是整個下午和傍晚，我們頭戴滲透面罩，腳穿厚重的膠底靴，在層層皮製伽瑪防護衣內揮汗如雨，舉步維艱。兩頭馱鳥都十分緊張，長耳不時豎起，留意最微弱的聲響。就算隔著面罩，我還是聞得到臭氧的氣味，使我想起小時候在索恩河畔自由城慵懶的聖誕午後把玩的電動火車。

當晚我們盡可能靠近石綿斷面紮營。塔克向我示範如何架設集電棒的套環，過程中不時對自己喋喋發出可怖警語，並往夜空尋找雲彩的蹤跡。

我則打算什麼都不管，好好睡上一覺。

第八十四日

〇四〇〇時——聖母保祐啊！

整整三個小時，我們被困在毀天滅地的慘狀之中。

午夜過後不久，爆炸就開始了。起初不過只是區區雷擊，塔克與我不按照原本較佳的判斷行事，反而自隨風拍打作響的帳篷裡探出頭來，觀賞這場煙火秀。過去在平安星早已習慣馬太月的雨季風暴，因此這場閃電表演的頭一個小時，對我而言並不特殊。只有空中放電準確無誤打在遠方特斯拉樹林的景象，帶來幾許焦躁不安。然而，沒有多久，這些林中巨物開始發出光芒，傾吐自己所累積的能量，之後，正當我不再理會四周噪音，迷迷糊糊即將入睡之際，真正的毀滅力量開始完全解放。

特斯拉樹首波高能放射的前十秒，鐵定釋出至少有上百道電弧。距我們不到三十公尺遠的普羅米修斯樹因而爆炸，還在燃燒的烙印就這樣從五十公尺高處直撲地面。集電棒不斷發光、嘶嘶作響，導引一個接著一個的藍白色死亡電弧移轉方向，圍繞我們小小的營地。塔克尖叫著說了些什麼，但區區人聲在如此光線與聲波的猛烈轟擊下，實在過於微弱而無法聽聞。鄰近馱鳥拴束處，有片鳳藤爆開燃燒，其中一隻受到驚嚇的鳥兒，儘管給牠戴上眼罩、腳也事先綁好，還是掙脫束縛，衝入光亮的集電棒所圍成的圓圈當中。霎時，六七發閃電從最近的特斯拉樹擊向這倒楣的動物。在那瘋狂的一秒，我發誓看到牠的骨頭透過沸騰的血肉明亮一爍，隨即高高騰越空中，了結牠的生命。

整整三個小時，我們見識到世界末日的景象。兩根集電棒傾倒了，不過其他八根仍持續運作。塔克與我蜷縮在帳篷熱穴裡，滲透面具從煙霧瀰漫的高熱空氣中過濾出足夠的清涼氧氣，好讓我們呼吸。還好四下沒有矮小的林木，加上塔克又嫻熟地將營帳搭在有庇護作用的石綿植物附近，遠離其他電擊目標，兩人才能倖免於難。我們和永滅之間，僅僅相隔著一片石綿，和八根晶鬚合金棒。

「它們看起來還很能撐嘛！」風暴下的劈啪嘶裂中，我這麼對塔克吶喊著。

「它們口以撐一鍋小時，口能口以到兩鍋。」我的導遊呼嚕答道：「隨時，也許粉快，燒掉兜話，我們就死囉。」

我點點頭，透過滲透面具的滑帶啜飲一口微溫的水。如果我能活過今夜，我該好好感謝主，祂的寬大讓我有緣得見這幅奇景。

第八十七日

昨天正午，塔克和我穿出悶燒中的火燄森林東北角，很快地在一條小溪旁邊紮營，狠狠地睡了十八個小時，好補償整整兩天沒有休息，不斷移動前進，穿過噩夢般火燄與灰燼的折磨，以及三個無眠的夜晚。我們接近森林盡頭的豬背嶺脊時，所及之處均可見到裂開的種莢與毬果，為前兩夜大火所燒死的種種火生植物帶來新生。我們還剩下五根集電棒，但無論是塔克還是我，都不想再多試一晚。僅存的馱鳥，在卸下沉重負擔的一刻便倒地死去。

日出之時，我在潺潺流水聲中醒來。沿著小溪向東北方走了一公里，沿途水聲益發低沉，最後小溪突然從視線中消失不見。

大裂口！我差點忘卻最終的目的地。就在今天上午，我跌跌撞撞穿出霧氣，沿著愈顯寬闊的溪面，飛躍於潮濕的岩塊之間。搖搖晃晃地跳上最後一塊圓石，腳步踩穩後，向下望去，只見瀑布垂直墜落，其下迷霧、礁石與河流，落差幾乎有三千公尺。

大裂口並不若傳說中元地球的大峽谷，或是希伯崙星的世界裂那般，將隆起的高原深深切下。儘管海柏利昂的海洋十分活躍，陸塊看起來也和地球有幾分類似，這顆行星的地殼構造實際上頗為沉寂，比較像是火星、盧瑟斯或亞瑪迦斯特這類大陸幾乎不再漂移的星球。另一個與火星和盧瑟斯相像之處，在於海柏利昂深受主冰河期所影響，儘管因為海柏利昂白矮伴星長橢圓軌道的緣故，週期長達三千七百萬年。如今這顆伴星正位在遠方，鞭長莫及。通訊記錄器將大裂口類比成火星未地球化之前的水手谷，兩者的生成皆是由於億萬年來間歇的冰封與化凍，導致地殼日趨脆弱，再加上坎斯河這種地下河流不斷侵蝕。接著就是大規模的崩塌，在天鷹大陸多山的一側留下長長疤痕。

當我站在大裂口邊緣的時候，塔克也來了。我脫光衣物，洗去旅行裝束和教士服遺留在身上的煙灰味。我將冷冽溪水潑在蒼白的皮膚上，仰頭大笑，六、七百公尺遠的裂口北壁同時傳來塔克尖嘯的回音。因為地殼崩落的自然特性，塔克和我腳下是一處十分突出的懸岩，下方的裂口南壁隱而不見。儘管這岩塊危險地裸露於地表，我們假定它已抵禦重力有千百萬年，想必也能再支撐一些時候，於是我們開懷梳洗，嘶吼歡呼，直到喉嚨沙啞，完全就像從校園桎梏裡解放出來的小孩。塔克坦承他從未完全穿越火燄森林，也沒聽過有誰能在這個時節裡做到，並宣稱特斯拉樹已經完全恢復活動，他得等上至少三個月才能回去。聽他的口氣並不怎麼難過，而我也很高興有他作陪。

下午我們輪班運送我的裝備，在突岩後方一百米處的溪旁紮營，並堆起我那些裝滿科學儀器的泡棉箱，準備在早晨進一步來整理。

傍晚溫度頗低。晚餐後，恰好在日落之前，我披上保暖夾克，獨自走向初會大裂口之處西南方的一座突礁。面對河流，我占有地利之便，美麗視野更加令人難以忘懷。看不見的瀑布高高傾洩入下方河水，迷霧從中蒸融上升，移動霧幕產生水氣，將墜落的太陽化作十餘個紫羅蘭色的光球，虹霓數量更是倍增。我注視著每道光譜誕生，飛向逐漸暗淡的天頂，然後消逝無蹤。冷空氣沉降於高原縫隙和洞穴之中，暖空氣往天空浮升，垂直的風拉扯著樹葉與嫩枝，帶著霧氣向上飄移。在此同時，從裂口裡傳來一股微弱的響聲，彷彿陸地本身透過岩石巨人的聲帶、龐大竹笛，以及皇宮般規模的教堂管風琴所發出來的呼喚，那清亮、完美的旋律完整涵蓋了從最拔尖的女高音到最低沉的男低音所能唱出的每個音符。我思量著風向恰好正對吹奏笛音的岩壁，思量著下方洞穴在毫無動靜的地殼裡，不斷深探每道縫隙，也思量著這隨機和諧所創造出的人聲幻象。但最後我把這些胡思亂想拋在一旁，單純地聆聽大裂口正對落日唱出再會的頌歌。

走回以一圈螢光燈火妝點照明的營帳，正當此刻，首波流星齊放燃燒劃過頭頂天際，沿著西邊與南邊的地平線，濺起的是來自火燄森林的爆炸火光，如同一場前聖遷時期元地球上所發生的古老戰事。

一進到帳篷，我馬上測試通訊器的長距離頻道，但除了靜默還是靜默。我懷疑就算有專為塑性纖維墾植區服務的簡陋通訊衛星，它們的訊號能否涵蓋到如此偏東的範圍。畢竟只有最緊密的雷射光束和超光速通訊器的信號，才能免於被群山和特斯拉活動遮蔽的下場。在平安星上，修道院裡只有少數人佩戴或攜帶個人的通訊記錄器，但數據圈總是在那兒，必要的話，我們隨時都能搭上線。但這裡就完全沒有辦法。

我坐下聆聽谷風裡的最後曲調淡去消失，仰望同時幽暗又光閃的天空，笑對塔克在帳篷外的鋪蓋傳來的陣陣鼾聲，思索著對自己道：倘若這就是放逐，那就隨它吧。

第八十八日

塔克死了，是被殺害的。

我日出時離開營帳，發現了屍體。他睡在外面，離我不到四公尺。他說他想睡在星星底下。凶手趁他睡著時割斷喉嚨。我沒有聽到任何叫聲。我反而作了個綺夢：夢見姍法在我發燒時服侍我的景象，夢見冰涼雙手碰觸我的項頸與胸膛，碰觸我自幼就從不離身的十字架。我跨立於塔克屍身上方，目視血水滲入海柏利昂漫不在乎的土壤，形成一片寬廣而陰暗的圓。此時，想到那夢境恐怕不只是個夢——那雙手早已在夜晚真正接觸過我的身體，我不禁打了個哆嗦。

我得承認當時的舉動實在不像教士，反倒像個嚇壞了的糟老頭。以往我執行過臨終塗油禮，但由於整個人已經陷入恐慌，我離開可憐嚮導的屍首，死命在補給品中翻找稱手的武器，因而取出雨林裡所使用的大砍刀，以及打算用來獵捕小動物的低電壓邁射槍。我不曉得會不會就這麼拿著武器傷人，儘管目的是要保住自己的性命。然而，在恐懼的陰影下，我攜帶著砍刀、邁射槍，還有動力雙筒望遠鏡，走向大裂口旁一處高聳的巨石，環顧整個區域，想要找出凶手的蹤跡。除了昨日就已眼見，浮掠於樹叢中的樹棲生物和游絲，就沒有任何動靜。森林本身看似格外濃密、幽暗。大裂口有上百座階地、突礁和岩臺，一直向東北延伸，足以讓整團野人置身其間。險峻巉崖和瀰漫不散的迷霧，更可以埋伏千軍萬馬。

歷經三十分鐘徒勞無功的警戒和愚蠢的怯懦行徑，我回到營地，準備埋葬塔克。高原的土壤多含岩礫，我花了兩個多小時才挖好一座適當大小的墓穴。下葬完畢，正規儀式也完成之後，我竟想不出幾句心底話對這名粗俗、有趣，曾經是我嚮導的矮小男子訴說。「主啊，請照顧他。」嘴裡說著這最後一句，內心卻十分厭惡自己的偽善，因此也只喃喃對自己說：「請讓他平安地去吧，阿門。」

今晚，我將紮營處向北移了半公里。帳篷就搭在十公尺外的開闊處，可是我卻背著背包，牢牢抵住大石，緊緊拉起睡袍包裹全身，旁邊擺著大砍刀和邁射槍。結束塔克的葬禮後，我掃過一遍補給品和裝滿器材的箱子。東西都還在，但那些所剩無幾的集電棒竟被取走。當下我不禁設想是否有人跟蹤我們穿越火燄森林，就為了殺掉塔克，將我困在這裡。然而，我實在想不出有什麼動機足以使人如此煞費苦心。當我們睡在雨林的時候，隨便一個屯墾區裡的人都能夠輕易地下毒手，或者——從謀殺的角度，這樣做會更好——選在火燄森林開殺，如此一來根本沒人會對兩具焦屍起疑。這樣就只剩下畢庫拉族了。算是我最粗淺的指控吧。

我思索著回程在缺乏集電棒的情況下，穿越火燄森林的可行性，但很快就斷了這個念頭。留下來很可能會死，但回去，便必死無疑。

還得等上三個月，特斯拉樹才會進入休眠狀態。那就是一百二十個當地日，每天二十六個小時。一段近乎永恆的時光。

親愛的基督啊，為何這命運會降臨在我的頭上？為什麼昨夜留下我這條命，倘若我只不過是今晚要被獻祭的貢品……抑或明晚？

我坐在逐漸黯淡的峭壁之中，聆聽不祥的哀嚎隨著夜風從大裂口飄然而至，當我祈禱的同時，天空正拖著一條條血紅色的流星曳尾。

我只得喃喃地對自己念了一些言不由衷的字句。

第九十五日

過去一週以來的恐慌，大致上已經消除。我發現就算是極端的恐懼，在經過幾個虎頭蛇尾、沒有下文的日子後，也會漸漸褪去，成為稀鬆平常的事。

我使用大砍刀裁下小樹，搭起一座披棚，屋頂與側壁鋪上伽瑪防護布，木料間隙填滿泥土，厚實的圓石就權充後牆。我已經整理好研究設備，並且還布置了一部分，儘管我料想現在恐怕也用不著了。如今得搜尋食物，以補充快速消耗的冷凍乾糧。要是依照很久以前我在平安星就規畫好的時程，我應該已經要和畢庫拉族一起住上好幾個禮拜，拿小東西換取他們的糧食。無妨。除了清淡無味卻易於烹煮的卡爾瑪樹根，我還找到六種不同的莓子和較大的果類，經通訊記錄器確認，這些東西無毒可食。起碼到目前為止，只有一種是我不能吃的：它逼使我在最近的深谷旁邊蹲了整個晚上。

我焦躁不安，沿著整個區域邊界踱步，就如同一隻關在牢籠裡面，亞瑪迦斯特的小王們所珍視的裴洛普獸。向南一公里，往西四公里處，火燄森林正燒得猛烈。早晨，濃煙和游移中的霧幕爭相遮蔽天空。只有幾無間隙的石綿斷面、高原頂上堅如磐石的土壤，再加上從這裡向東北方延伸，像是披上盔甲一般的豬背嶺脊，才能將特斯拉活動困於一隅。

向北去，高原更顯寬廣，大裂口旁的樹叢也更趨濃密，如此綿延十五公里，直到一道深谷阻絕去路，它的深度約為大裂口的三分之一，寬度幾達一半。昨天我抵達這最北端，眺望溝壑的另一側，挫折感油然而生。總有一天我會再度嘗試，迂迴至東方尋找一處可以越過峽谷的地點，不過從深淵對面的鳳藤所揭示的徵兆，以及沿著東北方地平線所揚起的煙幕來看，我所能找到的頂多就是充滿卡爾瑪樹的峽谷，以及大片的火燄森林，兩者均粗略地勾勒於我所攜帶的軌道測繪地圖之中。

今夜，我造訪塔克的石墓。傍晚風聲蕭蕭，奏起輓歌。我跪在那兒試著祈禱，卻想不出任何禱辭。艾督華特，我完全想不起來呀。就跟我倆在塔倫．貝．瓦帝城旁貧瘠的沙漠中大量挖掘出的冒牌石棺一樣空空如也。

諾斯替禪會說，這種空虛是個好現象，它預示了開闊的心境可以將感知能力提升至新的層次，獲得新的洞見，帶來新的體驗。

去他的。

我的空虛就只是……空虛而已。

第九十六日

我找到畢庫拉族了，或者更確切地說，是他們找到了我。在他們過來將我從「睡夢」中喚醒之前，我會盡可能寫下一切。

今天我在營地北方僅僅四公里處進行細部探勘。迷霧因正午熱氣而蒸升，使我發現大裂口靠近我的這一側，竟有一連串的梯形臺地。我用動力望遠鏡檢視了一番，這些臺地原來是一階階的突礁、尖頂、棚架和草叢，一直延伸到懸突岩塊上。此時我才明瞭，眼前所見正是人造的居所。小屋約略有十來間，樣式粗糙簡陋，不過是成堆卡爾瑪葉、石塊和海綿草皮搭建起來的茅舍，但的確是人工所構成的沒錯。

我優柔寡斷地站在那兒，手裡舉著雙筒望遠鏡，拿不定主意：究竟是要向下攀爬至已暴露的突礁上，面對這些居民，抑或撤回營地？有股寒意自背後傳上脖子，確確實實地告訴我：這裡還有別人在。

我放下望遠鏡，緩緩轉身。畢庫拉族就在那裡，少說有三十個，站著圍成半圓，擋住退回森林的去路。

我不清楚自己期待中的畢庫拉人該是什麼模樣。赤身露體的野蠻人？或許吧，還帶著凶狠的表情和尖牙串成的項鍊。也許我盼望找到的是留著大鬍子、滿頭亂髮的隱士，旅者在希伯崙星的摩西山脈裡偶爾會遇見的那種。不管我心裡想的是什麼樣子，真正的畢庫拉人完全無法套入先入為主的形象。

悄悄接近我的這群人，個頭不高，沒有一個超過我的肩膀，全身上下，從脖子到腳趾都裹著粗略編織的暗色長袍。有幾個開始移動，看起來像是幽靈滑過崎嶇不平的地面。遠遠看去，他們整體的外觀令我不禁想到一群咯咯亂叫、五短身材的耶穌會士來到新梵諦岡領地的景象。

那時我幾乎要嘻笑出聲，不過隨即了解到這樣的反應可能意味著倉皇失措。畢庫拉族並未顯露任何敵意足以引發如此恐慌，他們沒有攜帶武器，小手空空如也。臉上一樣木然空洞，毫無表情。

他們的相貌實在很難三言兩語描述清楚。全部的人都是禿子。禿頭、臉上無毛，寬鬆長袍直直垂落地面，以致於難以分辨是男是女。迎面而來的這一群，此刻已經超過五十人，年紀看起來大致相當，介於四十至五十標準歲之間。臉頰十分光滑，皮膚帶有淡淡黃色，我猜這也許和他們歷代族人長期攝取卡爾瑪及其他在地植物體內所蘊含的微量礦物質有關。

有人大概很想以「天真無邪」這個辭彙來形容畢庫拉人的渾圓臉蛋，但經過仔細觀察，甜美的印象會漸漸褪去，取而代之的則是另一種見解——平靜溫和、與世無爭的白痴。身為傳教士，我曾在落後星球待過不算短的時間，目睹某種古老遺傳性疾病所引發的種種癥候。這種病有好幾種稱呼，唐氏症、蒙古症，或是「跨世代星艦的遺產」。這就是當時那六十來個身穿暗色長袍的小矮人所帶給我的整體印象：有一整票安靜、微笑的禿頭痴呆兒童對著我打招呼。

我提醒自己：幾乎可以確定這群「微笑兒童」就是趁塔克熟睡時割開他喉嚨，使他如同屠宰豬隻一般死去的凶手。

最靠近我的畢庫拉人走上前來，離我大約五步，以柔和的單音調吐出一些字句。

「等等。」我一面搭腔，一面摸索著取出通訊記錄器，輕輕一拍，調整到翻譯功能。

「Beyetet ota menna lot cresfem ket?」面前的矮小男子問道。

我及時戴上耳機，收聽通訊器的翻譯。這表面上聽起來頗為陌生的語言，不過是某種古代種船的英語退化後的型態，當地屯墾區的居民在不久之前，仍然持續使用這些暗語。「你是屬於十字形／十字架的人嗎？」通訊器如此解讀，最後的名詞還提供了兩種選擇。

「是的。」我回答道，現在終於知道這些就是塔克被殺的那一晚，趁我熟睡時觸摸我的人。這也代表他們殺害了塔克。

我等待著。打獵用的邁射槍放在背包裡，倚著一株矮小的卡爾瑪樹，距離我不到十步。可是有六名畢庫拉人擋在中間。無妨。頓時我立刻明瞭，自己絕對不會舉起武器對付任何人類，就算他殺了我的嚮導，而且還隨時有可能連我也一併殺掉。我閉上眼睛，悄悄念了一段懺悔禱文。再度睜開眼時，現場的畢庫拉人卻越來越多。他們暫時停止動作，彷彿已經湊足法定人數的下限，達成了某項決定。

「是的。」靜默之中，我再度開口：「我就是那個戴著十字架的人。」耳朵聽聞通訊器的喇叭將「十字架」念作「cresfem」。

畢庫拉族整齊劃一地點點頭，隨後，像是一群歷經長久練習的祭壇侍童似地，全體人員單膝跪地，身上長袍窸窸窣窣，行了個完美的屈膝禮。

我張開雙唇想要說話，卻發現自己無話可說，只得再把嘴閉上。

畢庫拉人起身了。一陣微風拂過脆弱的卡爾瑪葉，在我們頭上發出單調的颯颯聲響，傳遞夏日將盡的信息。左手邊最靠近我的那名畢庫拉人走上前來，用冰涼卻強壯的手指抓住我的前臂，然後輕輕地說了一句話。通訊器是這樣翻譯的：「來吧。該是到屋裡睡覺的時候了。」

此刻不過是下午時分。不知道通訊器是否把「睡覺」一詞給譯得正確，抑或它可能是一種慣用語或隱喻，實際上意味著「死亡」？我點頭跟隨眾人朝向位於大裂口邊緣的村莊前進。

現在我坐在小屋裡等待。周遭傳來沙沙聲。有人醒了。我還是只能坐著等待。

——第九十七日——

畢庫拉族稱呼他們自己為「三廿有十」。

我花了整整二十六個小時觀察他們，和他們說話，趁他們下午「睡覺」的那兩個小時整理筆記，大體上就是在他們決定要劃開我喉嚨之前，盡可能地記錄資料。

可是現在我開始相信，他們不會動到我一根汗毛。

昨天「睡」完覺，我就開始跟他們交談。他們有時不會回應我的問題，就算真的回答了，也不過只比遲緩兒的呼嚕不語或南轅北轍的答覆稍稍好上一點。除卻初次相遇時的發問和邀請，他們不再主動提問，或是針對我的行為表示意見。

我以受訓過的專業民族學者所特有的鎮定，小心翼翼地詢問他們。我盡量提出最為簡單，根據事實即可回答的問題，以確保通訊記錄器能精準翻譯。它的確做到了。不過綜觀這些回答，還是無法帶給我什麼有用的資訊，我仍然和二十幾個小時之前一樣，對他們一無所知。

最後，身心俱疲之下，我放棄專業的精細敏銳，直接對著坐在一起的那群人劈頭就問：「你們是不是殺了我的同伴？」

三名同我對話的人，依然埋首於一架簡陋的織布機，繼續他們的工作。其中一名，我私底下管他叫「阿法」，因為他是森林中第一個接近我的畢庫拉人，回答道：「是的，我們用磨利的石頭割開你同伴的咽喉，當他掙扎時，我們壓住他，使他安靜下來。他達到了真正的死亡。」

「為什麼？」我停了一會兒，接著追問下去，乾澀的聲音聽起來像是碎裂的穀殼。

「為什麼他達到真正的死亡？因為他的血流乾了，呼吸也停止了。」阿法解釋道，仍舊沒有抬頭。

「不，為什麼你們要殺他？」我追問道。

阿法並沒有回應，可能是阿法女性伴侶、但也可能不是的貝蒂，眼光從織布機那兒移了上來，簡潔地說：「要讓他死。」

「為什麼？」

他們的回答總是一成不變，使我丈二金剛摸不著頭腦。經過不斷詢問，我才弄清楚他們殺掉塔克是要讓他死亡，而他為何會死，是因為他被殺了。

「死亡和真正的死亡有什麼不同？」我問道。在這個節骨眼上，我已經無法冷靜下來，相信通訊記錄器的翻譯。

第三個畢庫拉人，戴爾，咕噥回應，通訊器這樣解讀：「你的同伴達成了真正的死亡。你沒有。」

我的挫敗感終於爆發為怒氣，聲色俱厲吐出言語：「為什麼沒有？為什麼你們不要把我給殺了？」

三人全都放下愚蠢的編織工作，一起看著我。阿法說道：「你不可能被殺，因為你不可能會死，因為你屬於十字形，而且跟隨十字架的道路。」

我不曉得為何這臺他媽的機器會把同一個字一下子翻作「十字架」，一下子又翻作「十字形」。因為你屬於十字形。

一股寒意竄透全身，隨之而來的是大笑的衝動。我是否闖進老掉牙的全像電影探險情節，失落的部族瘋狂膜拜誤入叢林的「神明」，直到那可憐的傢伙不小心在刮鬍子還是做什麼的時候割傷自己。而這些族人確認他們的造訪者其實也是血肉之軀，是否獲得一絲寬慰，將這位先前所信奉的神明拿來獻祭？

要不是塔克失去血色的臉和不規則斷面的傷口帶給我深刻的印象，這種想法倒還滿好玩的。

他們對十字架的反應當然不免使人聯想到：我所面對的是一群基督教殖民地的倖存者，是天主教嗎？儘管通訊記錄器的資料一直堅持四百年前墜落於這片高原的登陸艇上所搭載的七十名殖民人士，全都是新喀爾文—馬克思主義者，他們就算不對傳統宗教懷有敵意，也頂多抱持漠不關心的態度。

我考量到繼續探索這個問題可能會使處境更加危險，現在該是收手的時候，但是愚蠢的好奇心仍然驅策我往下追問：「你們信奉耶穌嗎？」

他們表情木然，毋須言語，我即可得知答案是否定的。

「基督呢？」我再度嘗試：「耶穌基督？基督徒？天主教會？」

完全不感興趣。

「天主教？耶穌？聖母？聖彼得？聖保羅？聖德日進？」

記錄器發出一連串聲響，但這些字眼對他們而言似乎沒有意義。

「你們跟隨十字架嗎？」我只得嘗試最後一道門路。

三個人全都盯著我看。「我們屬於十字形。」阿法答覆道。

我點點頭，卻完全無法理解。

傍晚，我在日落之前短短地睡了一會兒，醒來時已是大裂口夜風吹奏管樂的時分。身處村落所在的突礁，樂聲更顯嘹亮。揚起的勁風颼颼掠過石孔岩隙、拍擊枝葉，就連小屋似乎也加入合奏的行列。

我感到有什麼地方不對勁。昏昏沉沉地過了一分鐘，才了解到他們已經拋下整座村莊，房舍裡空無一物。我坐在一塊冰冷的大石上，猜想著是否我的出現引發了大規模的遷徙。音樂止息，流星也穿過低垂雲層的縫隙，開始夜間表演。此時，我聽見後方傳來一道聲音，轉身看去，發現「三廿有十」的全部七十名成員就在我的背後。

他們不發一語，經過我身旁，朝向小屋而去。晚上的村落沒有燈光，我猜想他們正坐在屋內，緊盯著我。

我則繼續待在外面。沒多久，我走到長滿草的懸岩邊緣，站在那兒，底下則是無盡深淵。成簇的藤蔓和樹根牢牢抓住崖面，不過看起來只向外延伸了幾公尺，懸掛在絕對的虛空之上。不可能會有藤蔓長到可以通往下方兩公里處的河谷。

可是畢庫拉人就是從這個方向來的。

沒道理。我搖搖頭，走回自己的房舍。

我坐在這裡，就著通訊器顯示鍵的亮光寫下記錄。我試圖想出一些預防措施，以確保自己還能見到明天的太陽。

可是卻一點兒也想不出來。

第一〇三日

我學的越多，懂的卻越少。

我幾乎把所有裝備都搬進村裡他們空下來給我的小屋了。

照了相片，錄了聲音和影像，我也對整座村莊和居民做了徹底的全息掃描。他們似乎毫不在意。我將全息影像投射出去，他們只是從中穿過，完全不表任何興趣。我把他們的錄音播放給他們聽，他們只是微笑以對，然後回到茅舍，枯坐在那兒好幾個小時，什麼事也沒做，什麼話也沒說。我遞給他們一些小玩意兒，他們不發一語就直接取走，檢查看看是否可食，然後隨手丟棄。草地上散落著塑膠珠、鏡子、彩色布片和廉價筆。

我設立了一整座醫療研究站，但是沒有用，「三廿有十」不會讓我檢查他們：不讓我採集血液樣本，就算我已經重複示範，說明這根本就不痛。也不讓我使用診斷裝備掃描他們——簡單地說，絕對不採取合作的態度。他們不會爭辯，不會解釋，只是轉過身去做自己的事情。

過了一個禮拜，我還是無法分辨男女。他們的臉孔使我想起那些只要眼睛一瞪就會開始變形的視覺謎題：有時候貝蒂的臉看起來毫無疑問是個女的，可是十秒鐘之後，這種性別的感覺旋即消失，使我感覺她（還是他？）又變成了男性的貝他。他們的聲音也有相同的變化：輕柔低沉、抑揚頓挫，卻分不出是男是女……令我想起落後世界裡那些軟體設計不良的家用電腦。

我發現自己想要看看畢庫拉人裸體的樣子。對一個四十八標準歲的耶穌會信徒而言，的確很難啟齒招認。不過，就算是偷窺老手，恐怕也難以達成。畢庫拉族對裸體的禁忌看來牢不可破。無論清醒還是兩小時的午後小盹，他們全都身穿長袍，方便時一定會走到村莊以外的區域，我懷疑就算在那種時候，他們也絕對不會脫下寬鬆的袍子。而且他們似乎根本就不洗澡。有人大概認為這樣應該會造成嗅覺上的負擔，可是除了卡爾瑪樹淡淡的甜香，這些原始人類聞起來並沒有什麼味道。「你們必定在某些場合脫掉衣服吧？」某天我這樣對阿法說道，為了獲取資訊，已經不管這個問題敏不敏感。「不。」他簡短回話，然後走到別的地方，全身穿戴整齊，什麼也沒做。

他們沒有名字。起初我還難以置信，不過現在就很確定如此。

「不論過去或未來，我們都是一體。」最矮小的畢庫拉人說道，我認為她是女的，管她叫艾琵。

「我們是三廿有十。」

我搜尋過通訊記錄器的資料，證實我之前猜的沒錯：在超過一萬六千個已知的人類社會之中，個別成員沒有姓名的，可以說絕無僅有。就算是盧瑟斯的巢狀社會，每個個體還是會以各自的階級種類，加上一個簡單的代碼，作為識別。

我告訴他們我自己的名字，結果他們全都瞪大了眼睛看著我。「保羅．杜黑神父，保羅．杜黑神父。」通訊器重複播放翻譯後的內容，但他們連最簡單地跟著複誦也不肯。

每天除了日落前的集體消失，以及兩小時的共同睡眠以外，他們很少一起行動。就連住所的安排似乎也是隨機的。阿法第一天會跟貝蒂睡在一起，第二天則是和甘姆，第三天則可能跟莎爾妲或皮特。沒有明顯的系統或排表。每三天，他們一行七十人會進入森林採集，帶回莓類、卡爾瑪樹的樹根和樹皮、水果，以及其他可食的物品。我原本很確定他們是吃素的，直到有一次我看見戴爾津津有味地嚼食一隻樹棲幼獸冰冷的屍體，這隻幼獸應該是從樹上墜落死亡。這意味著「三廿有十」並不鄙視肉食，他們只是太笨了，沒辦法從事捕獵而已。

畢庫拉人口渴的時候，會走上近三百公尺的路程，到一條最後形成瀑布落入大裂口的溪流邊飲水。儘管諸多不便，仍舊沒有跡象顯示他們擁有水袋、水罐，或任何形式的陶器。我一直將自己的儲水存放在十加侖的塑膠容器內，不過這些村民並未察覺。由於我對這些人的敬意與日俱減，所以覺得他們頗有可能不靠任何便利的水源，就世代居住於這個村落。

「這些房子是誰蓋的？」我問道。他們並沒有對應「村莊」的字眼。

「三廿有十。」威爾回應道。我只能藉由一根未能完全癒合的斷指認出他來。每個畢庫拉人至少會有一項特徵可供辨認，不過有時候我倒認為分辨一隻隻的烏鴉還容易些。

「他們什麼時候蓋的？」我繼續追問，儘管到現在，我早該知道他們不會回答關於時間的問題。

果然得不到任何答案。

他們每天傍晚一定會去大裂口，沿著爬藤垂降而下。第三個黃昏，我試圖觀察這種外出的行為，可是有六個人在裂口邊緣將我擋下，溫和卻堅定地帶我回到小屋。這是第一次我體會到畢庫拉族具有攻擊暗示的舉動，所以他們離開之後，我帶著焦慮，坐在原地。

隔天晚上他們出發的時候，我靜靜地走進屋內，一眼也不向外看。不過等到他們回來後，我就前往取回設立在裂口邊緣的全息攝影機和三腳架。定時裝置運作得十分完美。成像顯示畢庫拉人抓著藤蔓，靈巧地爬下崖面，就跟充斥於卡爾瑪樹叢和堰木林內的樹棲小獸沒兩樣。隨後他們就降至懸岩下方了。

「你們每天傍晚到懸崖底下做些什麼？」次日，我詢問阿法。

這名土著看著我，露出天使或佛祖般純潔的笑容，我現在看了就討厭。「你屬於十字形。」彷彿這句話可以回答一切問題。

「你們到懸崖下面作禮拜嗎？」我繼續問。

沒有回應。

我足足想了一分鐘。「我也跟隨十字架。」我知道這句話會被翻譯成「屬於十字形」。現在我已經不需要翻譯程式了。不過這一次的對話實在太過重要，不容模稜兩可。「這是不是意味著我應該加入你們，一起下去崖底？」

有好一陣子，我認定阿法在思考。他皺起眉頭，我才領悟到這也是我第一次目睹「三廿有十」成員接近不悅的神色。然後他說道：「你不行。你屬於十字形，但是你不屬於三廿有十。」

我可以理解他必須用盡大腦當中所有的神經元和突觸，才能構思出如此優越的答覆。

「如果我真的下到崖底，你們會怎麼做？」我再度發問，不過這一次不期待有任何回應。假設性的問題幾乎跟時間方面的質詢一樣，沒有什麼結果。

這一次他倒答話了。阿法臉上重新浮現天使般的笑容和無憂無慮的表情，說道：「如果你企圖下到崖底，我們就會把你壓在草地上，拿削尖的石頭割斷你的喉嚨，然後等待，直到你的血液不再流出，你的心臟停止跳動。」

我啞口無言，懷疑當時他是否聽見我的心跳聲。好吧，我心想，起碼你不用再擔心他們把你當作神祇一樣崇拜。

一陣沉默。最後阿法終於補上一句，直到現在，我依舊在推敲其中含意。他說：「然後假使你再下來一次，我們就必須再殺你一次。」

話畢，阿法和我對望了許久。我很確定，我們兩個都堅決相信：對方是個不折不扣的白痴。

第一〇四日

每個新揭露的真相總會加深我的困惑。

自從我第一天來到村莊，就一直猜不透這裡為何沒有小孩。往回瀏覽筆記，我發現記錄器裡的每日觀察口述中曾經多次提及此事，可是在私人日誌這個大雜燴中卻毫無記載。也許其中的弦外之音實在太過駭人。

我多次不得體地嘗試刺探這項祕密，而「三廿有十」仍然表現出他們一貫的蒙昧。被問到的人總是喜孜孜地帶著笑臉，回答前言不對後語，就連萬星網中最愚蠢的鄉巴佬隨口嘮叨幾句，和這些話比起來，也算是聖賢哲人的金玉良言。更多時候，他們甚至連話也不說。

有一天，我站在那個我管他叫作戴爾的畢庫拉人面前，待在那兒，等他察覺我的存在，然後問他：「為什麼這裡都沒有小孩子？」

「我們是三廿有十。」他輕聲說道。

「嬰兒呢？在哪裡？」

他沒有回應，但也沒有閃避問題的意思，只是呆呆地看著我。

我吸了一口氣。「你們當中最年輕的人是誰？」

戴爾似乎開始思考，奮力與「年輕」這個概念搏鬥。他被擊敗了。我懷疑畢庫拉族是否完全失去了時間感，以至於無法回答相關問題。然而，經過整整一分鐘的沉默，戴爾指向蹲伏在陽光下操作粗陋織布機的阿法，接著說道：「那兒就是最後一個回歸的人。」

「回歸？」我詫異地追問：「從哪裡？」

戴爾直視著我，不帶情緒，也無不耐的神色。「你屬於十字形，一定知道十字架的道路。」

我點頭示意。光是這兩句，我就知道再講下去又會陷入不合邏輯的迴圈之中，與畢庫拉人的對話裡時常出現。我得找出方法，抓住這條得來不易的資訊。「那麼阿法，是最後一個出生的。回歸的。可是其他人會……回歸嗎？」我邊說邊指過去。

我都不確定自己是否聽懂這個問題。在對方完全沒有關於小孩的字眼，也毫無時間概念的情況下，我們要如何詢問他們關於出生的事情呢？可是戴爾似乎能夠理解。他點了點頭。

受到激勵，我接著問道：「那麼下一個三廿有十什麼時候會出生？會回歸？」

「沒人會回歸，直到有人死掉。」他答道。

突然間，我想我明白了。「所以沒有新生兒……不會有人回歸，直到某個人死掉。你們把缺少的人用另外一個遞補上來，使整個團體保持三廿有十？」

戴爾沉默以對，我將這種安靜解讀為同意。

情勢似乎已經夠明朗了。畢庫拉族對於他們的「三廿有十」極為注重。他們將族群人口保持在七十這個數字，和文獻記載裡四百年前墜落於此地的登陸艇乘客數量相等。純粹是巧合的機會不大。一旦有人死亡，他們就容許生出一個小孩，來取代原本那名成人。很簡單的想法。

用想的是很簡單，但根本不可能做得到。自然界和生物界無法如此精巧地運作。撇開族群最低人口數的問題不談，還有其他荒謬之處。就算我很難從這些人的細皮嫩肉推斷出他們有多大，但依然可以明顯看出，他們之中最老的和最年輕的，壽命相差不超過十歲。我猜他們的平均年齡介於三十七、八到四十五標準歲之間。這麼一來，老人到哪兒去了？那些父母親、日漸衰老的叔叔伯伯、未經婚配的姑姑阿姨呢？照這種成長速率來看，整個部族差不多會在同一時間邁入老年。假使他們全都超過生育年齡，但卻遇上必須取代已逝族人的情況，又該怎麼辦？

畢庫拉族過著單調的定棲生活，即使居住在大裂口的邊緣，意外發生率也很低。沒有獵捕他們為食的生物，季節變化極微，而食物的供給幾近恆定。可是，就算擁有這些得天獨厚的條件，這謎樣族群四百年來的歷史之中，絕對會有好幾次疫病橫掃村莊，或者過多的藤蔓斷裂，導致居民摔落裂口，也可能因為某項事物，造成自古以來連保險公司也憂懼害怕的大規模不正常猝死。

然後呢？他們難道為了彌補缺額而開始生育，補足後又回到目前的無性狀態？還是畢庫拉人實在迥異於其他有案可考的人類社會，好幾年才會有一次發情期？十年一次？還是一輩子只有一次？這實在令人懷疑。

我坐在茅屋內，重新探討所有可能。有一種情況：這些人極為長壽，而且一生中大部分的時光都能繁殖後代，輕易補足族群的傷亡。不過這麼一來就無法解釋他們每個個體為何都屬於同一個年齡層。

而且也沒有任何機制能說明他們如何可以活得這麼久。霸聯最好的抗老化藥物也只不過能讓一個人活蹦亂跳到一百出頭標準歲而已。預防性的健康措施可以讓壯年期的活力一直延續至近七十歲，也就是我的年紀，可是除了複製器官移植、生物工程，以及其他大富大貴的人士才能享受的特別安排，萬星網中沒有人可以到七十歲才開始計畫成家，也不可能在一百一十歲的生日派對上大跳熱舞。倘若吃卡爾瑪樹根，或是呼吸飛羽高原的空氣，對於延緩老化有如此驚人的功效，我敢打賭海柏利昂的每一個人必定會住在這裡大啖卡爾瑪，而這顆行星幾百年前也早就設置傳送門，持有萬用卡的霸聯公民絕對會在這兒安排度假或退休生活。

不，比較符合邏輯的想法是：畢庫拉人的壽命並不特別長，也保有正常的出生率，只不過除了補足「三廿有十」的情況之外，所有的小孩都被殺了。他們可能採取節育或生育控制的方式，而非屠殺新生兒，直到整個族群達到一定的年歲，需要新血輪的加入。在同時期內大量出生，正可以解釋畢庫拉族的個體年齡普遍相同的現象。

然而，又是誰來教導下一代呢？父母和其他老人都怎麼了？畢庫拉人是否在傳給子嗣勉強算得上文明的粗淺教條之後就尋求自身的死亡？這是不是所謂「真正的死亡」，抹殺一整個世代的族人？「三廿有十」會不會殺掉鐘形年齡曲線中居於兩個極端的個體？

這樣的推測是沒有用的。我開始對自己缺乏解決問題的技巧感到惱怒。咱們來建立一套策略，然後照著執行吧，保羅。別一直把你那懶散的耶穌會屁股黏在椅子上。

【問題】如何分辨性別？

【解決之道】誘拐或強迫幾個可憐的小惡魔來進行醫學檢查。揭開一切關於性別角色的謎團，找出裸體禁忌背後的祕密。多年來為了人口控制而實行嚴格禁慾的社會，很符合我的新理論。

【問題】為何他們如此執著於維持當初登陸艇墜毀時所留下來的「三廿有十」人口數？

【解決之道】繼續糾纏盤問，直到獲得答案為止。

【問題】小孩在哪裡？

【解決之道】持續施壓、刺探，直到獲得答案。全族傍晚走下崖底的行為，很可能和這一切有密切關連。那邊也許有個育兒區，或是一堆嬰兒的骸骨。

【問題】「屬於十字形」跟「十字架的道路」究竟是怎麼一回事？倘若這不是當年殖民者宗教信仰的扭曲退化版本，又會是什麼？

【解決之道】直接前往問題的根源探查。他們每天下崖，本質上算不算一種宗教行為？

【問題】懸崖底下有什麼？

【解決之道】就下去看哪。

明天，如果他們的生活模式沒錯的話，所有「三廿有十」的成員將進入森林，花幾個小時採集食物。這一回我就不跟他們去了。

我將跨過邊界，攀爬下崖。

——第一〇五日——

〇九三〇時——噢，感謝主，恩准我目睹今日所見的事物。

噢，感謝主，在此時此刻，帶領我到這個地方，見證祢存在的神蹟。

一一二五時——艾督華特……艾督華特！

我得要回去，展示給你們看！展示給所有人看！

我已經打包好必需用品，將全息影像錄影碟片和膠卷放進石綿葉織成的囊袋。我備妥糧食飲水，以及能量逐漸耗盡的邁射槍。帳篷、睡袍，都帶齊了。

只差那些被偷的集電棒！

畢庫拉人一定把它們藏在哪裡。不，所有小屋和鄰近森林都找遍了。他們留著這些東西又沒什麼用。

不管啦！

如果可以，我今天就要離開這裡。要不然，也得儘快成行。

艾督華特！我全都錄下來啦！就在膠卷和碟片裡面。

一四〇〇時——

今天沒辦法穿過火燄森林。我甚至還沒進入特斯拉活動區的邊緣，就被濃煙給逼了回去。我回到村莊，從頭又看了一遍全息錄影。沒有錯。這是一項千真萬確的奇蹟。

一五三〇時——

「三廿有十」隨時都可能會回來。要是他們知道……要是他們一眼就看出我到過那裡，又會如何呢？

我可以躲。

不，沒這個必要。天主不會帶我來這麼遠的地方，讓我目睹奇蹟，卻又讓我死在這群蹩腳孩童的手裡。

一六一五時——

「三廿有十」回到村內，隨即各自進屋，連瞥我一眼也沒有。

我坐在自己茅舍的正門底下，無法讓自己忍住不笑、不祈禱。早些時候，我走到大裂口旁邊，作了彌撒、領了聖餐禮。那些村民連看都不想看。

我最快要等到何時才能動身？奧蘭第區長和塔克曾說過，火燄森林的活動狀態會持續三個當地月，也就是一百二十天，接下來的兩個月則較為平靜。塔克跟我是第八十七日來到這裡……

我不能再等上一百多天，才將這些訊息帶回文明世界……呈現在所有世人的面前。

倘若有架浮掠機能不畏嚴酷的氣候，穿越火燄森林，將我接走，倘若我能連上屯墾區居民所使用的資料傳輸衛星……

任何事都有可能發生。會有更多奇蹟出現的。

二三五〇時——

「三廿有十」去了大裂口。四周響起了傍晚的風鳴合奏。我現在多麼希望能和他們一起去！就在那邊，大裂口底下。退而求其次，我會在崖邊跪地禱告，伴著行星吹奏的管樂和天空傳來的唱和。我現在終於明白：這是讚美天主確實存在的頌歌。

——第一〇六日——

一覺醒來，迎接完美的早晨。天空一片深邃藍綠，太陽彷彿血紅尖石鑲嵌其中。我站在屋外，迷霧業已散去，樹棲小獸停止清晨尖鳴，空氣也逐漸暖和起來。於是我走進茅舍，觀看影帶和碟片的內容。

我了解到昨天興奮之餘率性寫就的文字，完全沒有提及崖底下的發現。所以我現在就來仔細描寫。儘管拍了影碟、影帶，通訊器也留下相關記錄，但總有可能最後僅剩這些私人日誌會被發現，還是保險一點好。

昨天早上大約〇七三〇時左右，我自懸崖邊垂降而下。畢庫拉人全都在森林裡採集食物。藉由藤蔓下崖看起來頗為容易——許多地方，它們都糾結在一起，形成一種另類的梯子——可是就在我身體盪出去，開始垂降的時候，我可以感覺到自己心臟猛烈跳動，甚至還會痛呢。距離底下的石頭和河谷，整整有三千公尺的落差。我隨時隨地緊緊抓住至少兩條藤蔓，一公分一公分地向下攀爬，試著不去觀看腳下的萬丈深淵。

我花了大半個小時才下降一百五十公尺，相信畢庫拉族只要十分鐘就能做到。好不容易抵達一座懸岩的彎曲面。有些爬藤向外伸入空中，不過大部分纏繞在陡峭的岩塊下方，往三十公尺遠的崖面生長。隨處可見藤蔓草草編成簡陋空橋，畢庫拉人很可能行走其上，毋須過於倚靠雙手輔助。我爬行在這些編好的藤索上，一面抓住其餘藤蔓作為支撐，嘴裡喃喃念著自孩提時代就不曾說過的禱詞。瞪得老大的兩眼只敢向前瞠視，彷彿這樣可以讓自己忘記，在這些搖搖晃晃、咯吱作響的植物底下，全是無窮無盡的虛空。

崖壁上有座寬廣的突礁。我掙扎著從藤蔓處擠出身子，跳下兩公尺半的距離，落在這塊大石向外延伸的三公尺處。

突礁約有五公尺寬，東北方不遠，就是自懸崖延伸的基部。我沿著上頭的小徑走向西南方，走了二、三十步，我突然驚覺，停了下來。這真的是一條小徑，一條在堅硬的石塊上磨成的小徑。它光亮的表面陷入石板之中，有好幾公分深。跟著走下去，小徑沿著突礁邊緣，通往一座位置更低但更為寬廣的平臺。石頭上甚至還刻著一級一級的階梯，不過經過長時間磨損，每一階中央似乎有凹陷的現象。

這明顯的事實對我造成極大衝擊，使我不由得坐下來好一陣子。就算「三廿有十」四百年來每天不間斷地行走，也不可能將堅硬的岩石磨成這樣。一定是什麼人，還是什麼東西，在畢庫拉族的祖先墜落此地之前，就使用這條小徑。這些人還是東西，不知已經走過幾千幾萬年的歲月。

我起身繼續向前。除了清風緩緩吹過半公里寬的大裂口，四周沒有太多聲響。我察覺還可以聽見下方深處的河流傳來的潺潺水聲。

小徑在一片懸崖附近左彎，就到了盡頭。我踏上緩緩向下傾斜的寬闊石面，隨即瞪大了雙眼。我相信自己一定不假思索地畫了個十字。

由於這座南北走向的突礁自懸崖伸出有一百公尺長，我可以沿著三十公里長的大裂口看向正西方，直到高原盡頭天際開闊之處。我馬上想到：每天傍晚，夕陽總會照亮懸岩下方的厚實崖壁。我敢說，倘若從這個絕妙的地點觀察——特別是在春分或秋分——海柏利昂的太陽看起來就會是正正地沒入大裂口之中，火紅的邊緣恰好與兩側粉紅的山壁相切。

我轉向左邊，注視崖面。磨平的小徑橫亙寬闊突礁，通往兩扇垂直峭壁中切割而成的門。不，這不是普通的小門，而是雄偉的教堂正門，鬼斧神工，上頭還有精雕細琢的石刻窗扉和過梁。門的兩旁則有兩扇嵌有彩色玻璃的大窗，向上延伸至少有二十公尺，幾與懸岩相接。我走近幾步，檢視這建築的外觀。不管是誰建造的，他們必定將懸岩底下的區域挖寬，在高原側壁的花崗岩上切割出一面光滑而垂直的高牆，然後直接在崖面上開鑿坑道。我將手滑過大門周圍，那些重合交疊的裝飾雕刻。真是光滑。就算隱匿於此，有著突礁邊緣的保護，足以隔絕大多數的自然力量，這一切仍然逃不過時間的消磨，變得平順、脆弱。究竟在幾萬年前，大裂口的南面就被雕琢出這麼一座……神殿？

那些「彩色玻璃」，既不是真的玻璃，也不是塑膠製品，而是某種厚重的半透明物質，摸起來似乎和旁邊的岩石一樣堅硬。窗戶也並非由窗格所構成，濃淡不一的紛亂色調，彼此混雜揉合，看起來像是水面上的油彩。

我從背包取出手電筒，碰觸其中一扇門，還在猶豫不決的當口，高大門板輕易地向內開啟，毫無任何摩擦聲響。

我走進前廳（實在想不出其他名詞來稱呼這個地方），穿越十公尺許的靜謐空間，在另一堵牆的正前方停下腳步。這面牆一樣是由疑似彩色玻璃的物質所構成，而濃密光線正透過我背後的窗戶射入，整座前廳泛起上百種精妙、詭密的色彩。我頓時領悟到：黃昏時分，太陽直射的光芒將會讓這個房間充塞一道道斑斕鮮豔的線條，直擊我面前的彩色玻璃牆，照亮牆後的種種物事。

我在類似彩色玻璃的石牆上找到僅有的一扇門，邊緣以窄薄的暗色金屬鑲出輪廓。於是我穿了進去。我們根據古老的照片和全息影像，盡所有的可能，在平安星上重建了聖彼得大教堂，就像它原本矗立於古梵諦岡的模樣。近七百呎長、四百五十呎寬，當教宗猊下主持彌撒時，整座教堂可以容納五萬名信眾。不過，就算是每四十三年一度的全萬星網主教會議，也不過只有五千位忠貞的信徒出席。在中央壁龕，我們仿建貝尼尼[28]的聖彼得寶座之旁，巨大穹頂自聖壇地板起算，向上拔升逾一百三十呎。它的巨大使人心生敬畏。

可是這個地方卻更大。

透過手電筒的昏暗燈光，我確定自己身處於一個龐大的房間，一座完全由堅硬岩石挖空而成的廣大廳堂。我估計周圍光滑牆壁向上延伸的天花板，和畢庫拉族所棲息居住的崖頂，相距頂多只有幾公尺。這裡沒有裝飾、沒有擺設，偌大而充滿回聲的石室裡，除了正中央所擺設的物體之外，完全沒有任何表示用途的標記。

大廳中央則是一座祭壇，其餘部分均已挖空，只留下一塊五公尺見方的厚石板，而祭壇之上豎立著一座十字架。

四公尺高，三公尺寬，以元地球的古老精美形式雕製而成。這座十字架正對彩色玻璃牆，彷彿等待著太陽，以及那五彩繽紛的光線，點亮其上所鑲嵌的鑽石、藍寶石、血水晶、天青石珠、女王之淚、縞瑪瑙，以及其他我可以藉由手電筒的光線辨視出的珍稀寶石。

我跪下來，開始禱告。關上手電筒，等了好幾分鐘，眼睛終於能夠在迷濛的昏暗光線中看清楚十字架的樣子。這無疑是畢庫拉人所說的「十字形」，而它豎立於此最起碼也有幾萬年，或許已經數十萬年，遠比人類首度離開元地球來得早，也幾乎可以確定早於基督在加利利的傳道。

㉘ Gian Lorenzo Bernini（1598-1680），義大利雕塑家暨建築設計師。

我繼續祈禱。

今天把全像影碟檢閱完畢之後，我坐在外頭，享受陽光的洗禮。我已經確認了昨天發現「大教堂」石室後，回程上崖時差點就忽略掉的地方。大教堂外面的突礁邊緣，還有階梯通往大裂口底下。儘管不若連接至教堂的小徑一般歷經歲月而有所磨損，但同樣啟人疑竇。大概也只有天主知曉，究竟是什麼驚世奇觀在下頭等著人們前往發掘。

我一定要讓整個萬星網知道這裡的存在！

如此神蹟竟由我率先見證，實在是畢生難忘的莫大諷刺。要不是亞瑪迦斯特事件導致我的放逐，這項發現或許還得再等上千百個歲月。教會有可能在這個得以帶來新生的啟示被人揭露之前，就已經黯然殞滅。

可是我已經找到了。

不管用什麼方法，我都要將訊息流傳出去。

——第一〇七日——

我成了階下囚。

今天早上，我在老地方，也就是小溪自崖邊墜落的瀑布洗澡時，聽見一個聲音。我抬頭往上一看，發現那名被我稱作戴爾的畢庫拉人，瞪大了雙眼注視著我。我跟他打了個招呼，可是這個小畢庫拉人卻立刻轉身，拔腿就跑。實在令人摸不著頭緒，他們鮮少如此匆忙。隨後我了解到，儘管當時仍身著長褲，任由戴爾目睹腰部以上赤裸的我，毫無疑問觸犯了他們對裸體的禁忌。

我微笑著搖搖頭，著裝完畢，回到村莊。倘若早知道會有什麼後果降臨在我身上，當時的心情就不可能如此愉悅。

「三廿有十」全體成員站著目迎我走近。我在阿法面前十來步的距離停下腳步。「午安。」我開口說道。

阿法揚手一指，六名畢庫拉人一擁而上，抓住我的四肢，將我按倒在地。貝他走上前，從他（或她？）的袍中取出一把邊緣削尖的石刃。我奮力掙脫，卻徒勞無功，貝他從上而下割開我衣服前襟，將碎布左右攤開，直到我全身赤條條，一絲不掛。

群眾簇擁向前，我也停止掙扎。他們盯著我蒼白的身軀，彼此竊竊私語。我可以感覺到心臟劇烈的跳動。「我很抱歉冒犯了你們的律法，可是你們實在沒有理由……」我開始辯解道。

「肅靜。」阿法喝止我，並對一名手掌帶有疤痕的高大畢庫拉人——我管他叫作切德——說：「他不屬於十字形。」

切德點點頭。

「請聽我解釋。」我再度開口，但阿法反手一個巴掌，使我噤聲不語，嘴唇流血、耳朵嗡嗡作響。這個動作所展現出的敵意，和我猛然轉動旋鈕關掉通訊記錄器時並無二致。「我們要如何處置他？」阿法問。

「那些不跟隨十字架的人一定要領受真正的死亡。」貝他說道，所有人一起向前，其中大部分手裡還拿著削尖的石頭。「那些不屬於十字形的人一定要領受真正的死亡。」貝他繼續說著，語氣信心滿滿，果決堅定，在連續口號和宗教念誦之中十分常見。

「我跟隨十字架！」群眾把我拉起時，我連忙大喊。手裡抓住掛在脖子上的十字架，掙扎地對抗眾多手臂擠壓的力道，好不容易才可以將這小的十字舉過頭頂。阿法舉手示意，眾人才暫停動作。在這突如其來的靜默中，我可以聽聞三公里外大裂口底下的流水聲。「他的確帶著十字架。」阿法說道。

戴爾擁向前，反駁道：「可是他不屬於十字形！我看到了。那跟我們想的不一樣。他不屬於十字形！」聲音充滿殺意。

我咒罵自己，為何如此愚蠢、如此疏忽。教會的未來就取決於我的生命，而這兩項最寶貴的東西，竟被我白白浪費，只因為我自欺欺人，相信畢庫拉族是一群駑鈍無害的小孩子。

「那些不跟隨十字架的人一定要領受真正的死亡。」貝他重複道。這是最終的宣判。

七十隻手高高舉起尖石，我大聲叫喊，心知只能搏一搏這最後一次機會，否則命運終將成為定局。「我去過崖底，並在你們的祭壇禮拜！我跟隨十字架！」

阿法等一干烏合之眾開始猶疑不定。我可以看出他們正在推敲新的思維。對他們而言，這並不是件容易的事。

「我跟隨十字架，而且渴望屬於十字形。我到過你們的祭壇。」我盡可能平穩地說道。

「那些不跟隨十字架的人一定要領受真正的死亡。」伽瑪喊道。

「可是他跟隨十字架，他已經在那個房間禮拜過了。」阿法反詰道。

「這不可能，『三廿有十』在那裡禮拜，而他不屬於『三廿有十』。」切德駁斥道。

「我們之前就知道他不屬於『三廿有十』。」阿法仍不放棄，當他處理過去式的觀念時，眉頭微微皺了一下。

「他不屬於十字形。」戴爾塔二號插話了。

「那些不屬於十字形的人一定要領受真正的死亡。」貝他還在複誦。

「他跟隨十字架，難道他就不能變成屬於十字形的人？」阿法進一步問道。

此言既出，引發一陣吶喊。趁著眾人紛亂嘈雜，來回移動，我試圖拉開壓制我的手臂，不過他們仍舊抓得死緊。

「他不屬於『三廿有十』，也不屬於十字形。」貝他說道，現在的聲音聽起來比較像是茫然困惑，而非充滿敵意。「他怎麼不應該領受真正的死亡？我們一定要拿石頭切開他的喉嚨，讓血流出來，直到心臟停止跳動。他不屬於十字形。」

「他跟隨十字架，難道他就不能變成屬於十字形的人？」阿法再度提問。

這回換來一陣沉默。

阿法繼續說：「他跟隨十字架，而且已經在十字形的房間作過禮拜，他絕對不能領受真正的死亡。」

「所有人都得領受真正的死亡。」一名我認不出的畢庫拉人說道。我的手臂因持續將十字架舉至頭頂而繃緊、痠痛。「除了『三廿有十』。」那名畢庫拉人終於說完了。

「因為他們跟隨十字架，在那個房間裡作禮拜，進而變成屬於十字形的人。難道他就不能變成屬於十字形的人？」阿法說道。

我站在那兒，緊握冷冰冰的小小金屬十字架，等待他們的裁決。我怕就這麼死去，我感受到這種恐懼，可是超然冷靜更占了絕大部分的思緒。我最大的悔恨就在於無法將大教堂的訊息傳達給這個不再信仰天主的宇宙。

「來，針對這點，我們要好好談談。」貝他對眾人說道，於是他們拉著我，靜靜走回村莊。

他們把我關在自己的茅屋裡。沒有機會使用打獵用的邁射槍，幾個人壓制我的同時，幾乎將我的東西清除殆盡。畢庫拉人取走我的衣服，只留下一件他們穿的粗製長袍，給我遮蔽身體。

我坐得越久，就越惱怒不安。他們拿走了通訊記錄器、攝影機、碟片、零零碎碎的小玩意兒……全都不見了。老地方只剩下一整箱尚未拆封的醫療診斷設備，不過這可無法幫我記錄大裂口的奇蹟。如果他們把帶走的東西摧毀殆盡，再把我殺掉，大教堂的相關記載就完全化為烏有。

假使我手邊還有武器，我就可以殺死守衛，然後……

噢，敬愛的主，我剛剛在想什麼？艾督華特，我該怎麼辦？

而且，就算我逃過這一劫，回到濟慈市，再輾轉返回萬星網，又有誰會相信我呢？由於量子跳躍所產生的時債，我離開平安星整整有九年之久，回去的時候不過是個滿口謊言的老人，而正是這種謊言造就他放逐的生涯。

噢，敬愛的主，如果他們毀掉資料，就讓他們也把我給毀了吧。

第一一〇日

三天後，他們決定了我的命運。

剛過正午，切德和另一個我認為是西塔二號的畢庫拉人前來拘提。他們領著我走出屋外，刺眼的陽光使我不由得瞇起眼睛。三廿有十站在崖邊，圍成一個大大的半圓。我估計自己逃不過被丟下懸崖的命運，然後就注意到那堆篝火。

我一直以為畢庫拉人過於原始的生活型態，早已失落生火及用火的技術。他們未曾以火取暖，屋內也永遠陰暗未明。我從來不曾看過他們烹煮食物，就算是難得吃到一次的樹棲獸屍，他們也都生吞活剝。可是現在這堆火竟燒得如此猛烈，而他們卻是唯一可能起火的人。我仔細看他們拿什麼當作燃料。

原來他們燒的是我的衣服、我的通訊器、我的田野觀察筆記、錄音卡帶、影像晶片、資料碟、攝影機……所有儲存資訊的媒體與設備，全都付之一炬。我對著他們尖叫，試圖投身火中，嘴裡咒罵著這輩子只有小時候在街道上打鬧時才說得出口的惡言惡語。不過他們對之充耳不聞。

最後，阿法走了過來。「你將會屬於十字形。」他輕輕說道。

我根本就不在乎。他們領我回到小屋，我在那兒哭了整整一個小時。門邊沒有守衛。一分鐘前，我站在門邊，考慮直奔火燄森林。隨後想，衝下大裂口的距離不但近得多，要死也很容易。可是我什麼也沒做。

不久，太陽即將西沉。風已開始吹起。快了。就快了。

第一二日

僅僅只有兩天嗎？感覺彷彿天長地久。

今天早上，它竟然拿不下來。它竟然拿不下來。醫療掃描儀的影像薄片明明就在我的眼前，可是我仍然不敢相信。但我終究還是達成了。現在，我已經成為十字形的一分子。

恰恰在日落之前，他們過來找我。我並未掙扎，任由他們帶領我走向大裂口的邊緣。他們在爬藤上的動作，遠比我所想的還要敏捷、俐落。我拖慢了他們的速度，不過他們很有耐心，不斷指引我最快的路徑，以及最容易的踏腳處。

海柏利昂的太陽落至低矮的雲層底部，就在西側崖壁的上緣，在此同時，我們還差最後幾公尺就踏進大教堂。傍晚的風鳴協奏比我預期中還要響亮，就好比置身於一架巨大無比的教堂管風琴之中。低音管所傳來的曲調實在過於低沉，我的骨頭、牙齒隨之共振，發出極高的刺耳尖鳴，輕易達到超音波的頻率。

阿法開啟外側兩扇大門，我們穿過前廳，進入中央的大教堂。「三廿有十」圍繞祭壇和其上高大的十字架，形成一個大圓。沒有連禱、沒有誦唱，也沒有儀式。我們就靜靜地站在那裡，聆聽強風呼嘯穿過外頭刻有溝槽的圓柱，以及這間岩石挖空而成的巨大廳堂所迴盪的音響——回聲、共鳴，時又擴大音量，直到我再也忍受不住，匆忙以手掌摀住雙耳。聲波湧入的同時，平射陽光透過彩色玻璃，濃郁色澤充盈全廳：先是黃褐的琥珀色，隨即轉為金黃、靛青，然後又回到琥珀色——色澤如此濃郁，連空氣也都為之凝結濁重，如同塗繪於肌膚上的油彩。我端詳著十字架捕捉光線，將之拘禁於上千顆寶石中，緊緊鎖住——看起來就像這樣——儘管日已西沉，窗戶失去顏色，空餘黃昏的灰暗。這巨大的十字彷彿吸收了光芒，重新朝我們放射，直入體內。隨後，就連十字架也黯淡無光，風也在這突然的陰暗中偃旗息鼓。阿法輕聲道：「將他帶過來。」

我們一行重新出現在寬廣的突礁上，貝他擎著火把，站在那兒。目睹他將火炬分發給特定的幾個人，我不免臆測：畢庫拉族的火，是否只保留於宗教儀式之用？然後，由貝他領路，我們全都走下狹窄的石刻臺階。

起初我嚇壞了，手腳並用地跟著隊伍，兩隻手抓握光滑岩石，不斷尋找穩固可靠的樹根或石塊。

右側懸崖極為陡峭，宛如無底深淵，超乎常人想像。沿著這古老的石階下坡，遠比抓著爬藤下崖來得兇險。在這裡，每跨出一步，我都得往下看，確保自己踩踏在經歲月侵蝕、狹小光滑的石板之上。剛開始，失足滑跤墜落崖底還只不過是一種可能的結果，到後來幾無可避免。

當時我有股衝動，想要停下腳步，回到至少較為安全的大教堂內。然而，大多數的「三廿有十」都在我背後的窄階上，似乎不可能挪開身子讓我過去。除此之外，牽腸掛肚，亟欲一探石階底下的好奇心，也勝過我的恐懼。我的確停留了一段時間，足以向上瞥見高達三百公尺的大裂口邊緣，看著雲朵消逝，群星隱沒，黑暗天空，只有光彩奪目的流星曳尾，構成曼妙的芭蕾舞姿。我隨後低著頭，開始悄聲默念玫瑰經㉙，同時跟隨火炬和畢庫拉人進入危機四伏的幽暗深淵。

我不敢相信這道石階真會引領我們通往大裂口底部，不過事實就是如此。午夜過後的某個時刻，我才了解我們一路向下走，遲早會抵達河谷地帶，我估計至少要走到隔天中午。我錯了。日出前不久，我們便抵達崖底。儘管兩岸峭壁高聳參天，星光依舊透過中間的一點縫隙閃耀著光輝。我筋疲力竭，一步一步搖搖擺擺，緩緩得知已無向下的臺階，於是舉頭向上望去，愚蠢地想著這些星星在白晝裡是否仍清晰可見，就如同在索恩河畔自由城的孩提時期裡，某次垂降井底，抬頭窺天的景況。

「到了。」貝他說道。這是幾個小時以來唯一吐出的話語，在巨河奔流怒濤中，勉強可聞。「三廿有十」停在原地動也不動。我腿軟了，雙膝跪地，倒往一側。我不可能沿著原路攀爬回去。今天不行，一週內也沒辦法，或許這輩子永遠都爬不上去。我合眼欲睡，可是仍能感受到緊繃的情緒隱約在體內揮之不去。遠眺對岸谷地，這條河比我預期的還要廣闊，至少有七十公尺寬，發出的聲響亦是震耳欲聾，絕非一般流水潺潺，整個人就好像要被怒吼中的巨獸所吞噬。

我坐直身子，注視前方崖壁上格外幽暗的一處。它較一般陰影更顯漆黑，卻也比崖面拱壁、裂縫及圓柱上頭東一塊、西一片色澤斑駁的補丁要來得規律。一個完美的黑色正方形，邊長至少有三十公尺。是崖壁上的一扇門、一個孔竅。我掙扎起身，視線順著剛才走過的山壁向下游方向看去：是的，它就在那裡。另一道門，也就是貝他和其他畢庫拉人正邁開腳步前往的地方，在星光下隱約可見。

我發現了通往海柏利昂地下迷陣的一個入口。

「您知道海柏利昂是九大迷宮世界的其中之一嗎？」有人在登陸艇上這樣問我。是的，是那位名叫霍依特的年輕教士。雖然我說我知道，但卻完全無視於這項事實。我那時只對畢庫拉族感興趣——應該說更熱中在放逐歲月裡，強加於己身的痛楚——而不是迷宮，或是它們的建造者。

迷宮星球只有九個。在一百七十六個隸屬於萬星網的行星，外加兩百多個殖民星球和領地中，也不過只有九個。自從聖遷時期開始，隨隨便便算起來，人類已經探索過八千顆左右的行星，卻僅僅只在

㉙ The rosary，一種天主教的虔修方式，利用一串經珠反覆誦念禱文。

這九個上頭發現迷宮。

許多行星考古歷史學家為這些迷宮奉獻了一輩子的青春。不過不是我。我總是認為這是個沒有結果的研究主題，含混不清、虛無縹緲。可是我現在竟跟隨「三廿有十」的腳步，逐漸走向其中一座，咆哮的坎斯河波濤洶湧，四濺的水花隨時可能澆熄我們的火炬。

距離這些迷陣挖掘……開鑿……創造的時間，已經超過七十五萬標準年。無可避免地，九座迷宮的細部構造完全相同，它們的由來也完全是個未解的謎團。

迷宮世界全是類地行星，在索梅夫分級上至少有七．九的水準，一定環繞著G型恆星[30]公轉，不過僅限於地殼活動完全停止的星球，因此較近似於火星，而不是元地球。這些隧道極為深入，通常至少十公里，不過往往深達三十公里，而且貫通整顆行星的地殼。距離平安星系不遠的斯沃博達星，人們以遙控方式探測了超過八十萬公里的迷宮。這些隧道的大小均為三十公尺見方，挖掘工法遠超過霸聯的技術水準。我曾在考古學期刊上讀過坎普—霍澤和溫斯騰兩位學者的假說，他們認為「融合穿隧機」可以解釋隧道光滑無瑕的內壁，亦不見任何碎屑的蹤跡。然而，他們的理論卻無法說明這些建造者和機具從何而來，又為何要花上千百年的光陰，專注於這種根本毫無目的可言的艱鉅工程。每一個迷宮世界（包括海柏利昂在內）都經過詳細的探勘與研究，仍然沒有任何發現。沒有開挖用的機械、沒有鏽蝕的礦工帽，連一小片碎塑膠還是腐爛的精力棒包裝紙也沒瞧見。研究人員甚至沒辦法辨認某一個坑道究竟是出口還是入口。這些地方也並未蘊藏足夠的重金屬或貴金屬，好為如此鬼斧神工提供值得信服的理由。迷宮的建造者更沒有留下傳說或遺物。多年來，我只對這些謎團稍感興趣，但從未認真看待。直到現在。

我們走進坑口。它已不再是個完美的正方形。風化侵蝕，再加上重力拉扯，已經將這段自崖壁入口算起一百公尺深的完整坑道，改造成粗糙不平的岩洞。貝他在地面轉為光滑的地方停下腳步，弄熄手中火把。其餘畢庫拉人依樣照做。

裡頭陰暗無比。坑道已經轉了方向，隔絕可能透入的星光。我曾在洞穴裡待過一段時日。一旦火炬熄滅，我根本不指望自己的雙眼能夠適應這近乎完全的黑暗。但他們就可以。

不過半分鐘的光景，我開始察覺到一道玫瑰色的光澤，起初頗為黯淡，然後色彩轉趨濃烈，直到整個洞穴比峽谷還要光亮，甚至還亮過三位一體的明月所照耀的平安星。這光芒來自上百、上千個源頭。我才剛辨認出這些光源是怎麼回事，畢庫拉人就全都虔誠地跪在地上。

兩側的牆壁和天花板鑲上許多十字架，小的只有幾公釐，大到近乎一公尺長。每一具均散發出深粉紅的光。火把照射下，這些十字架隱而未現，但它們的光芒如今竟充塞整條坑道。我走向牆上最靠近我的那一把，它寬約三十公分，不停脈動，柔和、有機的光線一閃一爍。這東西絕不是從石頭雕刻出來，然後附著在牆上，它鐵定是個活生生的有機體，就像柔軟的珊瑚一樣。摸起來還帶點微溫。

30 摩根．基南光譜分類系統（Morgan Keenan Spectral Classification）中的一個恆星光譜類型，表面溫度約為 5,000 -6,000K，顏色為黃色，太陽即屬於此類。

傳來一陣最為輕柔的颯響。不，那不是聲音，而是冰冷空氣的擾動，或許吧。我轉過身去，恰好來得及瞥見什麼東西進入坑室。

畢庫拉全族仍舊雙膝跪地，低頭合眼，我則保持站姿，眼神緊盯著快速游移於畢庫拉人之間的物事，絲毫不敢移開。

這個身影隱約像個人形，但絕不可能是人類。直立至少有三公尺高。就算靜止不動，它的銀白表面仍不斷流動、變化，就像是一團懸浮在空氣中的水銀。這東西的額頭、四隻手腕、以奇怪的角度接合的肘部、膝蓋，還有披上盔甲的前胸及後背，全都長滿彎彎的尖刃，銳利的表面，映照牆內十字架所發射的紅色光線，使得金屬刀鋒閃爍森冷光芒。它就在跪地的畢庫拉人當中穿梭來去，而眼見它伸展四隻長手臂，張開手掌，一根根如同鉻製手術刀的手指喀喀作響扳到定位，卻讓我荒謬地聯想到平安星上教宗猊下為信眾賜福的儀式。

毫無疑問，我正盯著傳說中的荊魔神史萊克猛瞧。

在那個節骨眼上，我肯定是動了一下，還是發出什麼聲音，因為那雙巨大紅眼轉而直視我所在的方向，光線在裡頭的多面稜鏡內恣意舞動，使我目眩神迷：那不僅是單純的光線反射，而是一道明亮、熾烈的血紅光束，似乎在它那帶有尖刺的頭骨裡燃燒已久，自眼睛所在部位的駭人寶石激射而出。

隨後，它動了……或者，應該說，它並未移動，可是已不在那兒，而在這裡出現，離我不到一公尺。它彎下腰，四隻以奇特的角度接合的胳膊環繞著我，圍成一層由軀體長出的刀刃，以及液態銀白鋼鐵所形塑的屏障。我大口大口地喘息，卻無法呼吸到空氣，眼睜睜看著自己所映照的面容，整張臉蒼白、扭曲，在那傢伙的金屬表面和火紅雙眼之間來回跳動。

我得承認，此時心中所洋溢的不是恐懼，反而比較近似於欣喜的感覺。某種難以理解的事情發生了。從小接受耶穌神學的陶冶，並經過科學訓練的淬鍊，我在當下自然仍能透過其他形式的恐懼，體會到對上帝亙古不變的敬畏，不論是驅邪時的驚悚、回教蘇菲主義的苦行者遭附身時不自主的旋轉、塔羅牌局裡的傀儡舞儀式，還有近乎荒淫的降神會中一張嘴滔滔不絕說出各式各樣的方言，以及諾斯替禪的出神狀態。我立刻就能了解，這些認同惡魔與召喚撒旦的伎倆，不知如何總能更加確立：世上真正存在著它們神祕而不可測知的對立面，意即亞伯拉罕的上帝。

不假思索卻能全然心領體會，我像處女新娘一般微微發顫，期待史萊克的擁抱。

它消失了。

沒有霹靂巨響，沒有突然冒出的煙硝味，甚至沒有物理上應該發生的空氣擾動。前一秒它還在那兒，完美的尖刺擁抱肯定就要了我的性命，而轉瞬之間，它就消失得無影無蹤。

我呆若木雞，站在原地，驚訝地看著阿法起身，在這宛如博世牌紅外線探測器下的昏暗裡走向我。他站在史萊克原本站立的地方，伸展雙臂，可憐兮兮地模仿剛剛我才目睹，既致命又完美的姿態。可是阿法那張溫和的畢庫拉族標準臉蛋上頭，完全沒有跡象顯示他曾見過這個怪物。他笨拙地擺了個姿勢，兩手攤開，彷彿要涵蓋整座迷宮、隧道的牆壁，以及數十枝鑲嵌其上散發光芒的十字架。

「十字形。」阿法說道。三廿有十隨即站起，走上跟前，再度跪下。微光中，我看到他們平和的面容，連忙也跟著一起跪地。

「你們這一生的日子裡，將跟隨十字架。」阿法的聲音抑揚頓挫，像是念著禱詞。其餘畢庫拉人齊聲吟誦這條聲明。

「你們這一生的日子裡，將屬於十字形。」阿法再度說道。其他人複誦的時候，他伸手自牆壁取下一具小巧的十字形物體。它的長度不超過十公分，輕拉幾下便告脫落。正當我要看個清楚，它卻逐漸黯淡下來。阿法自袍中取出一條小的皮帶，將它綁在十字形頂端的圓頭上，然後高舉整枝十字架在我的頭頂。「從今而後，你將屬於十字形。」他如此宣布。

「從今而後。」畢庫拉全族齊聲附和。

「阿門。」我私下悄聲道。

貝他示意我該敞開長袍前襟。阿法便將小十字架向下移，直到它掛在我的脖子上頭。它貼著我的胸膛，感覺涼涼的，背面極為光滑、平整。

全體畢庫拉人均起身站立，走向洞口，顯然又回復冷淡漠然的態度。我目送他們離開，然後小心翼翼地觸摸十字架，將它拿起來好好檢視一番。整枝十字形物體冰涼毫無生氣，倘若幾秒鐘前它還真的活著，此時已經失去生命跡象。不過它的觸感還是比較像珊瑚，而非水晶或岩石，光滑背面也沒有任何具有黏性的物質。我思索著光化學效應，好解釋它之前發出冷光的特性。我也考量到天然磷光、發光生命體，以及單靠演化就能形成此物的機會。不管是什麼人、什麼東西，他們的存在一定和迷宮脫不了關係，而高原隆起，使得河流、峽谷得以劃入隧道，又得花上億兆年的光陰哪。我想著大教堂和它的創建者，想著畢庫拉族、想著史萊克、想著我自己。終於，我不再胡思亂想，閉上眼，開始祈禱。

當我從洞穴裡探出頭來，沁涼的十字形仍在袍內，緊貼胸前，「三廿有十」很明顯地準備好要沿著階梯踏上三公里長的歸途。我向上看去，透過大裂口兩側山壁間的空隙，瞥見一抹蒼茫的早晨天空。

「不！」我尖叫道，可是聲音幾乎為河流的怒吼所淹沒。「我需要休息。休息！」我兩膝一沉，陷入沙中，不過有六名畢庫拉人上前將我輕輕拉起，朝向階梯移動。

我試過了，天主知道我試過了，可是經過兩、三個小時的攀爬，我的腿軟了，整個人完全垮掉，滑過岩石，眼看就要煞不住車，墜落於六百公尺底下的石堆及河流。我只知道當時手裡緊抓著厚袍內的十字形，然後有六隻手伸過來擋住我下滑的勢頭，將我抬起，扛著繼續向前，然後就什麼也記不得了。

直到今天早晨。我醒來迎接自小屋門口滲入的朝陽。身上只穿著長袍，手摸一摸，確定十字形還掛在細皮帶上。眼見太陽懸在森林上頭，我才意識到自己浪費了一整天，不知怎麼，我不光是在無窮盡的爬坡步道上一覺不起（這些小矮人怎麼有可能帶著我攀爬兩公里半的垂直距離？），還狠狠地睡掉接下來的一天一夜。

我看了看小屋四周。通訊器和其他的記錄器材全都不見了。只有醫療掃描儀和幾包人類學的軟體，不過剩下的裝備早已毀壞，它們也就無用武之地。我搖搖頭，走向小溪，準備盥洗。

畢庫拉人似乎還在睡覺。如今我已參與過他們的儀式，成為「隸屬於十字形」的一員，他們似乎對我失去興趣。就在脫衣洗浴的同時，我也認定沒有繼續留下來研究他們的必要。等到我身體夠強壯的時候，就會馬上離開此地。必要的話，我會找出一條路，繞過火燄森林。真的沒辦法，我也會走下臺階，沿著坎斯河出去。現在，我更加堅信，一定要讓外界知道，關於這些神蹟的訊息。

我拉下厚重的袍子，蒼白的身軀赤條條地站著，在晨光下顫抖。我準備拿起胸前小的十字

它竟然拿不下來。

它靠在那裡，彷彿就是我肉身的一部分。不論我怎麼拉扯、搔抓，最後轉往皮帶下手，直到它斷裂脫落。我的手指摳著胸前十字形的隆起。它竟然拿不下來。就好像我的肉體圍繞十字形，將它完全封閉。除卻指甲的刮痕，十字形本身或周遭的皮肉並沒有疼痛或其他不適的感覺，想到這東西就此和我的身體緊密相連，靈魂深處不由得泛起一股純粹的恐懼。好不容易，第一波的驚恐暫時獲得平息，我坐下約有一分鐘的時間，旋即套上長袍，奔回村莊。

我的刀子不見了，邁射槍、剪刀、剃刀，所有可能幫助我挖出胸前這塊隆起的物品也都一樣。指甲只會在胸口留下一道道的血痕。然後我猛然想起醫療掃描儀。我手持收訊端掃過胸部，閱讀圓形螢幕所顯示的內容，搖搖頭，不敢相信，於是重做了一次全身掃描。不久，我鍵入指令，要求印出結果，然後有好一段時間坐在原地，動也不動。

現在我坐在這裡，手裡拿著影像薄片。在超音波和K型掃描影像中，十字形清晰可見……內部的

纖維也像細小的觸手，盤根錯節，向外擴散至我的全身。

為數眾多的神經節，從胸骨上方茂密的核心處往身體各部位發散，就像是爬滿線蟲的恐怖噩夢。從這具簡陋的攜帶型掃描儀中，我可以判斷出這些細線最後連到大腦左右半球的杏仁核㉛與基底核㉜。體溫、新陳代謝及淋巴系統則完全正常。並無外來的入侵組織。根據掃描儀，這些細絲乃是導因於一種簡單但大規模的細胞轉移。根據掃描儀，構成十字形的組織和我的身體一模一樣，它的ＤＮＡ就是我的。

我已經隸屬於十字形。

第一一六日

每一天，我都在牢籠所局限的範圍之內踱步度過——南邊及東邊的火燄森林、東北方長滿樹木的深谷，以及橫亙於西、北兩側的大裂口。「三廿有十」不讓我走到大教堂以下的裂口底部。而十字形也不讓我踏出大裂口方圓十公里的距離。

㉛ Amygdala，大腦邊緣系統區域之一，有「情緒中樞」之稱，主要功能為掌管焦慮、急躁、恐懼、憤怒等負面情緒負責情緒學習認知，例如痛苦所造成的負增強（negative reinforcement），效果即需要此區的功能。

㉜ Basal ganglia，屬於大腦的邊緣系統區域，與動作協調有關，若產生病變，會導致多種運動與認知障礙，如巴金森氏症、杭亭頓症等。

起初我還不肯相信，下定決心進入火燄森林，希望憑藉運氣和天主的幫助，能護祐我穿越這片惡地。可是，才踏進森林地界不過兩公里，胸口、兩臂、頭部就遭受劇痛的襲擊。我確信這是嚴重的心臟病發作。可是只要掉轉走回大裂口的方向，一切症狀就不藥而癒。我又找時間再試幾次，毫無疑問，結果還是一樣。只要我冒險深入火燄森林，離開大裂口，劇痛就會降臨，而且更趨猛烈，直到我放棄前進，踏上歸程。

對於其他事物的了解，倒是有所進展。昨天探索北方的時候，碰巧發現種船逃生艇的殘骸。如今只不過是一堆鏽蝕已久、纏滿藤蔓的廢棄金屬，散落在火燄森林邊緣，靠近谷地的岩石之間。不過蹲在這架古老飛行器暴露在外的合金翼肋當中，我可以想像七十名生還者的欣喜之情，他們走了一小段距離，來到大裂口，最終發現大教堂，然後……然後呢？再想下去也沒有用，不過疑惑仍舊存在。明天我將再試著為一名畢庫拉人做身體檢查。現在我已經「屬於十字形」，他們也許會答應我。

我每天都對自己做一次醫療掃描。絲線依然存在，可能還更粗，也可能沒有。我確信它們純粹寄生在我體內，儘管我的身體並沒有出現任何跡象。我看著瀑布旁邊的水塘映照出來的容貌，一樣是那張這幾年越來越感嫌惡的長長老臉。今天早上，面對水中倒影，我張大嘴巴，約略猜想我可能會看見上顎和舌根長出灰色細絲和一簇簇的線條。好在什麼也沒瞧見。

第一一七日

畢庫拉人沒有性別之分。他們既非獨身主義者，也不是雌雄同體，更不是性器發育不成熟，他們就是沒有性別。他們跟小孩子的填充娃娃一樣，沒有外部或是內部的生殖器官。也沒有證據足以說明陰莖、睪丸，或是相對應的女性器官已經萎縮，或是遭到手術切除。沒有跡象顯示他們長過這些東西。尿液自一條原生尿道導引至鄰近肛門的腔室，算是一種簡單的泄殖腔。

貝他允許我檢查他的身體。醫療掃描儀證實眼睛所無法相信的事物。戴爾和西塔也同意接受掃描。我完全相信其他的「三廿有十」成員也都一樣，沒有性別。不過也沒有任何徵兆可以證明他們曾經被……閹割過。我認為他們全都天生如此，但又是什麼樣的父母才能生下這種子孫？這一群沒有性別的人，又如何計畫繁衍下一代？其中必定和十字形有所關連。

等到他們的醫療掃描告一段落，我馬上寬衣，好檢視自己。十字形浮出胸膛，像是粉紅色的傷疤，不過我依然是個男人。

可是還能維持多久？

第一三三日

阿法死了。

三天前他墜崖時，我就在他的旁邊。我們往東走了大約三公里，在大裂口邊緣附近的巨石堆裡尋找卡爾瑪樹的塊莖。先前兩天一直下著雨，所以岩石十分濕滑。我在攀爬過程中抬起頭來，剛好來得及目睹阿法失去立足點，沿著一塊寬廣的大石斜面滑進大裂口。他並沒有尖叫呼救。只有長袍摩擦石頭的粗嘎聲響，幾秒鐘後，他的身體直接撞擊八十公尺下的突礁，傳來一個甜瓜墜地的聲音，令人不忍聽聞。

我花了一個小時才找到路前往阿法屍身所在。還沒開始這段危險的下坡路，我就知道他沒救了。但這仍是我的責任。

阿法的屍體有一半卡在兩塊大石中間。他必定當場死亡，手臂、雙腿四分五裂，右側的頭蓋骨也碎了。鮮血和腦部組織沾黏在濡濕的岩石上，好像糟透了的野餐過後所殘留的渣滓。我站在他旁邊，滴下淚來。我不曉得自己為何哭泣，不過我確實哭了。我邊哭邊主持臨終塗油儀式，祈求天主接納這小巧可憐、沒有性別的靈魂。接著，我以藤蔓包裹遺體，費盡全身氣力，爬上八十公尺高的懸崖，然後期間不時停下來，氣喘吁吁、筋疲力竭地拉起這破碎的屍身。

我把阿法的遺體帶回畢庫拉族村莊，卻沒有引起重大關注。貝他和其他六人閒逛過來，漠不關心地俯視了一會兒。沒有人問起他的死因。幾分鐘後，小小的人群就作鳥獸散。

隨後我將屍體帶往之前埋葬塔克的岬部。我手持一塊扁平石頭，挖掘淺坑權充墳墓，此時伽瑪出現。這名畢庫拉人瞪大眼睛，在短短的剎那，我想我看到他平淡的五官浮現一絲激動。

「你在幹什麼？」伽瑪問道。

「埋葬他。」我太累了，無法多說幾句。我倚靠一條粗大的卡爾瑪樹根，稍事休息。

「不。」聽起來是命令的口氣：「他屬於十字形。」

我目送伽瑪轉身，快速走回村落。等到他離開之後，我拉下覆蓋於屍身的簡陋防水布。

毫無疑問，阿法確實是死了。對他或對整個宇宙而言，屬不屬於十字形再也無關緊要。墜崖過程不單剝去他身上大部分衣物，也奪走了全部的尊嚴。他的右邊頭骨已經破裂，裡頭空空如也，跟早餐雞蛋一樣。一隻盲目的眼睛透過逐漸增厚的眼膜，茫然瞪視海柏利昂的天空，另一隻則從垂落的眼瞼底下懶洋洋地向外窺看。肋骨徹底斷裂，碎片還穿出皮肉。兩隻手臂全斷了，左腿受到強烈扭曲，幾近脫落。我在村裡使用醫療掃描儀馬馬虎虎地勘驗一遍，機器顯示他受到大範圍的內傷，甚至就連這可憐蟲的心臟，也因為墜落時所受的強力衝擊而撞得稀爛。

我伸出手，觸摸那冰冷身軀，他的全身已經開始僵硬。手指滑過他胸前十字形的痕跡，感覺到了什麼，猛然將手移開。十字形還是溫的。

「站到旁邊。」

我抬起頭，看見貝他和其餘的畢庫拉人站在那兒。如果我不閃遠一點，相信他們一定會把我給殺了。移動同時，腦子裡那個被嚇傻的部分突然注意到：「三廿有十」現在變成了「三廿有九」。在那個節骨眼上想到這裡，似乎有點可笑。

畢庫拉人扛起屍體，抬回村莊。貝他先是看了看天空，然後看了看我，說道：「時候快到了。你也一起來。」

我們走下大裂口。屍身小心翼翼地安置在藤編的籃子裡，綁好固定，隨著我們一併垂降。

他們將阿法擺在寬闊的祭壇上，移去他身上僅存的破布，此時陽光尚未照亮大教堂內部。

我不曉得接下來會有什麼動作，也許是某些吃人的儀式吧。已經沒有什麼事物能使我感到驚訝。相反地，就在第一波彩色光線射入大教堂的當口，一名畢庫拉人高舉雙手吟詠道：「你的一生將跟隨十字架。」

「三廿有十」全都跪下，複誦這個句子。我仍舊站在原地，不發一語。

「你的一生將屬於十字形。」那名小畢庫拉人繼續說道，整座大教堂迴盪全族的合聲。帶著凝血色澤的光線直擊十字架，在遠方牆上投射出巨大的陰影。

「你將屬於十字形，無論是現在還是永遠。」誦唱持續進行，外頭開始起風，山谷管樂慟哭嚎啕，像是受苦受難的孩童無助悲鳴。

畢庫拉人結束念禱，我卻沒有悄聲加上「阿門」二字。我仍舊站在那兒，突然間，所有人全都漠不關心地轉身離開，好比一群被寵壞的小孩，對他們的遊戲失去興趣。

「不必再多留了。」當其他人都離開後，貝他如是說。

「可是我想。」我回應道，心想他應該會命令我出去。結果貝他就把我留在那兒，連個聳肩也沒有。光線黯淡下來。我走出大教堂觀看日落，等我再進到裡面，事情就開始了。

多年前還在學校念書的時候，我曾經看過一套間歇拍攝的全息影像，拍的是一隻跳鼠屍體的腐爛過程。自然循環需時一週的緩慢程序，濃縮到三十秒內，就形成恐怖的影像。突然間，小小鼠屍鼓脹到十分誇張的程度，然後肌肉拉長、受創，接著蛆蟲一下子就出現在嘴巴、眼睛和爛瘡處，這突出其來的螺絲錐以驚人速度將肉屑自骨頭剔除，實在沒有其他辭彙能形容這個畫面，那一坨從右到左，從頭到尾，在延時全像中形成一個大螺旋，啃食腐屍，除了骨頭和鼠皮外，什麼也沒留下。

然而，現在我觀看的卻是人的屍體。

我停下來，睜大雙眼，最後一道光線很快褪去。大教堂裡闃靜無聲，耳裡只有自己的脈動。我看著阿法的屍身，先是抽搐了幾下，隨後則是明顯震動，快速的分解過程十分劇烈，整具屍體幾乎要從祭壇飄起來。有好幾秒鐘，十字形似乎變得更大，顏色也變深，發出生肉般的紅色光芒，我想那時我一定瞥見那個由細絲構成的網絡撐住整具分解中的肉身，就像雕塑家用來支撐作品的金屬纖維。而血肉居然在流動。

當晚，我留在大教堂裡。祭壇四周全都被阿法胸前的十字形所照亮。屍體若有任何動靜，光線就會在牆上投射出怪異的陰影。

直到第三天，阿法離開之後，我才跟著走出大教堂，不過絕大部分肉眼可見的變化都在第一個夜晚結束之前完成。這具我喚作阿法的畢庫拉人軀體就在我的眼前分解、重塑。這屍體看起來不太像阿法，卻又不會很不像，可是它仍舊完整無缺。臉就跟填充娃娃的一樣，光滑、沒有紋路，五官就印在上面，還有個淺淺的微笑。第三天日出時，我看見屍體胸部開始起伏，也聽到吸進第一口空氣的聲響，就像把水倒入皮囊中的粗嘎聲。接近中午時分，我離開大教堂，沿著藤蔓向上攀爬。

我正跟蹤阿法。他一語不發，也沒有回應，眼神看起來茫茫然，頗為死板。有時他會停下來，彷彿聽聞遠方的叫喚。

我們回到村莊，卻根本就沒有人表示關心。阿法走進一間茅舍，坐在裡面，我則坐在自己的小屋裡。一分鐘前，我敞開長袍，手指撫過十字形的疤痕。它溫和地躺在我胸膛的皮肉之下，靜靜等待。

第一四〇日

我正從失血和創傷中恢復。它無法以尖銳的石頭割除。

它不喜歡疼痛。早在痛楚或失血可能造成的昏迷之前，我就已經失去意識。每一次我醒過來，重新嘗試切割的時候，就馬上陷入昏厥。它不喜歡疼痛。

第一五八日

阿法開口說了些話。他看起來更笨拙、更遲緩，只能含糊地意識到我（或其他人）的存在，不過他能吃、能動。在某種程度上，他似乎還認得出我。醫療掃描儀顯示：他的心臟和內部器官頗為年輕——也許像是個僅僅十六歲的男孩。

我必須再等上另一個海柏利昂月又十天——那就是整五十天——火燄森林才會平靜到足以讓我闖出去的程度。不管痛不痛，我終究是要走的。等著看究竟是誰能忍受最大的痛苦吧。

第一七三日

另一個人死了。

那個我管他叫威爾的人，也就是手指斷了一截的那一位，已經失蹤一個禮拜。昨天，畢庫拉全族就像是跟隨信標一樣，向東北方走了好幾公里，在深谷旁邊發現屍體。

很明顯，在他攀爬樹枝，正要攫取卡爾瑪葉的時候，那根樹枝突然折斷。他脖子斷裂，必定是當場死亡。不過重點在於掉落的地點。屍體，如果還能這麼叫那團東西的話，躺在兩個圓錐狀的巨大泥團之間，那正是塔克稱作火螳螂的大型紅色昆蟲所棲息的洞穴。鰹節蟲或許是更恰當的稱呼。在過去幾天裡，這些蟲子啃食屍體的皮肉，吃得乾乾淨淨，只剩一堆白骨，以及些許組織和肌腱，還有十字形，它仍與胸骨緊密相連，看起來像是光輝璀璨的十字架，鑲嵌在某位教宗長眠已久的石棺上。

這實在很恐怖，不過哀傷之餘，我不免感到一絲得意。十字形總沒辦法從這些枯骨再生出什麼東西了吧，即使是這個最駭人、最不合邏輯、應該受到詛咒的寄生蟲，也一定要遵守質量守恆定律。那個我喚作威爾的畢庫拉人領受了真正的死亡。從這時候開始，「三廿有十」真的變成「三廿有九」了。

第一七四日

我真是個白痴。

今天我問了關於威爾，以及他領受真實死亡的問題。畢庫拉人沒有太多反應，令我十分好奇。他們取下十字形，卻任憑骸骨留在原地，沒有任何要將它帶往大教堂的跡象。到了晚上，我才想到，我可能就是用來填補「三廿有十」死亡成員的空缺。我說：「實在很難過，你們其中一個領受了真正的死亡。那麼『三廿有十』接下來會變成什麼呢？」

貝他瞪著我看。「他不會領受真正的死亡，他屬於十字形。」這名矮小禿頭的陰陽人說道。

過了不久，當我繼續用醫療掃描儀檢查全族的時候，才發現到真相。我管他叫西塔的畢庫拉人，外表和行為和之前並沒有什麼差異，可是他的身體現在卻帶著兩個十字形。毫無疑問，他在接下來的幾年將會變胖，就像培養皿內某些噁心的大腸桿菌一般腫脹、成熟。等到他她它死掉，就會有兩個人離開墳墓，如此一來「三廿有十」又會再度補齊。

我相信我快瘋了。

第一九五日

花了這麼多個禮拜研究這該死的寄生蟲，卻仍然無法得知它如何運作。不，還要更慘，我根本就不管了。我現在所在乎的事還比較重要。

為何天主允許這樣可憎的事物存在？

為何畢庫拉人一直受到這樣的懲罰？

為何選中我來經歷他們苦痛的命運？

我在夜晚禱告中問了這幾個問題，然而沒有收到任何回答，只有大裂口的勁風傳來血淋淋的歌聲。

第二一四日

前面十頁應該塞滿了我的田野筆記和技術面上的種種推測。這會是我早晨嘗試穿越休眠中的火燄森林前，最後一篇記錄。

我揭露了發展停滯的人類社會所能達到的最終型態，這一點毋庸置疑。畢庫拉族實現人類追求長生不死的夢想，可是他們賠上自己的人性，以及不朽的靈魂。

艾督華特，我花了這麼長的時間和自己的信仰搏鬥，應該說與我對抗的是欠缺信仰的自己。可是如今，我在這顆眾人早已遺忘的星球上，這個恐怖驚駭的角落，被令人憎惡卻謎樣的寄生蟲所惑，但不知為何，我重新找到某種信仰的力量，這樣的力量，就算在你我還是小男孩的時候，我也不曾認識、了解。這個由冷酷無情的物理定律所宰制，狂暴、荒涼而無窮無盡的宇宙汪洋，完全不把生存於其間微不足道的理性生物放在眼裡。身為一個保有生命的小小個體，我現在終於能夠體會對於那種純粹、盲目、不合理信仰的需求。

日復一日，我試著離開大裂口的地界。日復一日，我遭受極為劇烈的痛楚，它是如此地痛苦，儼然化為實體，成為我個人世界的一部分，就跟那過於小巧的太陽，或是翠綠如寶石般的天空一樣。疼痛已經成為我的夥伴，我的守護天使，我與人性之間的唯一聯繫。十字形不喜歡疼痛，我也不喜歡，可是就像十字形一樣，我很樂意利用它來達成目的。而且我這麼做，乃是基於我的自主意志，不像那坨嵌入我體內的無腦異類組織，只依照本能行事。這東西只會像無頭蒼蠅一般用盡種種方法規避死亡。沒錯，我不想死，可是我樂於接受痛苦、死亡，而不願意渾渾噩噩地得到永生。生命是聖潔的，我仍然堅信這一點是天主教會思想與教義中最為核心的元素，儘管兩千八百年以來，生命一直都很廉價，不過，靈魂卻更加神聖不可侵犯。

我現在終於明瞭，企圖操弄亞瑪迦斯特的資料並不會給教會帶來新生，而只是將之轉變成一個虛假的生命，和畢庫拉族這群可憐的行屍走肉沒什麼兩樣。如果教會注定要滅亡，那就死吧，不過要在完全知曉它將會藉由耶穌基督獲得重生的情況下，光榮地死去。縱使百般不願，步入黑暗的同時，它務必保持尊嚴，信仰堅定，勇往直前，就像億萬名步履在我們之前的先人。這麼多個世代以來，在死亡集中營裡、在核彈的巨大火球下、在癌症病房內、在集體屠殺的修羅場中，在這些與世隔絕、靜謐無聲的場合，他們擁抱信仰，面對死亡，走向黑暗的深淵，就算不是滿懷希望，他們至少虔誠祈禱：這一切都有個理由，這些痛苦、這些犧牲終將有價值。並非邏輯或事實上的保證，或是某種具有說服力的理論，促使我們的先人走上這條路，他們僅抱著一絲希望，抑或自認堅不可摧，實際上卻無比脆弱的信仰。倘若他們能夠在面對黑暗的同時，依然維持這縹緲的希望，那麼我也一定得做到……教會也一定得做到。

我不再相信任何外科手術或治療可以治癒這寄生在我身上的東西，然而，如果真有人可以移開它、研究它，然後摧毀它，就算要了我這條命，我也會欣然接受。

火燄森林在接下來的日子將會和現在一樣平靜。該睡覺了。黎明之前就得離開。

第二一五日

根本就沒辦法出去。

我進入森林有十四公里遠，偶爾可見零星火苗和爆炸的電流，但大體而言可以通行。只要走上三個星期，就可以穿過去了。

十字形卻不讓我走。

心臟病發般的疼痛一發不可收拾。我依然蹣跚而行，踉踉蹌蹌、或走或爬地踏過蒼白的灰燼。終於，我失去意識。當我清醒過來時，發現自己竟回頭爬向大裂口。我立刻轉身，走了一公里，又爬了五十公尺，然後再度昏迷，醒來時又回到重新出發的地點。這瘋狂的身體控制權爭奪戰持續了一整天。

日落之前，畢庫拉人進入森林，在距離大裂口五公里處找到我，將我抬回去。

敬愛的耶穌基督，為何你要讓這種事情發生？

除非有人來把我帶走，事到如今，應該沒什麼指望了。

——第二三三日——

又一次的嘗試。又一次的痛苦。又一次的失敗。

——第二五七日——

今天是我滿六十八標準歲的日子。在大裂口旁興建一座小禮拜堂的工作仍持續著。昨天我企圖走下臺階，抵達河邊，卻受到貝他和另外四名畢庫拉人的阻撓。

——第二八〇日——

在海柏利昂已經整整一個當地年了。整整一年在煉獄的日子。或者，這裡其實是地獄㉝？

——第三一一日——

今天在建造禮拜堂的懸岩下方突礁採集石塊的同時，我終於發現失落已久的集電棒。兩百二十三天前，畢庫拉人一定是在殺害塔克之後，將它們丟下懸崖。

這些集電棒足以讓我隨時穿越火燄森林，只要十字形能放行的話。不過它絕對不會。要不是畢庫拉族把我裝有止痛劑的醫藥箱給毀掉的話，也許仍然有機會！但我手握集電棒坐在這裡思索了一整天，終究還是想出了一個辦法。

那個利用醫療掃描儀所進行的簡陋實驗依然持續進行。兩週前，西塔的腿斷成三截，我乘機觀察十字形的反應。這寄生蟲的確盡其所能地阻絕疼痛，大部分的時間，西塔都處於昏迷狀態，而他的身體也製造出極為鉅量的腦內啡。不過，他的骨折所造成的痛楚十分強烈，所以四天之後，畢庫拉人就割開西塔的喉嚨，將他的屍身帶往大教堂。讓十字形重塑身體要比長時間忍受痛苦來得簡單。然而，在他被殺之前，醫療掃描儀顯示十字形絲線在中樞神經系統的某些部分有明顯的萎縮現象。

我不知道將不同程度的非致命性疼痛強行施加在自己身上，或是忍受這樣的痛苦，是否就可能把十字形完全驅出體外，但我確信畢庫拉人絕對不允許這種事發生。

今天我坐在半完工的小禮拜堂下方的突礁，思考著這種作法的可能性。

——第四三八日——

小禮拜堂終於蓋好了。那是我一生的心血結晶。

㉝ 在天主教教義中，煉獄是信徒死後靈魂暫時受罰的地方，在天堂與地獄之間，等靈魂淨化便可以進天堂。

今晚畢庫拉全族走下大裂口，進行他們每日對禮拜的拙劣擬仿。我則在新建小禮拜堂的聖壇舉行彌撒。我將卡爾瑪葉磨粉，烘焙成麵包，儘管吃起來必定和那黃色葉片一樣索然無味，可是對我來說，它簡直就是六十標準年前我在索恩河畔自由城首度參與聖餐儀式時，所分享的第一份聖體。

明天一早，我就依照計畫行事。所有東西都已準備妥當：日誌和醫療掃描片則置於石綿纖維囊袋裡。沒辦法再做得更好了。

禮拜用的聖酒不過是清水，但在黃昏的黯淡光線下，看來如血一般殷紅，味道也一如聖血。

我的策略很簡單：直接深入火燄森林。我確信，就算在休眠時節，特斯拉樹必定還會有一些初期的活動跡象。

再會了，艾督華特。我不知道你是否還活著，就算你尚在人間，我也無法預見我們會有重逢的一天。將我們分開的，不單單只有年歲上的差距，對於教會組織的看法，我們之間也橫亙著一條更為巨大的鴻溝。我希望再見到你，恐怕不會在今生，而是在即將到來的後世。再一次聽到我這麼說話，感覺很奇怪吧，不是嗎？艾督華特，我必須跟你說，經過這幾十年來的變幻無常，以及對於前方未知事物的強烈恐懼，我的內心、我的靈魂依然安詳自得。

噢，敬愛的主，

我因冒瀆祢而衷心懺悔，

我憎恨自己全部的罪，
因為無法進入天國，
並得承受地獄的苦痛，
但最重要的，是由於我冒瀆了祢，
敬愛的主，
祢如此至高至善，
應受我完全的愛。
在祢恩典幫助下，我決心懺悔我的罪愆，以為救贖，
改過遷善，
阿門[34]。

二四〇〇時——

夕陽探入開敞的小禮拜堂窗扉，聖壇、聖餐杯，還有我自己，均沐浴在陽光下。大裂口起風了，這將會是我最後一次——倘若有幸獲得天主垂憐——聆聽風中的合唱。

「以上便是最後一則。」雷納．霍依特說道。

教士停止朗讀，其餘六名坐在桌緣的朝聖者抬起頭望著他，彷彿一起從共同的夢境中醒覺。領事向上瞥了一眼，看見海柏利昂更加接近，占據了三分之一的天空，冰冷的光輝驅走群星。

「在我最後一次見到杜黑神父之後，大約又過了十個禮拜，我再度抵達海柏利昂。」霍依特神父繼續道，聲音嘶啞刺耳。「在那裡，八年多過去了……距離杜黑神父最後一則日誌也有七年的光陰。」明眼人都看得出他極為痛苦，臉上是病態的森冷、蒼白，還蒙上一層薄薄的汗水。

「我花了一個月的時間從浪漫港溯流而上，抵達裴瑞斯堡屯墾區。」他繼續說著，聲音加強了些許力道。「我猜想這些種塑性纖維的農夫也許會告訴我真相，就算他們和領事館或自治政府當局毫不相干。我推測得沒錯。裴瑞斯堡的區長，一個名叫奧蘭第的男子，還記得杜黑神父，他的新婚妻子，就是神父在日誌裡提到的姍法，也還對他有印象。這位屯墾區的管理者曾幾度試圖登上高原，發起營救行動，只不過火燄森林史無前例的超長活動期逼使他們放棄計畫。過了幾年，他們對杜黑及當地人塔克是否依然存活，已經不抱任何希望。

「儘管如此，奧蘭第還是僱請兩位惡地飛行的專家，率領我們分乘兩架隸屬於屯墾區的浮掠機，前往大裂口執行救援任務。憑藉地形迴避裝置的幫助，還有幾分好運，我們來到畢庫拉族的國度。縱使這種方法可以避開絕大部分的火燄森林，特斯拉活動還是擊落其中一架，上頭的四個人全都犧牲了。」

霍依特神父暫停故事，身體微晃。他抓著桌緣穩住，清一清喉嚨，再度開口：「剩下的就沒什麼好講的。我們標定畢庫拉人的村莊。他們總共有七十個人，就如同杜黑日誌裡的說法，全都極為愚笨，沉默寡言。我想盡辦法總算從他們那兒弄清楚，杜黑神父在企圖穿越火燄森林的過程中死亡。石綿囊袋並未毀壞，日記本和醫療資料就放在裡面。」霍依特看了其他人一眼，然後垂下目光：「我們說服他們引導我們前往杜黑神父喪命之處。他們……啊……他們並沒有埋葬他。遺體被燒得不成人形，而且也都分解了。不過還是足以辨識出：特斯拉樹所釋放的強烈電流已經將十字形……連同他的軀體一併毀滅。

「杜黑神父領受了真正的死亡。我們將遺骸運回裴瑞斯堡屯墾區，舉行過完整的追思彌撒，就將他安葬在那裡。」霍依特深深吸了一口氣：「不顧我強烈反對，奧蘭第君動用了從屯墾區帶過去的定向成形核子武器㉟，摧毀畢庫拉族的村落和一部分的大裂口崖壁。我不認為在這種情況下，還會有畢庫拉人存活下來。根據我們的研判，地下迷宮的入口和那間所謂的大教堂，也必定被核爆所引發的山崩摧毀。

「我也受了傷，於是接下來幾個月，我一直留在屯墾區，之後才回到北方大陸，登上前往平安星系的太空船。除了奧蘭第君、艾督華特蒙席，還有蒙席所選擇報告的上級人士，沒人知道筆記本的存在與裡頭的內容。就我所知，教會並未發布任何關於杜黑神父手記的聲明。」

㉞ 此為天主教〈懺悔的祈禱〉（*The Act of Contrition*）禱詞。作者在此更動了兩個地方：首先是第四行，原文應為「因為我畏懼無法進入天國」（Because I dread the loss of Heaven），另一處為第六行，原文應為「但最重要的，是由於他們冒瀆了祢」（But most of all because they offend Thee）。

㉟ Shaped nuclear charge，戰術型核武的一種，可控制核爆時能量的發散方向。

霍依特神父之前一直站著，現在他終於坐下。汗水自下巴滴落，透過海柏利昂所反射的光線看去，他的臉色又青又白。

「這樣就……結束啦？」馬汀．賽倫諾斯問道。

「是的。」霍依特神父勉力回答。

海特．瑪斯亭開口說道：「諸位先生及拉蜜亞女士，時候已經不早了。我建議各位整理行囊，三十分鐘之內，在第十一號球艙，我們領事朋友的太空船上會合。我稍後會搭乘本樹的登陸艇，加入各位的行列。」

還不到十五分鐘，大多數朝聖者集合完畢。聖堂武士們自球艙內部的工作碼頭架好舷梯，連接太空船的頂層陽臺。複製人船員堆放好行李，盡數離去之後，領事率領一行人進入會客廳。

「這老樂器真是美麗，是羽管鍵琴嗎？」卡薩德上校單手滑過史坦威鋼琴的頂端，讚嘆道。

「是鋼琴，前聖遷時期所生產的。」領事答道。「大家都到了嗎？」

「除了霍依特以外，都到了。」布瑯．拉蜜亞一面回答，一面在投影室中找個位子坐下。

海特．瑪斯亭走了進來。「霸聯戰艦已經准許諸位在濟慈市的太空港降落。」船長環顧四周：「我會派船員去看看霍依特君是否需要協助。」

「不。」領事否決他的提議，隨即調整音量說道：「我去接他好了。你可以告訴我要如何前往他的房間嗎？」

樹船長看著領事好半晌，然後手才伸進長袍的褶層。「一路平安。」他遞過一張薄卡。「午夜自濟慈市的荊魔神廟出發朝聖之前，我會在海柏利昂與各位會合。」

領事鞠了個躬：「海特．瑪斯亭，很高興能在大樹枝椏的庇護下完成這趟旅程。」他以正式的口吻說道，隨即轉身向其他朝聖者致意：「請在休息室及下層甲板的圖書室內盡情享受。這艘船會照應諸位的需求，並答覆任何可能的疑問。等到霍依特和我回到船上，我們就立刻出發。」

教士的環境莢艙座落於樹船中段某根細枝的遠端。就如同領事的猜測，海特．瑪斯亭給他的那張卡片，不僅可以插入通訊記錄器，用來指引方向，同時也能夠讓他通過手掌掃描的門鎖。按了電鈴、猛敲入口通道的門戶，幾分鐘下來沒有絲毫回應，領事啟動開鎖功能，直接步入莢艙。

霍依特神父雙膝跪地，位於青草地毯的正中央，痛苦地扭曲身體。床單、枕頭、各項工具、幾件衣服，以及標準醫藥箱內該有的物品，全都散落在他身旁的地板上。他撕開祭袍、扯下衣領，大片汗水沾染衣衫，上頭滿是濡濕的皺褶，指爪所到之處，無不被撕成一條條的碎片。海柏利昂的光線滲入莢艙牆壁，使得這奇特的場面看起來像是在水底上演——或是在教堂裡面，領事這麼想。

雷納．霍依特臉孔扭曲，極度痛苦，雙手不停耙著自己的胸口。前臂裸露，肌肉不停扭動，彷彿蒼白的表皮底下有活物游移其間。「注射器……故障了。」他上氣不接下氣地吐出話語：「拜託。」

領事點點頭，命令房門關閉，跪到教士身旁。他自霍依特緊握的手掌中拿走沒有作用的注射器，取出裡頭盛滿藥劑的安瓿。那是超嗎啡。領事再度點頭示意，同時從自己的船上所帶來的醫藥箱裡拿出另一具注射器。不到五秒鐘的時間，超嗎啡已經安裝備便。

「拜託。」霍依特哀求道。他全身抽搐，領事幾乎可以看見一波一波的疼痛在他體內川流不息。

「好。」領事喘了一口大氣，說道：「不過，你得先告訴我故事剩下的部分。」

霍依特盯著注射器猛瞧，伸出虛弱不堪的手，想要拿取。

領事也開始冒汗，將它移往教士伸手不及之處。「會的，聽完故事所剩下的部分之後，我會馬上給你。我必須知道這一切的來龍去脈。」

「噢，天哪，親愛的耶穌基督，行行好吧！」霍依特啜泣道。

「會啦，我會給你的，只要你跟我說實話。」領事倒抽一口氣。

霍依特神父趴在地上，氣喘吁吁。「你他媽的狗雜種。」他上氣不接下氣，深吸了幾口之後，屏住呼吸，直到全身不再顫抖。接著他試圖坐直身子，雙目注視領事，狂亂的眼神彷彿放鬆一些。「然後……你就會給我……打針？」

「沒錯。」領事答道。

「好吧。」霍依特悄聲說道，語氣中帶有敵意。「真相。裴瑞斯堡屯墾區的部分……就跟我說的一樣。我們在十月……也就是利修斯月的上旬……啟程飛往大裂口……那時杜黑已經……消失……八年了。噢，耶穌基督哇，好痛啊！酒精和止痛藥已經完全沒用。只有……純的超嗎啡……」

領事也輕聲回應：「會的，已經準備好了，只要你把故事講完。」

教士低下頭，汗液自下巴和鼻頭滴落短草地毯。領事看著這男人繃緊肌肉，好像作勢準備攻擊，然而另一陣疼痛痙攣重擊這瘦小身軀，使得霍依特整個身子萎靡下來，彎身向前。「浮掠機不是被……特斯拉活動擊毀的。我、姍法，還有另外兩個男人……迫降在大裂口附近，而……而奧蘭第則繼續朝上游搜索。他的浮掠機……得要等到雷暴平息之後才會和我們會合。

「當晚，畢庫拉人就來了。他們……殺掉姍法、駕駛和另一個男人……名字我忘了。只留下我……一個活口。」霍依特伸手想握住隨身佩掛的十字架，才發現它早已扯落。他乾笑幾聲，在笑聲轉為低泣之前停了下來。「他們……告訴我關於十字架的道路、關於十字形，以及關於……火燄之子的事。

「隔天上午，他們就帶著我去見火燄之子。帶我去……見他。」霍依特掙扎著挺直身體，手指抓著自己的臉頰。他的眼睛睜得老大，儘管痛苦異常，他顯然忘記對超嗎啡的需求。「進入火燄森林之後，走了大約三公里……好大一棵特斯拉樹……至少有八十，不，一百公尺高。那時候還滿平靜的，不過空氣中仍然有很多……很多電荷。到處都是灰燼。

「畢庫拉人不敢……不敢靠得太近。只是跪在那兒，磕著他們天殺的光頭。可是我……必須……走過去。天哪……噢，耶穌基督，那就是他。杜黑。或者該說是他的遺骸。

「他使用梯子爬上樹幹……爬了三……或許有四公尺高。建造出一座平臺。讓他的腳可以站在上面。他折斷集電棒……一根一根，比大釘子要長一點……然後磨尖。他一定用石頭將較長的一根搥穿自己的雙腳，釘入石綿平臺和特斯拉樹的樹幹。

「他的左手臂……他把集電棒打進橈骨和尺骨之間……避開血管……就跟天殺的羅馬人一樣。只要骨頭還完好無缺，這根釘子可說十分牢固。另外一隻手……也就是右手……掌心朝下。他先把釘子釘好。兩端都削尖了。然後……硬是將手掌穿過去。不知道他用什麼方法，把釘子折彎，成為鉤狀。

「梯子老早就……倒了……不過那是石綿做的。沒燒壞。我用它爬上去。很久以前，能燒的都全部燒光……衣服、表皮、外層的肉……然而，石綿囊袋依然掛在脖子上面。

「合金集電棒所製成的大釘還導著電……我看得到……甚至也摸得到……電就從屍骸那邊傳過來。

「它看起來仍然很像保羅．杜黑。這很重要。我跟蒙席報告過。皮都沒了。肉要不是生的，要不就已經烤熟。神經和其他腺體看得一清二楚……就像灰灰黃黃的根鬚。耶穌基督，那味道真難聞。不過它看起來仍然很像保羅．杜黑！

「那時，我了解了。我全都懂了。不知為何……就算還沒開始讀他的日誌，我就了解到他吊在那裡……噢，我的老天爺啊……整整七年。活了又死。死了又活。十字形……強迫他重生。電流……在這……七年之間……每一分每一秒……貫穿他的身體。火燄。飢餓。痛苦。死亡。可是那天殺的……十字形……不知道用什麼方法……也許從樹上，還是空氣裡，吸取物質，有什麼就用什麼……盡可能地重塑軀體……強迫他活著，活著感受那痛苦，一遍、一遍，又一遍……

「可是他贏了。疼痛是他堅定的盟友。噢，耶穌基督，那可不是掛在樹上幾個小時，電流穿過去就可以安息，而是整整七年！

「然而……他還是贏了。當我取下囊袋，他胸前的十字形也跟著脫落。就這麼……掉了下來……拖著長長的、血淋淋的根鬚。然後，那東西……那具我已經確定是屍體的東西……那個男人把頭抬起。眼皮沒了。兩隻眼睛烤得死白。嘴唇也不見了。不過他看著我，還對著我笑。他笑了。然後就死了……真的死了……死在我懷裡。第一萬次的死亡，不過這一次終於是真的。他對著我笑，然後就死了。」

霍依特暫停，在寂靜中與自身的痛苦合而為一，隨後聲音又從緊咬的齒縫間流出：「畢庫拉人帶我……回到……大裂口。第二天，奧蘭第來了。他救了我。他……姍法……我不能……他手持雷射槍掃蕩整座村莊，焚燒畢庫拉全族，他們就像一群綿羊，呆呆地站在那兒，毫無反抗的餘地。我沒有……我沒有反對他，和他爭辯。我反而笑了。主啊，請原諒我。奧蘭第使用定向成形核武轟掉整個地方……他們之前也是用這一招……清除叢林……建立塑性纖維屯墾區。」

霍依特直直地看著領事，右手開始扭曲：「剛開始，止痛藥還算有效。可是每一年……每一天……情況都更加惡化。就算在冷凍神遊的狀態……也一樣痛苦。不論如何，我一定得再回來這裡。他怎麼能……七年！噢，耶穌基督！」霍依特神父哀嚎的同時，雙手猛耙短草地毯。

領事動作迅速，自腋窩下方注入一整瓶的超嗎啡，在教士倒地前及時抓住他，輕輕將這個昏迷不醒的軀體安放於地板。領事看得不是很清楚，於是撕開霍依特早已濕透的襯衫，將碎布丟在一旁。它就在那裡，沒錯，就躺在霍依特胸口蒼白的皮膚之下，紅紅腫腫，好比某種巨大的十字形蠕蟲。領事深吸一口氣，溫柔地將教士身體翻轉過來。第二個十字形就在他所預期的位置：一道小一號的十字形傷疤，座落於這瘦小男子的肩胛骨之間。當領事的手指滑過這發熱的身軀，它還會稍稍抽動。

領事動作緩慢卻有效率──他將教士的行李打包完畢、整理好房間，細心地替昏迷的教士穿上衣服，一如為逝去的親人換上壽衣。

他的通訊記錄器發出鳴響。「我們該出發了。」傳來卡薩德上校的聲音。

「就來了。」領事簡短回應。他透過通訊器召喚複製人船員前來搬運行李，自己則抱起霍依特神父。這具肉體輕飄飄的，似乎沒有重量。

房門滑開，領事步出門外，從陰暗的枝葉深處走向藍綠色光芒所籠罩的地方。此時，海柏利昂的輪廓已涵蓋整個天空。領事正在思索，該如何對其他朝聖者捏造故事，掩蓋真相。他停下腳步，注視這熟睡男子的臉龐，接著抬頭望了望海柏利昂，隨即邁步前進。領事知道：就算在地球的標準重力之下，懷中的身體對他而言仍算不上什麼負擔。

領事曾經有過一個小孩，可是卻早先一步離開人世。他繼續走著，心裡十分清楚：他又再度體驗抱著入眠的兒子上床睡覺的感覺。

HYPERION

II

海柏利昂首府濟慈市，此時是溫暖的雨天。就算雨停了，一整層緩慢移動的厚重雲塊仍覆蓋在城市之上，空氣中瀰漫著西方二十公里外海洋的鹹味。向晚，灰濛濛的天光逐漸黯淡成灰濛濛的薄暮，雙重音波倏地撼動城鎮，南方刻有人像的孤峰旋即傳來回音。雲朵散發藍白光彩。半分鐘後，一艘烏黑太空船劃破層層雲障，拖著核融合尾燄，小心翼翼緩緩下降。導航燈紅綠閃爍，和四周灰色形成強烈對比。

約略還有一千公尺的距離，太空船亮起降落信標，位於城市北方的太空港協調一致地放出三道光芒鎖定船身，好似一具紅寶石色的三腳架，迎接這艘船。太空船盤旋在三百公尺的高度，如同濡濕吧檯上的馬克杯般平滑側移，隨後輕飄飄地降落於等待已久的停泊站。

高壓噴射的水柱沖刷船底和站區，揚起巨浪般的蒸氣，其間夾雜水幕，掃過太空港鋪設好的寬廣地面。水柱停止，四下萬籟俱寂，除了輕雨呢喃，以及太空船冷卻時隨機發出的咯吱聲響。

二十公尺高的太空船艙壁伸出一座陽臺，五道人影魚貫而出。「謝謝你載我們一程，領事先生。」卡薩德上校向領事道謝。

領事點點頭，倚靠在欄杆上，大口大口地呼吸新鮮的空氣。幾小滴雨水落在他的肩膀和眉毛，各自串成一線。

索爾・溫朝博從嬰兒籃中抬起寶寶。由於壓力、溫度、景觀、動作、噪音等等的種種變化，他女兒自沉睡中清醒，卯足了勁哭個不停。溫朝博哄著她、輕輕對她說話，嚎啕聲仍不絕於耳。

「拿來當作我們抵達海柏利昂的評論，還真是貼切呀！」馬汀・賽倫諾斯說道。詩人披上紫色長斗篷，頭上鮮紅扁帽垂至右肩。他舉起取自休息室的酒杯，一飲而盡。「有沒有搞錯啊！這地方看起來不一樣了。」

儘管領事離開此地不過八個當地年的光景，也不得不贊同他的說法。當他還住在濟慈市的時候，太空港距離市區整整有九公里遠，如今棚屋、營帳、泥濘街道圍繞著這降落場的四周。在領事任職的日子裡，這座小太空港整個星期來不到一艘太空船，現在他數了數，停機坪上少說也有二十來艘。原本矮小的管理處與海關辦公室也被一棟巨大的鋼骨建築所取代，太空港向西急速擴展，新建了十幾座停泊站和登陸艇停靠處，周邊地帶也雜亂無章地散布著數十處蒙上偽裝套的建築模組。領事知道這些單位必定負有軍事用途，從監控站到軍營等等，不一而足。停機坪遠端的盒箱群還延伸出茂密的怪異天線，指向天空。「真是進步。」領事低語。

「要開戰了。」卡薩德上校說。

「那邊都是人哪。」布瑯・拉蜜亞指向太空港南側，主航廈的大門。一波黃褐色的人潮，可比無聲浪花，衝向柵欄及紫羅蘭色的阻絕力場。

「我的天哪，妳說的沒錯。」領事嘆道。

卡薩德取出雙筒望遠鏡，一行人輪流盯著成千上萬的人拉扯鐵絲、推擠力場。

「他們為什麼會在這裡？」拉蜜亞問道：「他們要幹什麼？」就算遠在半公里之外，盲目的群眾意志仍舊使人卻步。太空港地界之內，隨處可見霸軍陸戰隊員的暗色身影巡邏其間。

領事了解到：在鐵絲網、阻絕力場與陸戰隊之間一長條空蕩蕩的土地，確定早已埋設地雷，或成為死光掃射的禁區，也可能兩者皆備。

「他們要幹什麼？」拉蜜亞重複她的問題。

「他們要出去。」卡薩德答道。

早在上校開口之前，領事已了然於胸，太空港周邊的成群棚架以及門前的烏合之眾是必然會出現的景象。海柏利昂的人都準備好要離開了。他猜想：每當有船降落地面，勢必引發寧靜波濤，湧向大門。

「唔，那傢伙一定會留下來。」馬汀．賽倫諾斯指向南方，河流對岸低矮的山丘：「又老又愛哭的威廉王，願上帝賜給他罪孽深重的靈魂安息。」逐漸昏暗的天光夾雜著細雨，山壁上雕刻的哀王比利臉龐僅僅隱約可見。「」喝醉酒的詩人說道：「我認識他，何瑞修，這傢伙有說不完的笑話，可是每一個都不好笑。他是真正的王八蛋，何瑞修。」❶

索爾．溫朝博站在船艙裡護住小寶寶，一來為了避雨，二來也不使哭聲影響外頭的對話。他指著某處道：「有人來了。」

一輛掛滿偽裝聚合填料的陸行車和另一輛為因應海柏利昂的薄弱磁場而加裝氣墊推進風扇的軍用電磁車正橫越潮濕的堅硬地面。

馬汀·賽倫諾斯的眼神始終不離哀王比利陰鬱的臉龐，他以細不可聞的聲音輕輕吟道：

幽暗悲涼的溪谷深處
遠離早晨鮮美氣息的地底，
熾烈正午亦不可及，遑論夜暗孤星，
沙騰❷華髮蒼蒼，枯坐於斯，如岩石般緘默，
紋風不動，宛如藏身之所四下靜謐的光景。
頭頂上，森林樹叢滋長糾葛
好似雲層重重交疊……❸

霍依特神父走上陽臺，兩隻手掌搓揉臉頰。他的眼睛大而無神，像個剛打完盹的小孩。「我們到

❶ 詩人所云出自莎士比亞《哈姆雷特》第五幕第一景，哈姆雷特與好友何瑞修在墓園看歐菲利亞下葬，此時堀墓者剛好挖出一個頭骨，乃是哈姆雷特父皇的弄臣約力克，因而感嘆人世之無常，即使在上位者也逃不過死亡的命運，故發此言：「唉，可憐的約力克。我認識他啊，何瑞修。這傢伙有說不完的笑話，每個都充滿豐富的想像力。」後句此處被賽倫諾斯所更動。

❷ Saturn，即希臘神話中的克羅諾斯（Cronus），泰坦神的首領，宙斯之父。原為萬物主宰，後為宙斯與奧林帕斯諸神所推翻。

❸ 本段詩文為濟慈的〈海柏利昂〉前七行。

了嗎？」他問道。

「他媽的是！」馬汀．賽倫諾斯高叫回應，順手將雙筒望遠鏡交還給上校。「我們下去和那些憲兵打個招呼吧。」

儘管這名年輕的陸戰隊中尉掃描過由海特．瑪斯亭遞交給他們，特遣隊指揮官授權的通行證，他似乎對這一行人沒有深刻的印象。尉官讓他們枯等於細雨中，慢條斯理地逐一掃描朝聖團成員的簽證晶片，其間還說了幾句閒話。這種小人物就是這樣，才掌握到一丁點兒權力，就做事懶懶散散、傲慢不可一世。等他檢查到費德曼．卡薩德的晶片，當場抬起頭來，表情猶如一隻受到驚嚇的臭鼬。「卡薩德上校！」

「退役了。」卡薩德說道。

「很抱歉，長官。」中尉結結巴巴地吐出字句，雙手笨拙地將簽證還給每一個人。「我沒想到您會在這群人裡頭，長官。那是……隊長才說過……我是說……我叔叔曾在布列西亞與您並肩作戰，長官。我指的是，我很抱歉……有什麼是我或我的手下可以效勞的……」

「中尉，請稍息，有進城的交通工具嗎？」卡薩德開口了。

「啊……唔，長官……」少不更事的陸戰隊軍官開始摸起下巴，此時才想起他還戴著頭盔。「有的，長官。不過問題在於，暴民十分棘手，而且……唔，該死的電磁車就是他媽的沒辦法在這裡正常運作……噢，長宮，請原諒我的無禮。您可以親眼看見，地面運輸僅限於貨物而已，而在二二〇〇時以前，我們並沒有空下來的浮掠機可以離開基地。不過我很樂意將您和您的同伴們列入名單……」

「等一下。」領事插了句話。有架老舊的客用浮掠機，其中一邊防火側裙還塗上霸聯的金色測地線，就降落在十公尺外的地方。一名高瘦男子步出機門。「席奧！」領事叫道。

兩人相互走向前，開始握手，隨後抱在一起。「去他媽的！」領事道：「你看起來真不錯，席奧。」此言不虛。他以往的副手儘管在海柏利昂多活了六年，可是這年輕人依然保有男孩似的微笑、瘦削的臉龐，以及一頭茂密紅髮，足以迷死領事館內每一個未婚女性——已婚的恐怕也不在少數。席奧·連恩推了推古典角框眼鏡（青澀外交官故作姿態）的多餘動作，則洩漏了那曾為他弱點的羞怯個性。

「您能回來實在太好了。」席奧對領事說。

領事轉身，將他的朋友介紹給朝聖團成員。隨後，他停下腳步：「我的天哪，你當到領事了。很抱歉，席奧，我居然沒有想到。」

席奧·連恩微笑著調整一下眼鏡：「老長官，沒關係啦。事實上，我已經不是領事了。過去幾個月來，我做的是總督的工作。自治議會最後總算提出成為正式殖民地的申請——也獲得批准。歡迎來到霸聯最新的領地。」

領事端詳對方有好一陣子，隨即再度擁抱自己的得意門生。「恭喜你了，總督閣下。」

席奧露齒而笑，眼神掃過天空。「再過沒多久就要下大雨了。何不讓您一行人登上浮掠機，由我載各位進城？」新任總督對著年輕的陸戰隊尉官微笑道：「中尉？」

「噢……是的，長官？」他啪的一聲立正站好。

「能不能請你吩咐手下幫忙裝載這幾位的行李？我們要在下雨之前先行登機。」

浮掠機沿著公路，以六十公尺的高度穩定向南飛行。領事坐在最前方的客座，其餘諸人則舒舒服服地半臥在後頭的泡棉躺椅上。馬汀．賽倫諾斯和霍依特神父看樣子是睡著了。溫朝博的女兒停止哭泣，喜孜孜地喝著一瓶合成母乳。

「什麼都變了。」領事說道。他將臉頰靠在雨水不停濺灑的座艙罩，向下望著這一片混亂。

通往市郊的三公里路程中，兩旁山麓和溪壑布滿了成千上萬座棚屋和單邊棚架。潮濕的帆布下燃起火堆處處，領事看見泥濘的人影游移於泥濘的棚屋之間。通往太空港的公路兩旁，臨時搭建起高聳圍籬，馬路本身也拓寬了，重新畫上標線。有兩條卡車與氣墊車專用的車道，上頭車輛大多漆成軍用的綠色，或包覆著閒置狀態下的偽裝聚合物。雙向車流緩慢。前方，濟慈市的燈光似乎成倍數增加，擴展至河谷及山丘的新建區域。

「三百萬，濟慈的人口現在至少有三百萬，而且每天都還不斷增加。」席奧彷彿猜出他前任上司心中的想法，開口說道。

領事瞪大眼睛。「我離開的時候，整顆行星也不過才四百五十萬人。」

「總數是沒變，不過每個人都想盡辦法擠進濟慈，登上船，離開這個鬼地方。有的人則寄望於傳送門，不過大多數都不相信它能及時建好。他們很害怕。」新任總督繼續說道。

「怕驅逐者？」

「也是啦，不過最主要是荊魔神。」席奧解釋道。

領事轉過頭來，整張臉從冰冷的座艙罩移開。「它已經在馬轡山脈的南邊出沒了？」

席奧的笑聲不帶一絲幽默：「每個地方都有它的蹤影。或者應該說是它們的蹤影。現在大部分的人都確信，這傢伙有幾十尊，甚至幾百尊。三個大陸都傳來與荊魔神有關的死亡報告。除了濟慈市、馬鬃海岸線的區段，以及安迪米恩這類的大城市，其餘均無法倖免。」

「有多少傷亡？」領事其實並不很想知道。

席奧答道：「起碼有兩萬人死亡或失蹤，還有許多傷者。不過那不是荊魔神幹的，對吧？」接著一陣乾笑：「史萊克不會只是傷傷人而已，不是嗎？人們倒是會意外開槍打到對方，因為驚慌失措而跌落樓梯，或是從窗戶跳下來，或是在人堆裡互相踐踏。真是他媽的一團混亂。」

在共事的十一年裡，領事從來沒聽席奧．連恩講過一個髒字。「霸軍有幫上忙嗎？是不是他們把荊魔神擋在大城市之外？」領事問道。

席奧搖搖頭，說：「除了鎮壓暴民，霸軍什麼鳥事也沒做。噢，陸戰隊的確像作秀一樣，維持太空港的開放，並確保浪漫港碼頭區域的安全，可是他們壓根兒就不想面對荊魔神。他們等著和驅逐者開戰。」

「自衛軍呢？」領事話才出口，就想到自衛軍這樣的烏合之眾，恐怕也擔不了什麼責任。

席奧對此嗤之以鼻。「死傷人數之中少說就有八千個自衛軍的人。布萊克斯頓將軍率領『能打的三分之一』沿水路向上游進發，說是要『直搗黃龍，在史萊克的老巢殲滅他們』，而那就是我所收到關於他們的最後消息。」

「你在開玩笑吧。」領事看了看朋友的表情，知道席奧所言不虛。他繼續發問：「席奧，你怎麼會有空來太空港接見我們？」

「其實我並沒有空。」總督回答道。他向後瞄了一眼。其他人不是在睡覺，就是筋疲力竭地望著窗外。他繼續說：「我必須跟你談談，說服你退出這次朝聖。」

領事正要搖頭，席奧卻緊緊抓住他的手臂：「現在好好聽我說，去他媽的。我知道，不管發生了什麼事，在那之後，要你回來這裡的確是一種痛苦、一種煎熬……可是，真該死，你毫無緣由就拋下一切，也實在太沒道理了。放棄這愚蠢的朝聖，留在濟慈市吧。」

「我不能……」領事想開口辯駁。

「聽我說，理由一：你是我所見過最棒的外交家，也是最好的危機管理者，我們需要你的長才。」

席奧以請求的口吻說道。

「不……」

「先閉上嘴巴聽我說好不好？理由二：你和其他人沒辦法進入時塚周圍方圓兩百公里的地帶。現在不像當年你還在的時候，那群他媽的想要自殺的人可以跑到那邊坐上一個星期，或許還能改變主意，打包回家。荊魔神已經開始行動。就像瘟神一樣，四散各地。」

「我了解這個情形，可是……」

「理由三：我需要你。我之前就央求天崙五中心派人過來。當我知道是你的時候……唔，該死，對我來說，最後這兩年真是難熬。」

領事搖頭表示不解。

席奧操控浮掠機轉向市中心，然後在上空盤旋。他的眼神隨即移開儀表板，直視領事。「我要你接下總督的位子。參議院絕對不會干涉——或許葛萊史東除外——不過等到她發現的時候，已經來不及阻止了。」

領事覺得心口挨了重重一記。他轉移目光，看著下方迷宮般的狹窄街道與彎彎曲曲的建築。這裡是傑克鎮，也就是所謂的舊城。等到他得以再度開口，便說道：「席奧，我實在不行。」

「聽著，如果你……」

「不。我說不行就是不行。就算我接了下來，情勢也不會變得更好，更何況，事實就是這麼簡單，我根本就沒辦法接。我要參加這次朝聖。」

席奧推了推眼鏡，兩眼直直凝視前方。

「聽著，席奧，你是我共事過最有才華也最能幹的外交事務高手。我已經收手不幹有八年了。我想……」

席奧簡練地點點頭，打斷他的話：「我想你們要前往荊魔神殿吧。」

「是的。」

浮掠機轉了一周，降落地面。領事心有所思，無暇顧及他物。側門升起、收合，索爾．溫朝博叫道：「我的天哪。」

朝聖團步出座艙，凝視這片曾經是荊魔神殿，如今卻焦黑傾圮的廢墟。自從二十五個當地年以前，時塚因過於危險而遭封閉之後，荊魔神殿就成為海柏利昂最受歡迎的觀光景點。雄偉建築占據整整三個街區，中央的螺旋尖塔高聳挺拔，超過一百五十公尺。這座荊魔神教會的信仰中心有一部分是令人敬畏的大教堂，一部分由於它一根根的合金骨架上膠合了圓滑流線的石拱壁，而成為哥德式建築的笑柄，一部分以各種透視手法及不可思議的角度構合而成，好比埃薛爾❹的版畫，一部分也因為它四通八達的坑道出入口、隱藏於內的斗室、幽暗的花園，以及閒人勿進的禁區，令人聯想起波希❺筆下的噩夢。還有，也是最重要的，它曾經是海柏利昂過往歷史的一部分。

現在全都消逝無蹤。唯有堆得高高的熏黑石塊，透露出以往建築的宏偉。熔化變形的合金大梁宛如巨大動物屍骸的肋骨，自石頭中穿出。這海柏利昂的地標座落於斯已有三個世紀之久，如今傾圮瓦礫卻填塞坑窖、地下室，以及暗藏於底下的甬道。領事走近其中一座地窖的邊緣，猜想這些深入地底的房間是否——如同傳說中的記載——實際與星球上的迷宮相連接。

「看起來這地方像是被地獄鞭掃過。」馬汀．賽倫諾斯使用了一個早已廢棄的古老辭彙，指的是任何形式的高能雷射武器。詩人步向領事，同站在地窖旁，似乎在剎那間，整個人就清醒過來。他敘述著自己的記憶：「我還記得那時候這地方只有神殿和舊城的一小部分，就在時塚的災難之後，就是因為神殿的關係，比利才決定將整座傑克鎮重新安置於此。如今它卻毀滅了。耶穌基督哇。」

「不。」卡薩德道。

眾人看著他。

上校原本蹲下來檢視瓦礫，此時也起身解釋道：「他們用的不是地獄鞭，而是定向成形電漿武器，而且打了好幾發。」

「現在你們還想待在這裡，繼續進行這場無謂的朝聖嗎？」席奧問道。「跟我一起回領事館吧。」這句話是對領事說的，不過邀約的對象遍及在場每一個人。

---

❹ Maurits Cornelius Escher（1898-1972），荷蘭版畫家，專精於創造複雜的畫面結構，以及混淆視覺的圖案，畫作中的部分建築甚至不可能存在於三維空間。

❺ Hieronymus Bosch（1453-1516），荷蘭畫家，擅於利用惡魔及半人獸的形象描繪人類的邪惡面，激起混亂與恐懼。作品以三折畫《樂園》（*The Garden of Earthly Delights*, c. 1504）最為著名。

領事從地窖方向轉過頭來，看著他的前副手，第一次好好打量這名統領一個被團團包圍的霸聯星球的總督。領事開口道：「閣下，我們不行，起碼我不行。我沒資格代表其他人發言。」

其餘的四男一女搖了搖頭。賽倫諾斯和卡薩德開始卸下行李。天空又開始飄雨，像是黑暗中降下一陣薄霧。同一時間，領事注意到有兩架霸軍的攻擊浮掠機盤旋在附近建築的屋頂上空。夜色及變色聚合外殼巧妙地隱匿它們的行蹤，可是這場雨卻描出機體輪廓。當然囉，領事心想：總督絕不可能在沒人護衛的情況下四處奔走。

「教士們都逃走了嗎？神殿被摧毀時，有沒有生還者？」布瑯．拉蜜亞問道。

「有的。」席奧回答。這名實際統治五百萬個衰敗生靈的獨裁官取下眼鏡，抓著襯衫下襬將鏡片擦乾。「所有荊魔神教會的祭司和輔祭全都經由地下通道逃走了。暴民包圍這裡有好幾個月。他們的領導人，一個來自草海東部，名叫坎夢的女子，在引爆 DL-20 之前就已經多次警告神殿內的教眾。」

「警察跑到哪裡去了？」領事問道：「自衛軍呢？還有霸軍呢？」

席奧．連恩露出微笑，此時看起來遠比領事記憶中的年輕人蒼老幾十歲。他說：「你們前來海柏利昂的過程花了整整三年，整個宇宙有了變化。在萬星網裡，荊魔神教信徒的熱情早已熄滅，而且變成過街老鼠，人人喊打。你可以料想得到本地居民的看法。十四個月之前，我發布戒嚴令，濟慈警方全數收編，統一歸軍方運用。他們和自衛軍眼睜睜看著暴民燒毀神殿。我也一樣。那天晚上，這裡有五十萬人。」

索爾・溫朝博靠了過來。「他們知不知道我們的存在？知不知道這最後一次的朝聖？」

席奧答道：「如果他們知道的話，你們根本就沒有活命的可能。你們認為他們會歡迎任何可能讓史萊克平息下來的人事物，但暴民們只會注意到：你們是由荊魔神教會所遴選的代表。正因如此，我才否決諮詢委員會的提議。他們一致贊成在你們的太空船進入大氣層之前就先把它給打下來。」

「為什麼你要這麼做？」領事問道：「我的意思是，否決他們的提議？」

席奧嘆了口氣，調整一下眼鏡。「海柏利昂還需要霸聯的幫助，而就算參議院不支持，葛萊史東仍然獲得萬事議會的信賴。何況我也需要你。」

領事看了看荊魔神殿的廢墟。

「這次的朝聖在你們抵達之前就已經結束了，你要跟我回領事館嗎……至少以顧問的身分？」總督說道。

「很抱歉，不行。」領事態度十分堅定。

席奧不發一語轉過身去，逕自進入浮掠機，旋即起飛離開，雨中護衛軍機的模糊身影也隨之消失。

雨越下越大。一行人在逐漸漆黑的陰暗中靠在一起，集體行動。溫朝博臨時拉起一頂兜帽罩住蕾秋，雨水叮叮咚咚打在塑膠布上，惹得嬰孩開始哭泣。

「現在要怎麼辦？」領事瞧一瞧四周夜色和狹窄街道，開口提問。他們淋濕的行李疊成一堆。整個地方瀰漫著灰燼的餘味。

馬汀．賽倫諾斯露齒笑道：「我知道有間酒吧。」

原來領事也知道這個地方，他在海柏利昂十一年來的公職生涯裡，大半時間都消磨在這間「西塞羅的店」。

西塞羅這個店名，不像濟慈市或海柏利昂的大多數事物，來自於前聖遷時期的文藝餘墨。傳言道，這間酒吧是依據某一座元地球城市的特定區域命名的——有人說是美國的芝加哥，也有人確信是印度聯邦❻的加爾各答——只有創始人的曾孫，也是現在的老闆史坦．魯維斯基才知道真相，不過他從來不曾透露這個祕密。這間酒吧一個半世紀以來一直高朋滿座，規模也從胡黎河畔某棟下陷中的無電梯老屋屋頂，擴展至河濱四棟下陷中老樓房的九層樓面。西塞羅的店數十年來絲毫不變的內部裝潢，就只有低矮的天花板、永不消散的濃厚煙霧，以及持續不斷的嘈雜聲浪，忙亂之中反而給人一種私密的感覺。

可惜今晚一點都不私密。領事和其他五人帶著行李，停在位於沼澤巷的門口。

「連耶穌也會哭出來呀。」馬汀．賽倫諾斯低聲嘀咕。

整間店看起來像是被好幾群野蠻人侵略過。每張椅子都有人坐，每張桌子也都被占滿，人就七橫八豎地坐臥在上面，地板則散落著背包、武器、鋪蓋、老舊的通訊器材、口糧盒，還有其他雜七雜八的東西，隸屬於一整團的難民……或者該說是一整支由難民所組成的軍隊。店裡厚重的空氣，原本應該混雜著烤牛排、醇酒、刺激物、麥酒和 T-free 菸草❼香味，現在則充斥著沒有洗澡的汗臭、尿臊，以及一股絕望的氣息。

就在這一刻，史坦．魯維斯基的龐大身軀赫然出現於昏暗之中。老闆的手臂依然巨大堅實，可是他的髮線又向上推進了好幾公分，之後才是逐漸稀疏的糾結黑髮，領事還注意到他那陰鬱雙眼的旁邊，又平添幾道皺紋。魯維斯基對著領事猛瞧，眼睛瞪得老大。「看到鬼唷。」他說道。

「不是啦。」

「你沒死？」

「才沒有。」

「去你媽的咧！」老闆高聲叫道，抓住領事的上臂將他拎起，就像普通男人舉起五歲小孩一般輕鬆寫意。「去你媽的！你居然沒死！你來這裡幹什麼？」

「檢查你的賣酒執照哇！」領事說道：「放我下來。」

魯維斯基小心翼翼地放下領事，拍他的肩膀，開心地笑了。他看著馬汀．賽倫諾斯，笑臉又皺起眉頭。「你很面熟，但我從來就沒見過你。」

---

❻ AIS，疑為 Associated India States 的縮寫，照這個國名看來，應該是作者所虛構，介於現代與聖遷時期之間所建立的國家。

❼ T-free tobacco。原本 T-free 是美國紐約州湯普金斯郡（Tompkins County）的一個社區組織計畫，全名為 Tobacco Free Tompkins，目的是要減少菸草的使用量，並降低吸菸人口。作者在此將其名借用為菸草品種。

「我可認識你的曾爺爺。」賽倫諾斯道：「這剛好讓我想到，你那些前聖遷時期的麥酒還有沒有剩？那種原產於大不列顛、溫溫的、喝起來像是回收櫜尿的東西，我可永遠都喝不夠哇！」

「全沒啦！」魯維斯基答道。他指著詩人：「去你媽的。我在吉力爺爺的皮箱裡看過那幅古老的全息影像。你是元傑克鎮裡的那隻老色鱉。不會吧？」他盯著賽倫諾斯猛瞧，又看了看領事，粗大的食指極為謹慎地碰觸他們兩人。「這兒有兩隻鬼呀。」

「其實是六個疲倦的人。」領事說道。嬰兒又開始啼哭。「噢，是七個。你有地方給我們坐坐嗎？」

魯維斯基轉了半圈，兩手開開，掌心朝上。「整個地方都是這個樣子。沒有空位。沒有食物。沒有酒。」他斜眼瞄著馬汀·賽倫諾斯。「也沒有麥酒。現在我們這裡變成了一間沒有床鋪的旅館。那群自衛軍混蛋待在這兒，錢也沒付，就喝起他們自己從內地帶來的低等貨色，然後等著世界末日。就快發生了，我想。」

朝聖團就站在一度是入口夾樓的地方，成堆行李夾雜在其他人的物品之間，七橫八豎地散落於地面。一小撮人以肩膀頂著人群，推開一條去路，眼睛上上下下打量著這一批新到的客人——尤其是布瑯·拉蜜亞。她則回敬以斷然、冷峻的目光。

史坦·魯維斯基看著領事有好一陣子。「陽臺那邊有一張桌子。五個自衛軍敢死隊員窩在那兒已經有一整個星期，到處放話說他們只要用赤手空拳，就會將驅逐者的軍隊給擺平。如果你們要那張桌子的話，我會把這群乳臭未乾的小子轟出去。」

「好哇。」領事說道。

魯維斯基剛要轉身離開，拉蜜亞伸手拉住他的臂膀。「你需要一點小小的幫助嗎？」她問道。

史坦．魯維斯基聳聳肩，笑道：「我不需要。不過有的話也未嘗不可。來吧。」

他倆消失在人群之中。

三樓陽臺的空間恰好塞得下這張小桌子和六張座椅。儘管主樓面和樓梯間的擁擠程度幾乎要令人發狂，在魯維斯基和拉蜜亞逐一將提出抗議的敢死隊員扔過欄杆，投入下方九公尺的河水之後，就沒人膽敢向他們挑戰這片空間的歸屬權。不知用了什麼方法，老闆還是弄出一大公杯的啤酒、一籃麵包和冷牛肉，將這些食物端了上來。

整群人靜靜地吃著，身體感覺上明顯比一般的冷凍神遊之後還要來得飢餓、疲倦，心情也更顯低落。店裡映照出的昏黃燈火，以及過往河上駁船所打起的燈籠，為原本幽暗的陽臺提供些許光亮。胡黎河畔的建築大多已經熄燈，不過低矮雲層反射出城裡其他地區的光線。領事還能看見上游半公里處的荊魔神殿廢墟。

「唔。」霍依特神父說話了，他已經自那一劑分量極重的超嗎啡中恢復神智，痛苦和鎮靜，在他的體內像是坐翹翹板似的，取得一種微妙的平衡。「我們接下來要做什麼？」

無人應答，領事則閉上眼睛。不管要做什麼，他都拒絕帶頭。坐在「西塞羅」的陽臺上，要墮回往日生活的節奏，實在太容易了：他可以在這裡喝到凌晨時分，看著雲層散去，露出黎明前的流星雨，然後搖搖晃晃回到市場旁邊空蕩蕩的公寓，沖澡修面，過了四個小時再前往領事館。除卻眼球內的血絲，和頭蓋骨裡快將人逼瘋的刺痛，看起來總還算是人模人樣。相信席奧——既安靜，做事又有效率的席奧——會陪他度過上午時光，相信運氣會讓他順利過完白天。相信在西塞羅買醉可以使他消磨這漫漫長夜。相信他無足輕重的職務可以令他了卻餘生。

「你們都準備好要出發朝聖了嗎？」

領事猛然睜開雙眼。一個戴著兜帽的人影站在門口，有好一陣子，領事以為那是海特．瑪斯亭，不過他隨即發現這男人矮小得多，聲調也不似聖堂武士那麼矯揉造作地強調子音。

「如果你們準備好，我們就要走了。」那陰暗的身影道。

「你是誰？」布瑯．拉蜜亞問道。

「快一點。」這是那人影唯一的回應。

費德曼．卡薩德站起身子，保持彎腰的姿勢，以免頭撞到天花板。他扣住這個身穿長袍的傢伙，左手輕輕一揮，就將兜帽掃落。

「是生化人！」雷納．霍依特道，盯著這男子的藍色皮膚和藍上加藍的眼珠瞧。

領事其實並不那麼訝異。過去一個多世紀以來，擁有自己的生化人，在霸聯領地之內是非法行為，況且這麼久的時間以來也沒有製造出新的生化人。不過在部分遙遠的落後地區，不屬於正式殖民地的星球——海柏利昂就是最好的例子——仍然使用他們來從事人力操作的勞務。荊魔神殿就廣泛利用生化人，這樣才算遵從他們的教旨。荊魔神教會認為：生化人完全沒有原罪，進而在精神層面較之人類更為高尚，因此他們也附帶地豁免於荊魔神必殺的恐怖懲罰。

「你們必須快點過來。」生化人悄悄說道，一面將兜帽戴回原位。

「你是從神殿那邊過來的嗎？」拉蜜亞問道。

「安靜！」生化人厲聲打斷她的話，眼神掃視大廳，旋即轉過身來，點了點頭。「我們一定要快。請跟我來。」

所有人都站立不動，猶豫不決。領事看著上校不經意地拉開身上長長的皮外套，匆匆瞥見塞入腰帶裡的騾死棒。在正常情況下，領事光是想到旁邊有根騾死棒，就會覺得毛骨悚然——只要不小心碰一下，就連陽臺欄杆上的金屬凸起也會化為濃漿——不過現在看到這可怕的東西，內心的焦慮反而消卻不少。

「我們的行李……」溫朝博正要開口說話。

「已經都打理好了，快一點。」戴著兜帽的男子悄聲道。

一行人只好跟隨生化人走下樓梯，沒入夜色之中。他們的行動就如同嘆息聲一般，消極而疲憊。

領事睡得很晚。日出後半小時，一束長方形光線找到旋窗遮板間的縫隙，恰好落在他枕頭上面。領事翻過身去，並未醒覺。一小時後，傳來一陣噹啷巨響，原來是拖了一整晚駁船的疲憊魟魚被人解開，換上生龍活虎的一組。領事仍在床上安睡。接下來的一個小時，船員們在包廂外頭的甲板來回奔走、吆喝，音量越來越大，久久不散。不過終究還是要等到整艘船行經位於卡爾拉的水閘，閘門底下警報器放聲大作，才將他從睡夢中喚醒。

由於還受到冷凍神遊的影響，領事整個人像嗑了藥似地全身無力。他緩緩移動，使用唧筒將水打在臉盆裡，盡可能將自己清洗乾淨，換上寬鬆棉質長褲和老舊的帆布襯衫，腳底踩著一雙膠底健步鞋，走進中層甲板。

早餐已經擺放在一張褪色餐檯旁的餐具櫃上，餐檯必要時還可以收納於船殼外板之內。用餐區頂端蓋上一頂天篷，緋紅與金黃色的帆布隨著微風吹拂，劈啪作響。天氣十分美好，晴空爽朗、萬里無雲，海柏利昂的太陽雖然小了點，仍舊熾烈地散發光芒。

溫朝博、拉蜜亞、卡薩德和賽倫諾斯已經在上頭有好些時候。雷納．霍依特和海特．瑪斯亭在領事抵達之後沒多久也加入行列。

領事在自助餐檯給自己盛了烤魚、水果及一杯柳橙汁，隨後便移往欄杆處。這裡河面非常寬闊，兩岸之間至少有一公里的距離，綠寶石般的光澤與天空相互輝映。領事大略瞥過一眼，認不出河岸景色究竟屬於什麼地界。向東望去，種植潛望豆的農田一直延伸到薄霧籠罩的遠方，那兒有上千畦幾近滿溢的水田，映照初升的朝陽。阡陌交錯間，可見幾處在地的簡陋小屋，傾斜牆壁由漂白堰木或金黃色半橡木構成。再看往西方，河畔窪地長滿低矮交纏的吉森藤、雌紅樹林❽，和一種領事辨視不出的火紅蕨類，它們全都長在泥濘濕地和一群範圍不大的潟湖之中，綿延約有一公里，直到厚實花崗岩所形成的陡岸，岸壁光禿禿的表面只有一叢萬年藍攀附其上。

有好一陣子，領事覺得像是迷了路，在這片自以為十分熟悉的土地失去方向。不過他隨後想起卡爾拉水閘的警報聲，於是了解到他們進入了胡黎河位於杜科波爾灌木林❾北方一條鮮少使用的水道。領事從未見過這段河流，他以往總是取道峭壁西邊的皇家運河，或是從那邊的上空飛過。他只能推測，通往草海的主要幹道，沿途必定有什麼危險或騷亂，使得他們不得不繞經這些支流。估計目前的所在位置是濟慈市西北方大約一百八十公里處。

「白天看又不一樣了，不是嗎？」霍依特神父道。

領事再度向河岸望去，不確定霍依特在說什麼，後來他才曉得，教士指的是身處的這艘船。

整件事一直都非常奇怪——他們一行人跟著生化人使者，冒雨登上這艘老舊的大遊艇，在上頭迷陣

❽ Womangrove，應引申自 mangrove（紅樹林），故譯為「雌紅樹林」。

❾ Doukhobor's Copse。杜科波爾是一個基督教宗派，發源於十六至十七世紀的俄羅斯，原義為「靈性鬥士」。一八九九年信徒遭受迫害，移往加拿大。

般的棋盤狀房舍與通道間來回穿梭，駛向神殿廢墟，接起海特．瑪斯亭，然後看著後方濟慈市的燈火漸行漸遠。

午夜前後的幾個小時，領事腦海裡彷彿是一場冷凍神遊的夢境，恍恍惚惚，似幻非真，他認定其餘諸人必定也同樣筋疲力竭，迷惘困惑。他依稀記得自己對艇上船員均為生化人的事實感到訝異，但他印象最深的，卻是終於得以放鬆下來，關起包廂房門，隨即爬上床呼呼大睡的情景。

「早上我才跟貝提克化生[10]談過話。」溫朝博言談中提及權充眾人嚮導的生化人。「這艘遊艇還真有一番歷史呢。」

馬汀．賽倫諾斯走到餐具櫃前，給自己再斟上一些番茄汁，再從隨身攜帶的小酒瓶裡攙入少許不知名液體。「這條船很明顯地已經有好些時日了。像這該死的欄杆，光是手摸來摸去這麼久，早就覆上一層油光，樓梯也被來來去去的腳步給磨舊了，吊燈的油煙將天花板給熏黑，床鋪撐了好幾個世代，也變得鬆鬆垮垮。我敢說它至少有好幾百歲。這些雕刻和洛可可式的漆飾真他媽的了不起。你們有沒有注意到，掩蓋在其他氣味底下，這些鑲飾木材還保有檀香的味道？就算這整艘船是從元地球來的，我也不會覺得驚訝。」

「它的確是。」索爾．溫朝博道。他的女兒蕾秋安睡在臂彎裡，吹著口水泡泡。「我們在這艘具有輝煌歷史的貝納瑞斯號上。它就是在元地球的同名城市裡建造而成。」

「我可不記得曾經聽過有個叫貝納瑞斯的元地球城市。」領事道。

布瑯·拉蜜亞從她剩餘的早餐中抬起頭來，說明道：「貝納瑞斯，又稱作瓦拉那西或甘地波爾，隸屬於印度自由邦。第三次中日戰爭之後，成為亞洲第二共榮圈的一部分。在印度蘇維埃穆斯林共和國有限戰爭中遭到毀滅。」

「是的。」溫朝博接著話講：「貝納瑞斯號在『大錯誤』之前就已經建造完成。我想應該是在二十二世紀中葉左右。貝提克化生跟我提過，它原本是一艘飄浮遊艇……」

「那麼電磁場產生器還在底下嗎？」卡薩德上校突然插入一句。

溫朝博回答道：「我認為還在，就在底層甲板的主交誼廳隔壁。那間沙龍的地板是透明的月晶。如果我們航行在兩千公尺的高度，就可以欣賞底下的美景……可是現在卻無用武之地。」

「貝納瑞斯，我在那兒被搶過一次。」馬汀·賽倫諾斯若有所思地說，一隻手情深意摯地撫過經由歲月洗禮而顏色變得暗沉的欄杆。

布瑯·拉蜜亞放下手中盛有咖啡的馬克杯。「老頭，你是想告訴我們，你老到可以記得元地球的往事？你要知道，我們可不是傻子啊。」

---

❿ A. Bettik，其中 A. 就如同 Mr.、Ms. 一樣，是對生化人的稱謂。今仿照「先生」譯為「化生」，取其相對於自然孕育，「有情類，生無所託，是名化生。如那落迦天中有等，具根無缺，支分頓生，無而欻有，故名為化。」（典出《阿毘達磨俱舍論》卷第八）之意。與小說中對於人類的稱謂「君」（M.）對應。

賽倫諾斯笑得燦爛：「親愛的孩子，我不是要告訴妳什麼。我只是在想，如果我們能分享曾經有過搶人或是被搶經驗的地點，也許會很有趣——同時還具有啟發意義與知識價值。由於妳很不公平地身為參議員的女兒，我很確定妳所列的地方肯定比較高尚……數量也多得多。」

拉蜜亞張口欲回，可是她眉頭一皺，不發一語。

「這艘船是怎麼來到海柏利昂的？為什麼要將一艘飄浮遊艇帶到這個電磁裝置沒辦法運作的星球？」霍依特神父囁嚅問道。

「裝置可以運作，海柏利昂還是有一定的磁場，只是沒辦法將物體穩定維持在空中罷了。」卡薩德上校解釋道。

霍依特神父揚起一邊的眉毛，很顯然參透不出其中差別。「嘿！」詩人在欄杆旁叫喊道：「我們這幫人全到齊囉！」

「那又如何？」布琊·拉蜜亞道。她和賽倫諾斯對話時，嘴唇幾乎抿成一條細線。

「既然咱們全都在這裡，那就繼續來說故事吧。」詩人提議道。

海特·瑪斯亭不表贊同：「我以為之前大夥兒同意的是晚餐後再來說各自的故事。」

馬汀·賽倫諾斯聳聳肩。「早餐，晚餐，誰他媽的在乎哇？我們都已經聚在一塊兒了。前往時塚花不到六、七天的時間，對吧？」

領事仔細想了想，不出兩天，他們就會抵達水路的盡頭，再花個兩天橫渡草海，如果風向對的話，還會更快一點，跨越山脈頂多也只要一天。「不用，還不到整整六天。」他說道。

「所以囉，我們就繼續來講故事。更何況，我們在敲開荊魔神的大門之前，也難保它不會先過來打聲招呼。如果這些枕邊故事在某方面能夠增加我們存活的機會，那麼我還是提議，在我們殷切期盼要前往探訪的那臺流動式食物調理機開始將某幾個人剁碎切丁之前，先聽完每個人的經歷。」賽倫諾斯道。

「你真噁心。」布瑯·拉蜜亞明顯不悅。

「啊，親愛的，昨晚在妳第二次高潮之後呻吟的，也是這句話呢。」賽倫諾斯笑道。

拉蜜亞轉過頭去，不再理會。

霍依特神父清了清喉嚨，說道：「輪到誰了？我是指說故事。」

眾人一陣沉默。

「是我。」費德曼·卡薩德伸手摸進白色上衣的口袋，取出一張紙片，上頭潦草地書寫了一個大大的「2」。

「你介意現在就講嗎？」索爾·溫朝博問道。

卡薩德臉上泛起一抹微笑。「我本來就不贊成這麼做，不過要是做完以後就可以了結整件事，那麼還是快點做比較好。」[11]

「嘿！這位老兄還知道前聖遷時期的劇作家呢！」馬汀·賽倫諾斯叫道。

「是莎士比亞？」霍依特神父問道。

「不，是勒納和該死的洛威。是尼爾賤胚子賽門。是哈梅爾他媽的波士登⓬。」賽倫諾斯說。

「上校，既然天氣不錯，而且接下來的一兩個小時，我們似乎也不急著要做什麼事，如果你能分享促使你加入最後一次荊魔神朝聖團前來海柏利昂的故事，我們將不勝感激。」索爾．溫朝博導入正題。

卡薩德點點頭。天氣漸暖，伴隨著帆布遮篷劈啪作響與甲板咯吱咯吱的聲浪，飄浮遊艇貝納瑞斯號穩健地溯流而上，航向群山，航向荒野，航向荊魔神史萊克。

士　戰士的故事——烽火戀人

費德曼．卡薩德就是在阿贊庫爾會戰⓭中，邂逅了這名他後半輩子一直不停尋尋覓覓的女子。

那是西元一四一五年十月下旬一個既冰冷又潮濕的早晨。

卡薩德被安插在英王亨利五世麾下，擔任弓箭手。八月十四日，英軍踏上法國土地，卻在十月八日之後，遭逢法國的優勢軍力而節節轉進。亨利曾使他的軍議會相信，英軍可以在強行軍前往安全的加來城⓮時，將法軍擊潰。但他們失算了。

現在，就在十月二十五日的清晨，天色一片灰濛濛，還下著毛毛雨，七千名英格蘭戰士，大多是長弓手，隔著一公里的泥濘戰場，與兩萬八千名法國重甲精兵對峙。

卡薩德又冷、又累、又病、又害怕。

他和其餘弓箭手在過去一週的行軍中，除了靠幾顆找來的莓子充飢，就沒什麼東西可吃，何況當天早晨，戰線上的每個人幾乎都飽受腹瀉之苦。氣溫不過華氏五十幾度，而卡薩德前一晚才在潮濕地面輾轉反側。

這個不可思議的擬真經驗著實令他印象深刻——就如同完整的全息影像攝影遠超過古早錫板照相技術，一般刺激模擬器也絕對比不上奧林帕斯指揮學院的歷史戰術網路——可是，這感覺太真實，太有說服力，以致於卡薩德絲毫不敢體驗受傷的滋味。聽說曾經有學生在虛擬體驗中受到致命傷害，從沉浸艙裡拖出來時，早已氣絕身亡。

卡薩德和其他長弓手位於亨利國王的右翼，與人數占有優勢的法軍大眼瞪小眼，對看了大半個上

⓫ 典出莎士比亞名劇《馬克白》（*Macbeth*）第一幕第七景，為開場時馬克白的獨白。下文中賽倫諾斯否認此語出自莎士比亞，實為吊弄玄虛的手法。

⓬ 艾倫・傑伊・勒納（Alan Jay Lerner）、腓德烈・洛威（Frederic Loewe），以及尼爾・賽門（Neil Simon）均為二十世紀劇作詞曲名家。哈梅爾・波士登（Hanel Posten）名不見經傳，應為作者虛構。

⓭ The Battle of Agincourt（1415），英法百年戰爭中的一場決定性戰役，英軍在劣勢中大獲全勝。該地名在法文中拼為Azincourt。

⓮ Calais，法國北部的城市，隔著英吉利海峽與英國的多佛（Dover）相對，在當時立場親英，是英國在北法的要塞。

午。旌旗揮動，在十五世紀相當於士官的基層幹部粗聲粗氣傳達命令，所有弓手遵從王命，開始向敵軍前進。這條參差不齊的英軍陣線，正面展開約有七百公尺，橫亙整個戰場，直抵兩側樹林外緣。正面由一群群長弓手組成，就像卡薩德所在的部隊，其間安插人數更少的重甲兵隊。英格蘭人並沒有正規騎兵，卡薩德在己方部隊所能見到的馬匹，大多載著人，集合在三百公尺外的中軍，國王指揮團附近，或緊靠在約克公爵身邊，離卡薩德和弓手們所在的右翼就比較近了。這些指揮團配置讓卡薩德聯想到霸聯地面軍的機動參謀司令部，只是把現代軍隊照例會架設得密密麻麻的通訊天線網換成了軟趴趴掛在長槍上、色彩鮮明的橫幅和旌旗。還真是明顯的砲擊目標哇，卡薩德心想，不過他隨即提醒自己，這個軍事上特有的進步此時並不存在。

卡薩德注意到法軍擁有許多戰馬。他估計兩翼各有六、七百人騎在馬上，排好隊形，而在主戰線之後，還有一整列的騎兵等在那裡。卡薩德並不喜歡馬。他當然看過全息影像和圖片，可是在這次演習前，他從未遇過這種動物。馬匹的體型、氣味和聲音使他焦躁不安——特別是當這些該死的四足獸披上胸甲和頭盔，釘上蹄鐵，背上馱負身穿鎧甲、手持四公尺長槍的騎手，準備開戰的時候。

英軍停止前進。卡薩德判斷他的戰線距離法軍約有兩百五十公尺。從過去一週的經驗裡，他了解到這已經在長弓的射程範圍之內，不過他也明白，自己幾乎得將手臂拉到脫臼，才能完全將弓張滿。

法國人不停叫囂，卡薩德認定他們在辱罵英格蘭人。他不予理會，將長弓插在地上，和安靜的同伴們向前幾步，找到一塊鬆軟地面，開始釘入木樁。這些木樁又重又長，卡薩德自己也有一根，整整扛了七天。這笨重的木樁，長度將近近一公尺半，兩端早已削尖。當他們剛渡過索姆河，進入一座密林，命令便傳遞下來，要求所有弓箭手必須找到小樹砍下，製成木樁。卡薩德那時候還傻傻地不曉得這些東西有什麼作用。現在他知道了。

每三名弓箭手就配置一把大木槌，他們仔細測好角度，輪流將木樁打入地面。卡薩德抽出長刀，再將上端削得更尖一點。就算呈傾斜的角度，木樁頂端也幾乎要抵到他的胸口。工事既備，一行人便退到刺蝟般的木樁陣之後，等待法軍的衝鋒。

法軍並沒有衝鋒。

卡薩德和同袍耐心等待。他的弓已上弦，四十八枝羽箭分兩束插在腳邊，而他也預備站好。

法軍並沒有衝鋒。

雨停了，不過一股冷風颼颼襲來，卡薩德在短暫行軍及釘木樁的過程中好不容易產生的一絲暖意，很快便消失無蹤。四下只有人馬曳步而行，身上金屬盔甲敲擊的聲響，間或夾雜喃喃自語及緊繃苦笑。法軍騎兵踏著沉重鐵蹄，重新布陣，還沒有衝鋒的意思。

「幹，這些狗雜種浪費了我們他媽的一整個上午。他們最好趕快把屎尿拉一拉，早點收工。」卡薩德身旁數呎外，一名頭髮斑白的貴族侍從咬牙切齒地說道。

卡薩德點點頭。他不確定是自己聽得懂中世紀的英語，還是這句話根本就是霸聯標準話。他也不曉得這名灰髮弓箭手是不是另一個指揮學院的學員、教官，或者只是模擬環境中的人造生命。他也無法猜想這俚語是否用得正確。他根本就不在乎。他的心臟怦怦跳動，掌心冒出冷汗，他只得往身上的緊身短衣抹去。

亨利國王彷彿從這傢伙的牢騷中獲得繼續開演的暗示，指揮旗突然升起、擺動，士官們尖聲叫喊，一排又一排的英格蘭弓箭手舉起長弓，一聲令下，眾人拉開弓弦，第二聲號令既出，便紛紛放出羽箭。

一連四波，總數約有六千枝人稱「布碼」⑮——一公尺長，帶著鑿狀箭矢——的飛箭破空而行，密密麻麻地懸在三十公尺高的空中，隨後落入法軍陣營。對面傳出馬匹嘶鳴，以及上千名發狂孩童奮力敲打錫罐的巨響。原來是法國重甲兵彎下身子，讓他們的鋼盔鐵甲迎面抵擋箭雨衝擊。卡薩德知道，從軍事的觀點來看，這波攻勢並未造成真正傷害，但對少數不幸的士兵或騎手來說，被十吋長的箭矢射穿眼睛，或是忙著翦除射入馬背及側面的木質箭桿，卻免不了馬匹騰躍、傾覆、彼此撞成一堆的窘境，這種滋味可真不好受。

可是法軍還是沒有衝鋒。

命令下達，卡薩德舉起弓，準備射擊，釋放弓弦，一次，一次，又一次。每隔十秒，天空就會被箭雨遮蔽一次。這折磨人的節奏使得卡薩德的手臂和背部疼痛不已。然而，他發現自己並不因此而洋洋得意，或是忿怒不平，他只是在做好自己的工作罷了。他的前臂紅腫起來，箭矢仍然一波接著一波，持續不斷地發射。第一束的二十四枝箭，已經射去十五枝。剎那間，英軍陣線響起一聲吶喊，卡薩德原本張滿弓準備再射，也只得暫停下來，眼神移向前方。

法軍開始衝鋒了。

騎兵衝鋒不是卡薩德過往經驗所能想像的。看著一千兩百匹披著鎧甲的戰馬直直朝他衝來，卡薩德不由得膽戰心驚。衝鋒過程還不到四十秒，然而卡薩德卻發現，這段時間足以讓他嘴巴完全乾涸、呼吸出現困難，連睪丸也都嚇得縮進體內。如果他僅存的神智還能找到一個還算可以躲藏的地方，他絕對認真考慮連滾帶爬地鑽進去。

儘管如此，他得忙著做正事，無暇顧及逃走的念頭。

在號令之下，他這一排弓箭手針對衝上前來的騎兵完成五波齊射，各自又再射出一箭，然後向後退了五步。

結果證實，馬匹太過聰明，不願意讓木樁刺穿身體——儘管背上的人們想盡辦法驅策牠們向前——可是第二波和第三波的騎兵沒辦法像第一波一樣猛然停下腳步，於是在這段瘋狂時刻裡，戰馬持續傾倒、嘶鳴，騎手們發出慘叫，被坐騎甩出去，卡薩德則奮勇衝出，高聲吶喊，殺向眼底所見每一個倒地

---

⑮ clothyard，clothyard shaft 是中古世紀英格蘭長弓手所使用的標準戰爭用箭，便宜、有效，易於大量生產製造。其箭桿長度即為一「布碼」，不過各式文獻所估計的確切長度並不一致，從二十七到三十六英吋不等。

的法國人。他揮舞大木槌，重擊倒伏地面的軀體，若是太過擁擠，木槌無法施展，則改以長刀砍入盔甲之間的縫隙。很快地，他和灰髮弓箭手，以及另一名掉了帽子的年輕人，組成一支效率極高的殺人小隊，三個人分別從三個方向逼近一名墜地的騎兵，不管對方如何苦苦求饒，卡薩德還是揮動木槌將其擊倒，隨即三把利刃就了結性命。

只有一名騎士站穩腳步，舉起佩劍面對他們。這名法國人翻起面甲，呼喊著要求來一場光榮的一對一決鬥。卡薩德身旁的一老一少像兩匹狼似地圍繞兩人。而卡薩德卻取出長弓，在十步之外，一箭射入騎士的左眼。

自從元地球上開始有人手持石塊和獸骨生死相搏之後，所有武裝格鬥往往帶有致命的喜歌劇色彩，這場戰役也不例外。法軍騎兵企圖轉身逃走，同時第一波為數一萬人的重步兵開始衝向英格蘭中軍。肉搏戰打破進攻節奏，等到法軍重新取得主動，亨利的重步兵已經準備好將他們擋在一矛之外，同時包括卡薩德在內，數千名長弓手不停對近距離群集的法軍步兵展開一波波齊射。

會戰並不就此告終，甚至也談不上決定性的一刻。戰事的轉折點——每場戰役幾乎都一樣——總會隱匿於上千名步兵正面交鋒、白刃相對時的騷動混亂之中。在此之前整整三個小時，不過只是重複的幾個場景，頂多帶點小小變化，沒有效率的突刺、笨手笨腳的反擊。還有一個不怎麼光榮的時刻：當英軍面臨新的威脅，亨利國王立即下令斬殺俘虜，而非將之安置在後方。然而，後世史家皆同意，戰役的勝敗結果就埋藏在這片法軍步兵首次衝鋒所造成的混亂裡頭。法國人死傷逾萬，英格蘭在歐陸西側的影響力還會持續好一陣子。重甲兵、騎士制度和騎兵部隊呼風喚雨的時代，已經畫下句點——幾千個衣衫襤褸、手持長弓的農民弓手為他們鎚入歷史棺材板上的最後一根長釘。促使出身高貴的法國人羞憤而死——如果死人還真能被侮辱的話——的根本緣由，並不僅僅因為這些英格蘭長弓兵只是尋常百姓，一群最為卑賤、身上長滿跳蚤的死老百姓，他們更只不過是剛剛被徵召入伍的新兵：阿兵哥、大頭兵、小朋友、不願役，隨你怎麼稱呼。

這些都是卡薩德在奧林帕斯指揮學院歷史戰術網路的演習課程中應該要學到的事情。可是他什麼也沒學。他正忙著進行一場改變他一生的邂逅。

那名法軍重騎兵墜馬時向前飛出去，在地上滾了一圈，旋即起身，泥漿還來不及落地，他就朝樹林方向狂奔。卡薩德緊追在後。跑到半途，卡薩德才發覺年輕人和灰髮弓箭手並沒有跟上。這已無關緊要。高濃度的腎上腺素和嗜血的狠勁，早已將卡薩德完全掌握。

這名騎兵，才剛從全速奔馳的戰馬上摔落地面，身上甲冑也重達六十磅，理應是容易追上的獵物，但卻不然。法國人往回望了一眼，瞥見卡薩德手持大槌，眼露凶光地在後頭衝刺而來，於是像是換了檔似的，領先十五公尺進入森林。

卡薩德直到深入林中才停下腳步。他倚著大槌、喘著氣，推算自己的位置。後方戰場傳來碰撞、重擊和尖叫，隔了一片灌木叢，加上這麼長的距離，聲音早已低沉許多。樹身幾乎光禿禿，還滴著昨晚降下的雨水，地面則鋪上一層厚厚落葉，以及糾結成團的矮樹和刺藤。前二十公尺左右，斷枝和腳印暴露騎兵的行蹤，不過群鹿的足跡和植物蔓生的小徑使人難以判斷他的去向。

卡薩德緩慢移動，更加深入樹林，只要有任何風吹草動，聲音蓋過自己喘息及劇烈心跳，他都會提高警覺。卡薩德突然想到，就戰術角度而言，此舉實在不怎麼明智，那名騎兵披著鎧甲，帶著劍，消失在林中，隨時有可能對自己一時失去尊嚴的行為感到懊悔，並記起多年來的戰鬥訓練，因而從慌亂中清醒過來。沒錯，卡薩德也算訓練有素。他看了看自己的布質上衫和皮製馬甲。大槌還在手上，長刀則繫於腰間。他所受過的訓練，是殺傷範圍從數公尺到數萬公里的各式高能武器，接受過鑑測的計有：電漿手榴彈、地獄鞭、長釘步槍、音波槍、無後座零重力兵器、驟死棒、動能衝擊槍，以及光束拳套。現在他也算具備英格蘭長弓的實務經驗。不過此時此刻，這些東西，包括長弓在內，沒有一樣在他身邊。

「啊，幹。」卡薩德少尉低聲咒罵。

騎兵像頭熊自樹叢裡衝出，他雙臂高舉，兩腿分立，長劍劃著水平圓弧，意欲掏空卡薩德的內臟。這名奧林帕斯指揮學院的學生試圖向後一躍，同時揮舞大槌。可惜兩個動作均未能克盡其功。法國人一劍中的，將卡薩德的重槌震得脫手，而劍鋒的鈍點也切穿皮甲、襯衫，劃破肌膚。

卡薩德大吼一聲，跌跌撞撞往後移動，準備抽出腰間短刀。一棵傾圮樹木的枝椏卡住他的右腳，使他倒向後方，咒罵著滾進盤根錯節的枝葉深處。此時法國騎士逼上前來，長劍如同巨大砍刀，迅速清除樹枝。當他終於在交錯倒下的樹堆中殺出一道小徑，卡薩德的短刀已經在手。然而，除非騎士失去行為能力，否則短短十吋的刀刃實在無法突破鎧甲。何況，這名騎士還好得很。卡薩德很明白，他絕不能落入劍鋒可及的範圍。他唯一的希望只有逃跑。可是背後高大的樹幹和更遠處的樹堆封住他的去路。他可不想在轉身時被人從後方砍倒，也不願意在爬樹時被人從下方刺穿。卡薩德壓根兒就不想死在這裡。他擺出持刀搏擊的半蹲姿態，自從離開塔西思⑯貧民窟刀口上舔血的日子，就再也沒這麼做過，心裡則想著虛擬環境將如何處理他的死亡。

電光石火之際，騎士後方冒出一個人影，拿了卡薩德的大槌重擊法國人的肩甲，響亮的聲音就跟有人拿著榔頭猛敲電磁車的側裙沒什麼兩樣。

法國騎士搖搖晃晃，轉過身去面對新的威脅，同時胸口又挨了一記。卡薩德的救星個頭矮了些，力道不大，騎士並沒有就此倒地，反而將劍高舉過頭。卡薩德見狀連忙從後方進襲，以肩衝撞他的小腿。

法國人倒地時傳來樹枝斷裂的聲響。較瘦小的進攻者站在騎士身上，一腳踩住他持劍的手臂，同時來回揮動大槌，擊打頭盔和面甲。卡薩德則擺脫纏在腿上的枝椏，坐在騎士膝上，尋找甲冑的縫隙，在鼠蹊、側身及腋下部位補上幾刀。前來拯救卡薩德的人旋即跳開，雙腳落在騎士的手腕，卡薩德連忙上前，刺入頭盔與胸甲的接合處，最後沿著面甲的狹長眼縫狠狠地插進去。

⑯ Tharsis，火星赤道上巨大的火山高地。

隨著巨槌的最後一擊，騎士發出慘叫，木槌將短刀當作十吋長的營釘，直直打進眼縫，卡薩德的手掌差點也受到波及。騎士弓起身子，一陣抽搐猛然抬起卡薩德與六十磅重的鎧甲，最後終於軟綿綿地癱在地上，氣絕身亡。

卡薩德翻到一邊，他的救星倒在他身旁。兩人身上全是濡濕的汗水和死者的血漬。卡薩德端詳這個前來解圍的人。這名女子穿著與卡薩德並無太大不同。有好一陣子，他們躺在那兒，大口大口喘著氣。

「妳……還好嗎？」過了一會兒，卡薩德總算能開口。看到她的模樣，他頗為驚異。以當今萬星網所流行的式樣來看，她的棕髮算是短的：髮型略左分，既短且直，最長的部分也只從左前額際分線處落到與右耳上緣。這是男孩的髮式，來自某個不可考的年代，但她壓根兒不是男生。卡薩德暗想，她大概是這輩子見過最美麗的女人：骨骼結構完美，下顎和顴骨不會顯得過於尖削，骨溜溜的大眼散發出慧黠神采，輕柔小口帶著柔嫩下唇。卡薩德躺在她旁邊，明白她身材頗高（雖然比不上他，但明顯不是十五世紀女性的個頭），而且就算隔著寬鬆上衣和膨大的長褲，胸臀的柔軟隆起仍清楚可見。她看起來比卡薩德稍長幾歲，或許年近三十，可是這實情卻難以探知。此時此刻，她那雙深邃迷濛的眼眸凝視著他。

「妳還好嗎？」他又問了一次，聲音連自己聽起來都覺得奇怪。

她並沒有回答，或者該說她以行動來表示：纖長手指滑過卡薩德的胸膛，扯開一條條繫住粗製馬甲的皮帶，她的雙手摸上襯衫，這衣裳被鮮血所浸透，正面早已裂開一半。女子沿著裂口撕開其餘的部分。她已經貼上卡薩德的身軀，手指和嘴唇在他胸前游移，臀部也開始移動。她的右手找到他長褲正面的繫繩，順手解開。

卡薩德幫忙她褪去自己身上的衣物，三兩個流暢的動作，也把女子剝個精光，上衫和粗布長褲底下，竟未著半縷！卡薩德的手滑過她兩腿之間，繞到後頭，罩住移動中的俏臀，把她拉得更近一些，隨後又滑至前方暖濕的蜜裂。她下身敞開迎接，櫻桃小口卻包覆住他的雙唇。不知為何，無論整個過程多麼激烈，兩人的肌膚始終緊密相接。卡薩德感覺分身已然撩起，磨蹭女子下腹的底端。

此時，她翻身坐起，大腿橫跨股間，目光依然牢牢相望。卡薩德從未如此興奮。女子右手伸向背後，找到他，引領他進入體內時，他倒抽一大口氣。當他再度睜開眼睛，只見她來回緩緩動作，螓首後仰、美目緊閉。卡薩德雙手沿著她的胴體向上滑動，捧住那對完美的乳房，俏挺的乳尖抵住他的掌心。

他倆開始做愛。活了二十三個標準年頭的卡薩德，曾一度墜入情網，並享受過多次性愛的歡愉。他認為自己對床笫之事瞭若指掌。在他過往經驗裡，不管是什麼樣的情況，他都能以隻字片語和一聲訕笑，向運輸艦裡的同袍們交代清楚。身為一名二十三歲的老兵，卡薩德冷靜沉著，言談充滿譏諷，很確定普天之下沒有什麼事是不能說、不能用三言兩語就打發掉的。可是他錯了。他絕不可能將接下來幾分鐘的感覺以適切的方式與人分享。他連想都不曾想過。

十月的天光突然灑落地面，樹葉和衣物權充地毯，他倆就在上頭翻雲覆雨，兩具交纏的身軀塗抹著一層血漬及汗水。她的綠色眼珠緊盯下方的卡薩德，由於他的快速動作而微微睜大，當他閉眼時她也隨之合上。

就如同星球運轉般亙古且必然，渾然忘我的兩人終於來到感官的高潮：脈搏急劇跳動、肉體加速完成體液交流的目的，這對男女又一起攀上情慾的最高峰，世界變得模糊，直至完全空白——之後，儘管激情消退，心跳漸緩，他倆還是緊密相連。隨著周遭再次流進一度被遺忘的五感，意識也逐漸滑回各自的軀體。

他們並肩躺著。死者冰冷的鎧甲貼著卡薩德的左臂，她溫暖的股側仍緊靠他的右腿。陽光像是為他們祈禱祝福，事物浮現出原本隱晦不顯的顏色。卡薩德轉過頭去，看著她頭倚在他的肩膀，秋日天色映照臉上，她泛起一片羞紅，髮絲沿著他的手臂垂下，散發出銅絲般的光澤。她彎起雙腿，跨在卡薩德的股間，使他再度激起新生的活力。暖烘烘的日照灑在他的臉龐，使他不由得閉上眼睛。

等到他醒來時，女子早已消失不見。他很確定不過只是幾秒鐘的光景，最多不會超過一分鐘。然而，天色已暗，色彩也悄悄退出森林，只有清冽的向晚微風拂過光禿禿的樹枝。

卡薩德穿上扯得破爛的衣服，由於血汗凝結，整件上衫變得硬邦邦。法國騎士的僵硬屍身直挺挺地躺在原處，了無生機，似乎成為森林的一部分。四周完全不見那名女子曾經存在的跡象。

他一拐一拐地穿過樹林，重返戰場。向晚天色幽暗，沁冷細雨颯然而至。

戰場上依舊布滿人群，不管是活的，還是死的。成堆屍體疊在一塊，就像是卡薩德孩提時期把玩的玩具兵，傷者在戰友扶持下緩緩移動，不管在哪裡，總有人鬼鬼祟祟地扒光屍體身上值錢的貨色，就在對面的那棵樹下，英格蘭與法蘭西的使者們站成一排，熱烈地開著會，展開栩栩如生的對話。卡薩德明白，他們必須決定這場戰役的名稱，使得雙方各自的記載得以相符。他也知道，這群人最後會以距離戰場最近的城堡阿贊庫爾來命名，儘管它在戰術考量方面，以及戰役過程當中，根本無足輕重。

卡薩德開始認為這絕對不是什麼模擬：他在萬星網的生活不過是幻夢一場，這裡灰濛濛的日子才算真實。霎時間，整個景象，連同人影、馬匹的輪廓，以及逐漸昏暗的森林，突然變得透明，好似一幅淡去的全息影像。隨後，有人幫忙將卡薩德拖出位於奧林帕斯指揮學院裡的模擬沉浸艙，其他的教官和學員也起身開始交談、嬉笑，似乎全都渾然不知周遭世界已經變了模樣。

好幾週來，卡薩德用盡每一分自由活動時間，在指揮學院裡四處漫遊。傍晚奧林帕斯山⓱的陰影剛剛蓋過高原森林，他便開始從堡壘找起，接著是眾人定居的高地，從這裡到地平線彼端，整座星球都被他翻過一遍。不管何時何地，他總想起那時所發生的點點滴滴，總會憶起伊人倩影。

其他人完全沒注意到模擬環境有什麼異狀，他們也都沒離開過戰場。有名教官解釋說，那個模擬

⓱ Mons Olympus，太陽系的最高峰，位於火星，高約二十七公里。

區段之中，根本不存在戰場以外的世界。也沒有人發現卡薩德突然不見蹤影。森林裡的事。還有那女人，彷彿從來就沒有發生過。

卡薩德心知肚明。他上了戰史與數學課程，把時間花在靶場和健身房，儘管次數極少，他也受過卡德拉四方院裡禁閉室的處分。大體說來，年輕的卡薩德已經成為一名更加優秀的軍校生。可是在這段期間裡，他還是默默等待。

然後她又再度飄然而來。

這一次仍然是在歷史戰術模擬的最後階段。此時卡薩德早已明瞭，這項演習不單單只是模擬而已。奧林帕斯指揮學院歷史戰術網路屬於萬星網萬事議會——統理霸聯政治的即時網路——的一部分，將訊息塞給數百億嗜資料如命的人民，同時它也演化出一套自主模式，進而產生自我意識。超過一百五十顆行星的數據圈在這個由六千個歐米茄級人工智慧體所創造的巨大結構裡進行交流，歷史戰術網路因此得以運作。

「歷史戰術網路這玩意壓根兒就不是什麼模擬，它只是在做夢，夢的是全萬星網最正確無誤的歷史，且遠比各地所記載的內容加起來還要精準。因為它不但結合史實，更嵌入每一個層面的了解和洞見，而且它做夢的時候，會拖著我們一起下水。」雷丁斯基學員，卡薩德所能找到最為高明，並能接受他的巴結賄賂而露出口風的人工智慧專家，嘀咕道。

卡薩德仍舊無法領略，不過他絕對相信。然後，她又來了。

第一次美越戰爭時的某次夜巡裡，就在黑暗與恐懼中，部隊遭受伏擊，他倆就在事後翻雲覆雨。卡薩德身著粗糙的偽裝衣（由於燒襠的緣故，他並未著內衣褲）和一頂比起阿贊庫爾會戰時先進不了多少的鋼盔。她則身穿黑色寬衣褲和拖鞋，一副東南亞農民的標準裝束，當然，也是越共的註冊商標。兩人隨即脫個精光，站在夜色中大膽做愛。她背倚樹幹，兩腿緊緊纏繞他，後方世界則在爆炸中化作綠色信號彈的光芒，以及定向人員殺傷雷所射出的致命破片。

她在蓋茨堡之役[18]的第二天就找上他，在波羅地諾[19]又來一次，那兒火藥揚起的雲煙高掛在屍山血海之上，彷彿由生魂凝結而成。

火星希臘盆地[20]裡，一輛崩壞的裝甲運兵車內，可以見到他倆纏綿的身影。外頭氣墊坦克之間的戰鬥仍未停歇，沙漠暴風逼近，夾帶滾滾紅塵，狠刮鈦製車殼，發出尖銳刺耳的聲響。「告訴我妳叫什麼。」卡薩德以標準語悄悄問道。女子搖了搖頭。「妳是模擬環境外的真人嗎？」他改採當時所通行的日式英語追問。她輕輕點頭，靠得更近，開始親吻他。

---

[18] 蓋茨堡之役（The Battle of Getrysburg, 1863），美國南北戰爭最關鍵的一役，南方李將軍北進失利，雙方死傷約五萬人。

[19] 波羅地諾會戰（The Battle of Borodino, 1812），拿破崙戰爭中最為血腥的一場戰役，俄羅斯戰敗撤退，讓法軍占領莫斯科，不過隨後將付出慘痛的代價。

[20] Hellas Basin，又稱 Hellas Planitia，位於火星南半球，是火星上最大的撞擊坑，直徑二·一〇〇公里，深達六公里以上。

他們依偎躺在巴西里亞斷垣殘壁中的某處掩體，同一時間，中國軍隊的電磁車不停發射死光，好似藍色探照燈掃過破碎的耐火陶土牆。某場不知名的戰役裡，就在西伯利亞大草原上某個被遺忘的塔樓城寨中，卡薩德將她拉進一個傾圮的房間，恣意享受魚水之歡。他悄悄地說：「我想跟妳在一起。」她伸出手指，豎在他雙唇之間，一面搖頭拒絕他的請求。在新芝加哥大撤退之後，兩人就倒臥在位於百層高樓陽臺上的狙擊手藏身處，末代美國總統所交付的殿後任務終將師老無功。卡薩德的手掌撫摸她溫暖的乳間，說道：「妳可以跟我一起……出去嗎？」她一手托住他的臉頰，笑而不答。

過去一年來，指揮學院不過只舉行五次歷史戰術網路的模擬演習，隨後學員的訓練就轉往真槍實彈的戰場操演。有時候，像是營級規模部隊空降穀神星㉑任務期間，卡薩德整個人被牢牢綁在戰術指揮椅上，他會閉上眼睛，注視著生成於大腦皮質內的戰術／地形模型以三原色所呈現的排列圖案，這裡頭總感覺到……某個人的存在。是她嗎？他無法確定。

可是，她再也不曾出現。不在最後幾個月的工作裡頭，也不在最後一次模擬戰役之中：那是著名的煤袋之役，敉平霍瑞斯．葛藍儂－海特將軍叛變的一場大戰。她並未現身於畢業遊行或舞會，當全班最後一次在奧林帕斯整裝接受校閱，霸聯首席執行官位在泛著紅光的專屬飄浮平臺舉手答禮時，現場更不見她的蹤影。

也沒時間作夢了。年輕軍官先是傳送到月球，參加瑪薩達㉒儀式，隨即又傳送至霸聯首都天崙五中心，正式宣誓加入霸軍。然後，訓期就正式告一段落。

卡薩德少尉見習生晉升為卡薩德中尉，霸軍核發給他一張萬用卡，放他三個星期的假，卡薩德可以在萬星網內自由行動，恣意傳送到想去的地方。在那之後，他被載往盧瑟斯，進入隸屬霸聯殖民勤務隊的訓練學校，準備在萬星網之外展開他的軍旅生涯。此時他很確信：今生今世再也遇不上魂牽夢縈的伊人。

然而，他錯了。

費德曼・卡薩德生長於一個充斥著貧窮與猝死的文化環境裡。身屬仍舊自稱為「巴勒斯坦人」的少數民族，他和家人住在塔西思的貧民窟內，真實見證了歷史上最為流離失所、無依無靠的一群，留給後代子孫的種種苦難。萬星網裡外，每個巴勒斯坦人永遠記得這共同的回憶：歷經一整個世紀的艱苦奮鬥，民族獨立運動終於卓然有成，但不過才短短一個月，小小果實就在二〇三八年的核子聖戰中灰飛煙滅。接下來則是長達五百年的第二次大離散，他們只能前往火星之類的沙漠星球，夢想也隨著元地球的毀滅，一併埋葬於地底深處。

㉑ Ceres，火星與木星之間小行星帶中最大的天體，也是最早發現的小行星，直徑約九五〇公里。
㉒ 瑪薩達（Masada）位於耶路撒冷東方，俯瞰死海的一處臺地，上有古以色列城塞與宮殿的遺跡，是猶太人抵禦羅馬入侵的最後堡壘。此處的「瑪薩達儀式」疑為作者自創。

如同其他待在南塔西思再安置營的男孩，卡薩德要不就加入幫派，要不就得成為營區中自封的掠奪者眼裡的肥羊。他選擇踏進黑社會，不過才十六標準歲，卡薩德就親手殺了另一名少年。

倘若火星還有什麼享譽全萬星網的，那就只剩水手谷㉓的狩獵活動、希臘盆地裡施勞德所擁有的禪廈，再來就是奧林帕斯指揮學院了。卡薩德不必前往水手谷，就已經學到獵殺敵人的技巧，或是反獵殺的應變舉動，他也對諾斯替禪不感興趣。當他還只是個十來歲的青少年時，他依然鄙視那些身穿制服、從萬星網各地來接受霸軍訓練的學員。他跟同儕一樣，對新武士道嗤之以鼻，認定那是廢物才會遵守的規範。不過，少年卡薩德的血管裡仍舊流著古老的榮譽感，暗地裡引發他對武士思維的共鳴——責任、自尊，以及重信守諾的至高價值，就是生命與工作的全部。

等到卡薩德年滿十八歲，某位塔西思省的高等巡迴法官給他兩條路走：一是在極地工作營待上整整一個火星年，一是自願加入當時甫成軍的約翰·卡特㉔旅團，協助霸軍敉平第三級殖民地之間再次復甦的葛藍儂—海特叛軍餘孽。卡薩德選擇後者，他發現自己很滿意軍中生活的整潔與紀律，儘管約翰·卡特旅團只不過駐防在萬星網之內，而且當葛藍儂—海特的複製人孫子死於文藝復興星後不久，整支隊伍就解編了。十九歲過兩天，卡薩德申請加入霸聯地面軍，但遭到駁回。他因此醉了九天九夜，清醒時才知道自己身處於盧瑟斯星上，深入地底的巢狀坑道內，植入體內的軍用通訊記錄器被人竊走（那傢伙一定受過某種外科手術函授課程），他的萬用卡和傳送權已被吊銷，腦袋卻大膽探索著痛楚的全新領域。

卡薩德在盧瑟斯上頭工作了一整個標準年，存了六千馬克，任由一．三G重力下的體能勞動重新改造他生長於火星的脆弱軀體。等到他花光積蓄，登上一艘配備緊急用霍金推進器的古老太陽風帆運輸艦，前往茂宜—聖約星時，以萬星網的標準來看，卡薩德仍然瘦瘦高高，但任誰也不敢小覷這纖細體內肌肉的力量。

他抵達茂宜—聖約星不過三天，就爆發慘烈而不得人心的島嶼戰爭。首站市的霸聯混編軍指揮官最後實在受不了年輕的卡薩德時時刻刻賴在他辦公室的外頭，於是答應讓這孩子入伍，以助理水翼船駕駛的身分編入第二十三補給團。十一個標準月後，第十二機動步兵營的費德曼．卡薩德下士已經獲得兩枚傑出動表、兩枚紫心動章，並因赤道群島戰役的英勇表現，榮獲參議院的表揚。隨後，他被拔擢至霸軍的指揮學院，跟隨下一波的護航艦隊回到萬星網的領域。

卡薩德時常夢見那名女子。他從來不知道她的名字，她也一直都不肯說，可是他可以在全然的黑暗中，從千萬人群裡辨別出她的觸碰和氣息。他認定她就是所謂的「神祕女郎」。

㉓ The Mariner Valley，火星上的大峽谷，為太陽系之最，約二千五百公里長、四公里深。西側端點與塔西思火山高地相接。

㉔ John Carter，應是借自廉價科幻（Pulp sf）名家艾迪嘉．萊斯．波洛斯（Edgar Rice Burroughs）筆下「巴森」（Barsoom，即火星）系列的主角。

其他年輕軍官往往耽溺於溫柔鄉，或是忙不迭地在當地社群中結交好幾個女朋友，卡薩德卻總是待在基地裡面，或是漫步於異鄉城市之中。他對神祕女郎的激情只得深埋心底，因為他明白：要是被列入心理報告的話，後果恐怕不堪設想。有些時候，譬如頂著幾顆月亮露宿荒野，或是身處無重力狀態、類似子宮的運兵囊裡，卡薩德才真正體會到：愛上一個幽靈是多麼瘋狂。此時，他會想起某個夜晚忘情親吻女子左胸底下那顆小小的痣，就在凡爾登㉕近郊，大地因重砲轟擊而猛烈搖撼，但他仍可透過雙唇探知她的心跳。他還記得女子急切地將髮絲撥向後方，臉頰緊貼他的大腿。每當年輕軍官們進城或在基地周邊的小屋找些樂子，卡薩德．費德曼只會留在營內，讀上一本歷史書、沿著陣地慢跑一圈，或在通訊記錄器上模擬幾套戰術策略。

沒多久，卡薩德的才幹便引起長官們的注意。

在蘭柏環領地那場與自由採礦人未宣而戰的惡鬥裡，正是卡薩德中尉率領殘餘的步兵和陸戰隊衛士鑿穿裴瑞格林星裡頭古老的小行星礦井，使霸聯公民和領事館官員得以安然撤離。

然而，卡薩德的威名卻要等到新先知統治庫姆—利雅德星系的短暫期間，才響遍萬星網。

當時，鄰近宙域僅有的霸聯星艦艦長，正在庫姆—利雅德㉖殖民世界從事親善訪問。新先知把握時機，決定領導三千萬新秩序什葉派教眾，對抗整整兩個大陸的遜尼派信徒，以及九萬名居住於此的霸聯異教人士。艦長和旗下五名高級軍官全都被捕下獄，就算有友軍趕來馳援，抵達時至少已經過了兩年的光陰。於是天崙五中心傳來緊急通訊，命令繞行於庫姆—利雅德的狄尼夫號最高長官必須負責敉平這起事件，解救所有人質，罷黜新先知……而且不得在大氣層內動用核子武器。狄尼夫號只不過是一艘老舊的軌道護衛巡防艦，並未配備核武，更談不上在大氣中使用。而這名最高長官，就是霸聯混編軍上尉費德曼·卡薩德。

革命第三天，卡薩德率領狄尼夫號唯一的突擊艇，登陸於馬什哈德[27]大清真寺的庭院。他和其餘三十四名霸軍士兵眼看著烏合之眾演變成三十萬個好戰分子，幸虧新先知尚未下令進攻，僅靠艇上的阻絕力場就足以抵擋他們。新先知本人則不在大清真寺內，他早已飛往位於北半球的利雅德大陸，參加在那裡舉辦的慶祝活動。

登陸後兩小時，卡薩德步出艇外，進行一次簡短的廣播宣告。他聲明自己從小就被教養成穆斯林。他還提到：自什葉派種船時代以降對可蘭經的詮釋已經明確表示，伊斯蘭真神絕不會饒恕或赦免那些濫殺無辜的人，就算這些自命不凡的異端分子（新先知就是其中典型）一再聲稱他們所作所為都是為了聖戰，也不可能改變這項鐵則。卡薩德上尉給這三十萬狂熱教徒的領導者們三個小時的期限，要他們交出人質、棄械投降，然後回到位於庫姆大陸沙漠之中的家園。

㉕ Verdun，法國東北部的一座城市要塞。一九一六年，法國於此力抗德軍，終告勝利，為第一次世界大戰西線的決定性戰役。

㉖ Qom-Riyadh，為兩個伊斯蘭著名城市的合稱。庫姆（Qom）位於伊朗中北部，為什葉派的宗教中心，利雅德（Riyadh）則為沙烏地阿拉伯的首都。

㉗ Mashhad，原是位於伊朗東北部的城市，為什葉派的聖城。

發難的最初三天，新先知的軍隊幾乎占領兩大陸上所有的主要城市，被俘虜作為人質的霸聯公民總數超過兩萬七千人。行刑隊夜以繼日地壓制自古以來一直存在的神學爭論，初步估計至少二十五萬名遜尼派穆斯林，在新先知上臺的頭兩天就慘遭屠殺。為了回應卡薩德的最後通牒，新先知也宣布：當天傍晚在他的電視演說直播結束後，所有異教徒將被立即處死。他同時命令手下攻擊卡薩德的突擊艇。

為避免傷及大清真寺，革命衛隊不用高爆炸藥，改以自動武器、粗陋的能量砲、電漿脈衝，以及一波波人海戰術發動進攻。阻絕力場還是撐住了。

卡薩德的最後期限還剩下十五分鐘的時候，新先知的電視演說已經開始。他同意卡薩德的論點，認為阿拉一定會嚴懲異端，不過這個異端絕對是霸聯的異教徒。那還是世人頭一回在鏡頭前看見新先知震怒的模樣。他尖叫嘶吼、口沫橫飛，下令人海繼續強攻突擊艇。新先知還聲稱：此刻位於阿里的和平用途反應爐，正進行十二枚核裂變彈的組裝工作。有了這些利器，阿拉的大軍將堂堂邁入太空。而其中的第一枚稍後將會用來對付離經叛道的卡薩德那艘魔鬼般的突擊艇。隨後新先知繼續說明霸聯籍人質將如何被處死的詳細過程。然而，就在同一時間，卡薩德所給的三個小時，也已經到了盡頭。

由於主事者的決定，加上距離遙遠，庫姆—利雅德在科技方面其實相當落後。不過上頭的居民還不至於落後到連個運轉中的數據圈都沒有。就算是抱持革命理念，領導這次侵攻的毛拉㉘本身也不那麼反對「霸聯科學的大惡魔」，因此他們也不曾拒絕將自己私人的通訊記錄器連上全球資訊網路。

狄尼夫號已經撒下為數眾多的間諜衛星，所以在庫姆—利雅德中央時間十七時廿九分，這艘霸聯船艦透過竊聽數據圈的方式，從存取代碼中辨認出一萬六千八百三十名參與革命的毛拉。三十秒後，間諜衛星開始將即時攻擊目標資料傳給突擊艇事先留在低軌道的二十一顆周邊防禦衛星。這種軌道防衛兵器實在過於老舊，狄尼夫號原先的任務就是要將它們送回萬星網銷毀。如今卡薩德卻賦予它們新的功用。

十七時三十分整，十九顆小衛星的核心自動引爆，產生核融合反應。就在自爆前的幾奈秒，釋放出的X光重新聚焦、瞄準，成為一萬六千八百三十股無形但協同一致的光束。這些古老的防禦衛星原本不是設計用在大氣層之內，其有效殺傷半徑還不到一公釐。幸運的是，這樣就夠了。所有的光束也不見得都能穿過天際，命中目標，但有一萬五千七百八十四道射線圓滿達成任務。

這波攻勢馬上收到戲劇化的效果。目標的大腦和腦漿直接沸騰、化作蒸氣，巨大的膨脹力量將包覆的頭骨炸成碎片。新先知那場全球直播的電視演說才講到一半——事實上，在十七時三十分的時候，他正吐出「異教徒」這三個字。

接下來，幾乎足足有兩分鐘，整顆行星上所有的電視螢幕和屏壁均持續播放新先知沒有腦袋的軀體重重倒在麥克風上的畫面。隨後，卡薩德的影像切了進來，透過每一個頻道宣布：一小時後就是他的

㉘ mullah，伊斯蘭教徒對神學家的敬稱。

下一個底限，要是有人膽敢對人質不利，阿拉的怒火將以更激烈的方式展現。

事件平息了，革命分子完全沒有報復的舉動。

當晚，就在環繞庫姆－利雅德星的軌道上，神祕女郎造訪了卡薩德，這是他自軍校畢業以來的第一次。當時他還在臥榻之中，而她的到來，相較於奧林帕斯指揮學院歷史戰術網路的模擬情境，顯得虛幻不實，但又比作夢要逼真許多。兩人躺在破落的天花板下，合蓋一條薄毯。女子的肌膚溫暖而敏感，臉蛋在夜暗烘托下，現出蒼白的輪廓。頭頂上，群星漸漸隱沒於黎明前的微光。卡薩德發覺女子想要跟他說話，她柔嫩的雙唇吐出字句，但細微聲音恰恰低於他所能聽聞的閾值。有好一秒鐘，他收攝心神，試圖看清她的臉龐，可是就這樣完全失去了聯繫。醒來時，只剩下臉頰所沾染的濕氣，以及船艙內電子系統的嗡嗚。嗚聲詭譎，猶如某種半醒異獸的呼吸。

太空船主觀時間九週後，卡薩德站在位於自由洲的霸軍軍事法庭上受審。當他在庫姆－利雅德作出決定的剎那就已明瞭：上級要不就把他釘上十字架，要不就升他的官，沒有別的選擇。

霸軍總是自豪於他們永遠枕戈待旦，足以應付萬星網或殖民地區內所有突發事變。但就南布列西亞之役而言，沒有一件事物算得上準備妥當，至於它對新武士道的潛在影響就更不用提了。

規範卡薩德一生的新武士道守則當初是為了讓軍人階級得以繼續存在，應運而生的產物。元地球上的二十世紀末至二十一世紀初，可說是人類歷史最令人髮指的一頁。當時軍事領袖們連自己國家的興亡也納入算計，整個人類文明都成為合理的攻擊目標，而這些穿著制服的劊子手卻安安穩穩地躲在地底深處自給自足的碉堡裡頭。正因如此，浩劫餘生下的平民百姓再也難掩心中怒火，接下來的一百多年，有誰膽敢提到「軍事」一類的字眼，無疑是自尋死路。

隨著新武士道逐步成形，它開始建立像是榮譽和個人武勇這類古老的概念，同時強調盡可能不傷及民間人事物的必要性。它洞見古人的智慧，回歸至前拿破崙時代的小規模、「非總體」戰爭概念，每一場戰事均有其設定好的目標，一有逾越便嚴懲不貸。除非逼不得已，新武士道完全摒棄核子武器和戰略轟炸，更有甚者，它要求戰爭必須依循元地球中世紀時期的形式：由專業化的小規模部隊在雙方協議好的時間地點對陣而戰，務使公眾及私人物業的損失降至最低程度。

後聖遷擴張時代以降的四個世紀，這項規範運作得十分良好。發展軍事的必備科技實質上被凍結封存了三百年，對霸聯利多於弊，而傳送門的獨占使用權，更可以讓她在必要的時間內，將適當的霸軍資源遣送至正確地點。雖然從萬星網出發，前往各殖民或獨立世界，無可避免地會產生好幾年的時債，這些星球完全不敢奢望自己擁有與霸聯分庭抗禮的實力。偶發事件，諸如打著游擊戰主意的茂宜—聖約星政治叛變，或是庫姆—利雅德星上宗教狂熱分子的荒唐鬧劇，往往很快就被確實弭平，軍事行動中若有過當之處，不過是更加凸顯回歸新武士道守則的重要。然而，無論霸軍再如何機關算計，沒有人能在事前就詳加擘畫，以應付與驅逐者之間必然發生的衝突。

自從驅逐者的祖先駕著破破爛爛的歐尼爾市㉙、翻滾不已的小行星、尚在實驗階段的彗星農莊群，組成一支鄙陋的艦隊離開太陽系之後，這支野蠻的太空遊牧民族就成為四個世紀以來霸聯唯一的外在威脅。就算驅逐者後來取得霍金推進技術，只要他們的群落仍停留在星際的黑暗區域，並限制其入侵恆星系的劫掠行為僅限於自類木氣體行星採集少許氫元素，或是從無人居住的衛星上挖掘固態純水，霸聯當局則並未予以理會。

早期與驅逐者的小規模衝突，譬如本特世界和GHC二一九九〇星事件，咸認只是脫序行徑，引不起霸聯的關注。甚至連李氏三號星上的正面激戰，也被視為殖民勤務隊所管轄的當地事務。等到侵攻結束後六個當地年，霸軍特遣隊姍姍來遲，驅逐者也離開有五年之久，他們的暴行早已被便宜行事的人們所遺忘。大家還是抱持原先看法：只要霸聯決定動用拳頭，就沒有蠻族膽敢再入侵襲擊。

李氏三號星事件過後的數十年間，霸軍和驅逐者的太空武力在上百個邊境地區交過手。除了陸戰隊有好幾回在無空氣、無重力的地點遭遇敵軍之外，並沒有雙方步兵部隊交鋒的記錄。故事便在萬星網內傳開了：驅逐者絕對不會對類地行星構成威脅，因為三百年來，他們早就適應失重狀態，已經進化（或退化），和人類大不相同。驅逐者並沒有傳送門技術，以後也絕對不會有，因此不可能是霸軍的對手。然後，就爆發了布列西亞之役。

霸聯周邊有一些洋洋自得的獨立世界，布列西亞正是其中之一。她一方面可以方便地和萬星網相互聯繫，一方面又擁有八個月航程的獨立空間，因此對這種局勢相當滿意。多年來，靠著出口鑽石、樹瘤和無可匹敵的咖啡致富，因而忸怩作態，拒絕成為殖民世界，但她仍然倚靠霸聯的軍事保護和共同市場，達成節節高升的經濟目標。就像其他大多數獨立行星，布列西亞對其自衛軍的軍力頗為自豪，其中包括十二艘炬船、一艘半世紀前自霸聯宇宙軍退役後重新整修改裝的攻擊母艦、逾二十艘較為小型快速的軌道巡邏艇、一支人數多達九萬的常備志願陸軍、一支編制頗為可觀、具遠洋作戰能力的海軍，並且還儲備大量核子武器，不過象徵意義大於實質。

當霸聯監測站注意到驅逐者的霍金推進器時，他們誤判這不過是大規模的遷徙活動，其行經路線距離布列西亞星系至少也有半光年之遙。然而，他們並未偵測出其中的某次航道修正，直到這大批船團進入歐特雲的範圍，驅逐者便如同舊約聖經裡所記載的瘟疫一般大舉侵襲布列西亞。至少有七個標準月的時間，這顆行星完全隔絕於霸聯的救援行動與回應之外。

布列西亞的太空武力在戰鬥的頭二十個小時便告全殲。隨後驅逐者派出超過三千艘船艦，分布於布列西亞和其天然衛星之間的星域，開始有系統地消滅所有行星防衛力量。

這顆行星是在第一波聖遷時期，由一個正經八百的中歐民族到此殖民的，而她的兩塊大陸所取的名字也頗為乏味：分別為北布列西亞和南布列西亞。其中北布列西亞只有大片沙漠和高地凍原，上頭六

㉙ O'Neill City。普林斯頓大學物理學教授傑拉德·歐尼爾（Gerard K. O'Neill）於一九六九年首先提出的想法。他認為以人類現有科技，可以從月球表面或捕捉小行星以取得必要的原料，在太空中建立巨型殖民地。這種巨型太空船由自旋提供重力，而其內部表面可營造成類似於地球環境的居住區。後更推算出地球與月球之間的第四、第五拉格朗日點（即兩星之間的重力平衡點，該點上的小物體相對於兩星是靜止不動的，其中第四、第五拉格朗日點較之前三個更為穩定）是興建此類太空城的最佳地點。

大城市住的不是樹瘤採集者，就是石油工程師。至於南布列西亞，無論是地形或氣候均較為溫和，因此大規模的咖啡墾植區和四億人口絕大多數均座落於此。

彷彿像是在世人面前示範以往戰爭是怎麼打的，驅逐者橫掃了整個北布列西亞——先是動用幾百顆無輻射塵的核彈與戰術電漿炸彈猛轟，繼之以死光，最後則是散布針對性的特製病毒，將全大陸一掃而空。一千四百萬名居民，只有少數得以逃出生天。此時，除了特定的軍事目標、機場和位於索爾諾的大型港口設施，南布列西亞尚未遭受任何轟炸。

霸軍教範認為，就算可以在軌道上迫使某星球屈服投降，動用軍事力量入侵一顆工業化行星實際上是不可行的，問題在於登陸軍隊的後勤能量、控制大範圍領土的難度，而無可估計的占領軍規模則被視為侵攻行動最大的變數。

驅逐者很顯然沒讀過霸軍教範。開戰後第二十三天，超過兩千艘登陸艦和突擊艇降落至南布列西亞。殘存的布列西亞空軍早在最初幾小時內就被消滅殆盡。守軍也在驅逐者集結處引爆了兩枚核彈：第一枚遭到能量護盾阻絕而偏向，第二枚僅僅成功擊毀一艘可能被當作誘餌的偵查艦。

謎底揭曉，三個世紀以來，驅逐者的身體的確有了變化。他們確實比較喜歡無重力環境。然而，他們機動步兵身上的動力外甲功能完善、運作良好，區區數天，這些全身漆黑、長手長腳的驅逐者部隊，就像巨型蜘蛛一樣，魚貫進入南布列西亞的城市。

戰事發生後的第十九天，最後一波有組織的抵抗行動宣告瓦解，首府柏克明斯特也在同一天陷落。驅逐者軍隊開進城內後一小時，最後一則從布列西亞送往霸聯的超光速訊息，尚未傳送完畢就告中斷。

二十九標準週後，費德曼．卡薩德上校隨同霸軍第一艦隊抵達布列西亞星域。三十艘歐米茄級炬船，護衛一艘配備有傳送門的瞬間傳送艦，高速穿入該星系。回到正常空間後三個小時，艦隊即啟動奇異點球體，又過了十個小時，抵達前線的霸軍軍艦總數已達四百艘。反入侵作戰則在二十一個小時之後展開。

以上就是布列西亞之役開戰時的一些數據。對卡薩德而言，這段日子帶給他的回憶並不是這些數字，而是戰鬥當下駭人可怖的淒美景象。瞬間傳送艦第一次用在師級以上的戰事，因此所造成的混亂與困惑是可以預期的。卡薩德從距星球五光分之外處穿過傳送門，旋即墜落於大片沙礫和黃土之間，突擊艇的傳送甬道出口就位於陡坡頂端，坡面因泥漿和首波部隊的鮮血而變得光滑。卡薩德俯臥在泥漿中，俯瞰山坡上的瘋狂景象。傳送過來的十七艘突擊艇中就有十艘墜毀起火，散落於小丘和農地之間，宛如破碎的玩具。倖存船艇的阻絕力場在驅逐者一連串飛彈和帶電粒子光束砲的猛轟下逐漸潰縮，整個降落區域也燃起一團團橘色火光。卡薩德的戰術顯示器已經錯亂、不堪使用，面罩則呈現恣意流竄、代表火燄的向量線條，閃動的紅色光點則是地面上瀕臨死亡的霸軍部隊，畫面上還蓋滿驅逐者的干擾圖像。主指揮迴路傳來某人的尖叫聲：「噢，該死！真該死！噢，真是該死！」體內植入的通訊器連結到指揮小組資料庫，裡頭卻是一片空無。

一名士兵幫卡薩德起身，他輕輕拍落指揮杖上的泥土，走到一旁，讓出空間給下一個傳送過來的小隊。戰爭就這麼開打了。

踏上南布列西亞沒幾分鐘，卡薩德便明白新武士道精神已死。八萬名裝備精良、訓練扎實的霸聯地面軍部隊，自集結地進發，準備在一個無人居住地點進行戰鬥。驅逐者見狀立刻轉進，讓出一條業已化為焦土的戰線，只留下詭雷和平民的屍首。霸軍將傳送門的優勢運用在策略上，逼迫敵軍應戰。驅逐者則回以密集的核子及電漿武器，將霸聯的地面部隊壓制在防護力場之下，同時讓己方步兵撤回城郊與登陸艇集結區周邊築好的防禦工事內。

太空中的戰事，一時之間也難分勝負，未能立即扭轉南布列西亞的局勢。除卻幾波佯攻和偶一為之的激戰，驅逐者仍完全掌握布列西亞行星方圓三天文單位內的宙域。霸聯太空軍收回各單位，將艦隊集中在傳送門的範圍，以確保瞬間傳送艦的安全。

霸軍原本只傳送兩天陸戰所需的人力物資，結果卻消磨了三十天，乃至於六十天。戰事已經退化成二十或二十一世紀的形式：就在城市廢墟空中瀰漫的土角磚粉之間、就在平民百姓的屍山血海之上，殘酷戰役綿延不絕。原先的八萬大軍早已死傷殆盡，增援的十萬人也落得同樣下場，只得再度要求派遣二十萬名援軍。只有鐵石心腸的梅娜．葛萊史東，以及十來位意志堅定的參議員，仍然支持這場戰爭。

部隊慘重的損失驚動萬事議會，無數反對聲浪，連同人工智慧諮議會，均提出停火的要求。

卡薩德幾乎立刻就領悟到策略的轉向。早在所屬師團跡近全殲於「石堆之役」前，他已激起當年街頭上好勇鬥狠的本能。其他霸軍指揮官全數按兵不動，還在為了是否要違反新武士道的決策而舉棋未定時，率領麾下旅團在第四指揮部被核武摧毀後暫行代理師團指揮權的卡薩德，正以人命換取時間，並且請求解除禁用核融合武器，好為他的反擊戰打頭陣。直到霸軍前來「解救」布列西亞的第九十七天，驅逐者才完全撤退。此時，卡薩德已被冠上毀譽參半的「南布列西亞屠夫」之名，還有傳聞指稱，就連麾下部隊也對他心生畏懼。

而卡薩德卻不時夢見她，有時比夢境還真實，有時卻比幻夢還虛無縹緲。

石堆之役的最後一夜，卡薩德和他的獵殺小組使用音波武器和Ｔ－５瓦斯在宛如迷宮的黑暗甬道掃蕩僅存的幾群驅逐者突擊隊員。就在火光和尖叫聲中，上校倒頭熟睡，睡夢中隱隱感覺女郎纖長的手指撫弄著他的臉頰，柔嫩胸部輕壓在他身上。

卡薩德請求支援的對地轟炸告一段落，他的部隊終於在早晨開進新維也納。士兵沿著二十米寬、光滑如玻璃的渠道進入這座剛打下來的城市。行道上整齊堆起一排排的人頭，臉上猶掛著責難的瞪視，迎接霸軍的救援部隊。目睹此景，卡薩德眼睛連眨也不眨。回到自己的指揮電磁車，蓋好艙口，他就蜷曲在溫暖的黑暗裡，聞著橡皮、滾燙塑膠和帶電離子的氣味，任她的輕語呢喃，壓過Ｃ３頻道傳來的嘈雜，掩蓋植入晶片編碼的聲響。

驅逐者撤退的前一晚，卡薩德離開在霸聯星艦巴西號上召開的司令官會議，傳送回座落於海恩谷北端「不滅之地」的指揮所。他開著指揮車前往山巔，觀看最後一波轟炸。最近的戰術核爆也遠在四十五公里外。電漿炸彈完美地落在指定區域內，開起一朵朵橙黃、鮮紅的巨花。卡薩德數了數，超過兩百道綠色光柱在夜空中狂舞，那正是地獄鞭將整塊寬廣的高原切成碎片的景象。就在睡前的那一刻，他坐在電磁車的側裙上，眼裡還微微閃爍殘像，女郎竟翩然而至。她身穿一套淡藍色的洋裝，輕巧地穿過山坡上早已枯萎的芒刺植物。微風揚起柔軟布料所織成的褶邊。她蒼白的臉龐和雙臂毫無血色，幾近半透明。女子呼喚卡薩德的名字——他幾乎就要聽見她所吐出的字句——隨後第二波轟炸發出隆隆巨響，劃過下方平原，所有事物均淹沒在喧鬧和火燄之中。

彷彿有條由「諷刺」構成的宇宙定律接管了他。費德曼．卡薩德毫髮未損，安然度過霸聯戰史上最慘烈的九十七天，可是在殘存的驅逐者全數撤回落荒逃逸中的艦隊之後，才不過第三天的光景，他就受傷了。當時他人在柏克明斯特的「城中大樓」，也是這座城市僅存的三棟建築之一，面對萬星網的新聞記者簡單扼要地回答一些愚蠢的問題。恰好一枚比微動開關還小的電漿詭雷在上方十五層樓處爆炸，強烈氣流從通風口噴出，記者和兩名副官被捲至對街，整棟大樓也垮下來，活埋了卡薩德。

傷兵直升機旋即將他送往師指揮所，再轉運回已開拔至布列西亞第二衛星軌道的瞬間傳送艦。他在那兒被救活，掛上全套維生裝備，而軍方高層和霸聯政客正忙不迭地決定他的命運。

由於傳送門的連繫，再加上布列西亞全程即時現場報導，費德曼·卡薩德上校或多或少已經成為當前最熱門的話題。無數民眾被南布列西亞史無前例的殘酷血腥嚇得毛骨悚然，因此樂見卡薩德因戰爭罪行受到軍法或刑事方面的審判。然而，葛萊史東首席執行官和許多持不同意見的人士則認定以卡薩德為首的霸軍指揮官是他們的救星。

最後，卡薩德被送進一艘醫療用空間跳躍艦，緩慢地回到萬星網。既然大部分的肉體修補再造均在冷凍神遊狀態下進行，讓老舊醫護艦照料嚴重傷患及可復生的死者就頗有幾分道理。等到卡薩德和其餘患者抵達萬星網時，均將復原得差不多，可以遂行職務。更重要的是，如此一來，卡薩德將累積至少十八個標準月的時債，屆時圍繞著他的流言蜚語就可能平息下來。

卡薩德清醒過來，看見一個女子的陰暗身影俯身照料他。有一陣子他確信她就是神祕女郎，隨後他才明瞭，那不過是一名霸軍軍醫。

「我死了嗎？」他悄聲問道。

「你之前是死了沒錯。你現在位於霸聯星艦梅利克號，之前已經接受過好幾次復活和重建療程，但由於冷凍神遊所帶來的宿醉現象，因此有可能記不得了。現在我們準備開始下一階段的物理治療。你想不想試著走幾步路看看？」

卡薩德舉起手臂，蓋住眼簾。儘管神遊狀態使他分不清東南西北，他倒記起那一連串痛苦不堪的療養步驟：漫長的ＲＮＡ病毒浴，以及大大小小的手術。有少數幾次印象可能沒那麼深刻。「我們走哪條路？」他問道，手還是遮著眼睛。「我忘了我們要怎麼回到萬星網。」

醫官面露微笑，彷彿這是他每次脫離神遊之後總會提出的問題。或許還真是如此。「我們將在海柏利昂和花園星稍作停留，目前剛剛進入軌道……」她說。

有如世界末日的毀滅聲浪中斷她的話語——宛如成排巨大銅號齊聲吹響，又好似復仇女神暴怒狂吼，嘶鳴聲足以劈開金屬。卡薩德滾落床下，以六分之一G的重力加速度墜落時，他抓起床墊裹住全身。颶風般的強大氣流迫使他滑過整層甲板，水壺、餐盤、床單、書本、人體、金屬器物，以及數不清的物體也全都席捲其內，往他身上招呼。男男女女驚聲尖叫，假音伴著空氣衝出病房。卡薩德感覺褥墊重重撞擊牆壁，他透過緊握的拳隙窺看四周情況。

離他一米遠處，有隻足球大小的蜘蛛肢體怒張，試圖將自己塞進剎那間出現在艙壁的裂縫。這怪物毫無關節的長腳似乎正猛烈拍打著文件與飛散在它四周的碎石屑。蜘蛛轉了一圈，卡薩德才明瞭，它其實是醫官的腦袋，甫爆炸時就身首異處。她的長髮在卡薩德的臉前扭動揮舞。隨後，裂縫繼續擴張了拳頭寬的邊徑，那顆頭便掉落其中，消失不見。

當吊臂停止旋轉，卡薩德便掙扎起身，然而此時「上方」也不再是上方了。除卻令人噁心不適的傾斜和翻滾，船上唯一運作的力量，就只有將病房內所有物體投入艙壁缺口的暴風。卡薩德飄在空中，逆勢而游，用盡每一處可以抓握施力的地方，使出吃奶的力氣向後蹬踢，終於將自己推過最後五米，到達連接吊臂通道的門口。一面金屬托盤擊中他眼睛上方，另一具兩眼出血的屍體撞了過來，幾乎使他跌回病房。緊急氣閉門猛然關合，卻頹然無功，原來一具著太空衣的陸戰隊員屍體卡在中間，使門無法密合。卡薩德滾進吊臂通道，同時拉了個死屍過來。艙門立刻堵住，可是通道內的空氣也不比病房多到哪裡。警報器的鳴叫逐漸變弱，最後消失無聲。

卡薩德也放聲大叫，企圖疏緩體內的壓力，使肺臟和耳膜不至爆裂。吊臂仍然繼續抽出空氣，他和陸戰隊員的屍體一併被吸往船艦主體，沿著通道一路猶如跳著恐怖圓舞曲般不停翻動滾轉了一百三十公尺。

他花了二十秒鐘才成功擊發太空衣上的緊急開啟按鈕，又用整整一分鐘將屍身取出，將自己套進去。卡薩德比死人高出至少有十公分，縱使太空衣在設計上原本容許些微延展，脖子、手腕和膝蓋等處還是擠得他疼痛不堪。頭盔像是加上襯墊的老虎鉗，緊緊箍住額頭。面罩內側還黏有幾灘血漬和一片潮濕的白色物體。殺死陸戰隊員的破片留下一進一出兩個孔洞，不過整套衣服已經盡其所能地保持密封狀態。胸前的燈號大多顯示紅色，當卡薩德命令太空衣報告目前狀態時，它完全沒有回應。幸好呼吸器還能正常運作，儘管所發出的銼磨聲響令人堪慮。

卡薩德試了試太空裝內的無線電，結果連背景的靜電干擾聲也聽不見。他找到通訊記錄器的導線，將之插入船體上的座孔，同樣無效。此時整艘船再度前傾，一連串金屬反彈衝撞，將卡薩德摔至吊臂通道的牆上。有具輸送籠倒在一旁，斷裂的纜線好似海葵被激怒的觸手，不停甩動。有人死在籠內，卻有更多屍體卡在從通道牆連出的螺旋梯上，階梯倒還完好無損。卡薩德向後蹬踢，來到通道盡頭，發現氣閉門全數封死，通道口也完全閉合，可是主要艙壁上有好幾個洞，大到連商用電磁車都可以輕鬆穿越。

船身又斜向一邊，開始更猛烈地滾轉，帶來了新的複合科氏力㉚，卡薩德和通道內的所有物體直接受到影響。他緊抓住破裂的金屬，將自已拉進梅利克號三重船殼上的一個裂口。

他看見內部的慘狀，幾乎就要笑了出來。鑿穿這艘老舊醫療船的人，的確幹得很確實：先是用帶電粒子光束砲重擊船殼，直到壓力密封設備毀壞之後，自動密閉單元就洩了氣，損害管制的遙控系統便會過載，內艙壁也承受不住壓力而崩塌。然後敵艦再以飛彈直擊這艘廢船裡的各個部位，所採用的彈頭，宇宙軍的人管它叫「霰彈丸」，效用就跟在擁擠的老鼠迷宮內施放人員殺傷榴彈頗為類似。

光線穿過千瘡百孔，視野所及盡是花花綠綠，但細看之下，這朦朧的膠狀基質原來是飄浮在空中的塵埃、血塊和油漬。卡薩德所吊掛的地方，隨著船身搖晃滾轉而扭曲，但他依然可以看見二十來具被撕裂的赤裸死屍在無重力狀態下優雅地漂移，令人有種水上芭蕾表演的錯覺。屍體周遭環繞著凝血和組織，各自形成一座座小小的星系。有好幾雙因體內壓力而瞪大如卡通人物般的眼睛緊盯卡薩德，手臂和手掌軟弱無力，任意擺動，感覺像是在召喚著他。

卡薩德踢腿游過船體殘骸，來到通往指揮中心的主升降道。他並未發現任何武器。除了那名陸戰隊員，似乎沒有人想到要穿上太空衣，不過他知道指揮中心或位於船尾的陸戰隊營區應該設有武器櫃。

他停在最後一塊已被扯破的壓力封蓋之前，瞪大了眼。這一次他真的笑了出來。再往前去，沒有主升降道，沒有船尾，事實上連船都不見了。這個包括一支吊臂、醫療病房艙和一大片破破爛爛船體的區域，輕易地自主艦剝離，如同貝奧武夫扯下格蘭戴爾㉛的手臂一樣簡單。這道原本與升降道相接的最終門戶，如今只通往無盡的虛空。卡薩德可以看見幾公里外數十塊梅利克號的機體破片在陽光下翻滾、旋轉。有顆綠寶石般的行星隱約出現，距離甚近，突然間，卡薩德對高度的恐懼驟增，把門框抓得更緊。甚至就在他呆望的同時，行星上方現出一個星狀物體，雷射武器像是摩斯電碼般有節奏地閃動紅寶石光芒。隔著真空深淵的半公里外，一截內部早已毀損的船體再度爆炸，化為一團汽化的金屬和快速凝固的揮發物體，還有一些滾轉中的黑色斑點，卡薩德細看才曉得那全是屍體。

他把自己拉回船艦殘骸內，找個掩蔽藏起來，思量現下的處境。身上這件陸戰隊員的太空衣恐怕再也撐不過一個小時，卡薩德甚至已經聞到故障的呼吸器散發出近似於蛋類腐敗的惡臭，而在他掙扎逃生的過程中，也沒有發現任何氣密隔間或容器。何況，縱使他找到某個衣櫥或密封艙躲進去，接下來又

㉚ Coriolis force，法國氣象學家科里奧利（Coriolis）於一八三五年所提出，為描述旋轉體系的運動，在運動方程中所引入的假想力。例如：由地球北極射出一飛彈往正南方，但因地球自轉之故，地球上的觀測者卻會看到飛彈往西偏。我們可以假想有一「科氏力」造成飛彈往西偏。藉由假想力的假想存在，使得在旋轉體系內依然可以用牛頓力學解出答案。

㉛ 貝奧武夫（Beowulf）和格蘭戴爾（Grendel）典出約在西元八世紀以古英文所撰成的史詩《貝奧武夫》，故事 述侯洛斯嘉王受到怪物格蘭戴爾的侵擾，每晚到宮殿裡吃人，如此過了十二年，查到基族勇士貝奧武夫聽到這個消息，並且帶了十四名同伴來斬妖除魔，不料除掉格蘭戴爾之後，其母又來復仇，貝奧武夫只得潛入水國與之對抗，終於獲勝。回國之後，適逢國王在與瑞典的戰爭中去世，於是貝奧武夫便加冕成了新的國王。

該如何？卡薩德不清楚底下的行星究竟是海柏利昂還是花園星，但他十分明瞭：這兩個星球都沒有霸軍駐守。他也非常確定，在地的防衛武力絕對不敢挑戰驅逐者的戰艦。因此，卡薩德深知：恐怕在當地人士派員上來查探之前，他身處這塊太空垃圾的軌道就會潰縮，而上萬噸扭曲變形的金屬在穿過大氣層的同時，終將燃燒殆盡。這才是最有可能的結局。當地居民可不樂見有這種事發生，不過從他們的角度來看，比起與驅逐者為敵，一小片天塌下來大概要好上許多。要是這顆行星擁有基本的軌道防衛能力，或是陸基帶電粒子光束砲，用來轟掉梅利克號的殘骸還比拿去打驅逐者的船艦更有意義。卡薩德察覺這點，不禁露出冷笑。

無論如何，這些情況對他而言都沒有差別。除非卡薩德能很快做出什麼舉動保住自己的小命，否則早在船體進入大氣層，或是當地人採取行動之前，他就已經魂歸離恨天。

碎片不但殺死了陸戰隊員，也擊裂太空衣上的望遠放大護罩。不過卡薩德把殘存的面板往下拉，蓋在面罩外。儘管指示器的紅光閃個不停，太空衣仍有足夠能源，在裂痕密布如蛛網的屏幕上顯示淡綠色的放大影像。卡薩德眼見驅逐者炬船的距離不過只有上百公里，它的防護罩使得背景星辰朦朧不清，在此同時，它還發射出好幾個物體。卡薩德起初認定這些就是執行最後一擊的飛彈，不覺僵住臉，冷笑著面對僅存不過幾秒鐘的命運，但他接著注意到物體飛行速度偏低，便調高放大倍率。能源指示燈號閃爍紅光，放大護罩隨即失靈，不過在失靈之前，卡薩德已經瞥見幾個一端削尖的卵形物，上頭綴有火箭推進器的光點和駕駛艙的泡形罩，後方還亂糟糟地拖著一團共計六支無關節的操作臂。是「烏賊」，霸聯宇宙軍這麼稱呼驅逐者艦載小艇。

卡薩德將自己藏得更深一點。在烏賊抵達這片殘骸之前，他只有幾分鐘的時間。一架烏賊可以搭載幾名驅逐者？十個？二十個？卡薩德確定不可能少於十人，而且他們必定全副武裝，配備紅外線運動感應裝置。驅逐者的精銳部隊等同於霸軍的宇宙軍陸戰隊，不僅訓練精良，擅長無重力狀態的戰鬥，甚至根本就生長在這樣的環境當中。他們長長的肢體、適合抓握的腳趾，以及額外加上的義尾，更是如虎添翼。卡薩德不禁納悶，他們已經擁有絕對優勢，為何還占這種便宜。

他小心翼翼地回到扭曲金屬構成的迷宮，與體內因恐懼而激增的腎上腺素搏鬥，壓抑自己想要扯開嗓門放聲尖叫，讓聲音響遍黑暗的渴望。他們究竟想要什麼？是俘虜。若是如此，就能解決他迫在眉睫的生存困境。他只要投降就能苟活下來。不過這個解法的最大難處，在於卡薩德看過霸聯情報軍從布列西亞擄獲的驅逐者船艙內所拍攝的全息影像。光是那艘船的貯存隔間就塞滿兩百餘名囚犯。驅逐者的確有很多問題要好好訊問這些霸聯公民。或許是他們認為餵養並囚禁這麼多人實在很不方便，又或許是他們基本的偵訊手法，事實是，布列西亞平民和霸軍士兵俘虜被剝得皮開肉綻，像生物實驗室裡的青蛙一般活活釘在鋼盤上，器官浸泡在營養液中，四肢則被俐落地切除，眼球也被挖出，頭蓋骨則開了個三公分的洞，插上粗製濫造的大腦皮質通訊竊聽器和分流插頭，而他們的心靈也已經準備好要接受拷問。

卡薩德拖拉自己的軀體，漂浮著穿過殘骸及船內盤根錯節的線路。不論如何，他完全沒有投降的打算。滾轉中的船艙震動一下，隨即平息，可見至少有一架烏賊連上船體或艙壁。思考啊，卡薩德如此命令自己。他需要的是一把武器，而非躲藏的地方。在他爬過整艘廢船的歷程中，是否見過什麼東西，可以幫助他撐過這道難關？

卡薩德邊思索邊停止前進，讓自己掛在一條裸露的光纖纜線上。他醒轉時所在的醫護病房，有床、冷凍神遊艙、特別護理的儀器……絕大多數都從自旋船艙的艙壁缺口散失了。吊臂通道、升降機廂、樓梯間的死屍。就是沒有武器。大多數屍體早在霰彈爆炸或艙壓驟降時被颳個精光。電梯纜線呢？不，它太長了，不靠工具是切不斷的。工具？他連個半枝也沒瞧見。醫務辦公室門戶洞開，裡頭的東西一股腦兒全掉出來，沿著走廊飛往主升降道之外。至於影像醫學室、核磁共振造影槽和職能復健隔間也全敞著門，可比遭受劫掠的石棺。幸好至少還有一間手術室未受損傷，它的內部散布著漂浮的器械和管線，宛如迷陣一般。日光浴室的玻璃由內向外爆出，整個房間也因此被颳個乾淨。其餘就只剩下病患休息室、醫官休息室、手術準備室、走廊，以及無法辨認的小隔間和屍體。

他多吊了一會兒，身子朝向翻滾中的光影迷宮，隨即開始動作。

卡薩德原本希望有十分鐘準備，實際上可用的時間不到八分鐘。他知道驅逐者的搜索必定有條不紊、迅速確實，不過他低估了他們在無重力狀態下的效率會高到什麼可怕境界。卡薩德以自己的性命作賭注，認定驅逐者的肅清行動至少是兩人一組，這是宇宙軍陸戰隊的基本程序，大致上和地面軍的大兵們在城鎮戰中逐房搜索的模式差不多，一個人衝進房內，另一人則提供掩護火力。假使進來的敵軍超過兩人，假使驅逐者採用的是四人編組，卡薩德幾乎可以說是死定了。

當驅逐者進門時，他正漂浮在第三手術室的中央。呼吸器已經完全失靈，卡薩德只能動也不動地倒抽汙濁的空氣。驅逐者突擊隊員擺盪進來，閃到一邊，兩把武器分別對準毀損陸戰隊太空衣內手無寸鐵的身影。

卡薩德寄望這破爛到極點的太空衣和面罩還能幫他爭取到一兩秒鐘。就在沾滿血汙的面罩後方，他雙眼無神，呆呆地向上瞪，驅逐者胸前的燈光恰好掃過他的身軀。這名突擊隊員身帶兩把武器，一隻手拿著音波震撼槍，左「腳」長長的腳趾則持有一把體積較小但殺傷力更強的密實光線手槍。他舉起音波槍。卡薩德還有足夠的時間注意到對方義尾尖端的致命長釘，接著他啟動右手護套上的滑鼠。

卡薩德之前幾乎耗盡八分鐘的準備時間，為的就是要將緊急發電機接上手術室的線路。並不是每一具外科雷射都能正常運作，但起碼還有六具能用。卡薩德便把較小的四具安排妥當，射擊範圍涵蓋從門口算起左半邊的區域。另外兩具威力足以切開人骨，則對準右半邊，也正是這名驅逐者進門之後所移往的方向。

他的太空衣旋即爆開。兩管雷射以預設好的圓形軌跡持續切削，卡薩德趕忙向前推進，低頭迴避藍色光束。此時驅逐者已經化為一團由太空衣所包裹的密封肉醬，連同沸騰的血液，如雲霧般開始向外擴散。卡薩德奪下音波槍的同時，第二名驅逐者也像元地球上的黑猩猩一樣，敏捷地盪進房內。

卡薩德將槍口抵住對方頭盔，扣下扳機。穿著太空衣的傢伙馬上癱倒，隨機的神經脈衝還使他的義尾抽搐了好幾下。在這麼近的距離被音波槍擊中，根本就沒有活命的機會，它會把人腦搗成類似燕麥糊狀的物質。卡薩德就是要幹掉他們，壓根兒不想留下活口。

他踢了一腳，離開對方，抓住大梁，將仍在發射狀態的音波槍掃出開啟的門戶。沒有其他突擊隊員跟進來。二十秒後再檢視一次，確定走廊空無一人。

卡薩德沒理會第一具屍體，直接剝開第二個人身上完好的太空衣。太空衣裡頭的突擊隊員全身赤裸，原來是個女性。這名女驅逐者擁有一頭削短的金色髮絲、小巧的胸部，緊接著陰毛上方還有一道刺青。她的臉色十分慘白，鼻子、兩眼、雙耳，都滲出小滴血絲。卡薩德心裡暗中記下：原來驅逐者的陸戰隊居然招收女性。畢竟在布列西亞陣亡的驅逐者全是男的，毫無例外。

他將女屍踢到一旁，開始努力套上這件陌生的太空衣，為求保險起見，還是保留原來的頭盔和呼吸器。當他生疏地與鉤夾、鎖扣搏鬥之時，刺骨的寒冷無情啃噬他。高如卡薩德，對這件女驅逐者的太空衣而言仍嫌太矮。他可以盡量伸展手臂，操作護手套上的裝置，但對於腳套和尾部的連結就束手無策，只好任由它們懸著。他脫下原有的頭盔，使勁將驅逐者的圓形頭罩戴妥。

衣領部位的顯示幕發出黃光和紫光。卡薩德聽見空氣衝進刺痛的耳膜，同時一股濃烈惡臭襲來，幾乎使他無法呼吸。他猜想這對驅逐者而言八成是甜美的家鄉味。頭罩內的耳機貼片輕聲傳來一串密碼般的指令，聽起來像是一捲以古英語錄製的錄音帶高速倒轉播放的聲音。卡薩德再次下了賭注，這回他所憑據的是來自布列西亞的驅逐者地面部隊：他們均為半獨立作戰的單位，僅靠基本的遙測裝置及無線電以口頭傳遞訊息達成聯繫，而不是像霸聯地面軍一樣，使用植入體內的戰術網路。如果他們此時此地仍採取同樣的方式，那麼突擊隊長大概了解麾下兩名士兵已經失蹤，很有可能還透過傳輸掌握他們的醫療數據，不過或許並不知道他們所在的確切地點。

卡薩德當下打定主意，不再胡亂猜測，開始付諸行動。他重新設定滑鼠，有任何物體進入手術室，必遭雷射連環轟擊，隨後便蹦蹦跳跳、或跌或撞地步入走廊。他心想：穿著這種天殺的太空衣移動，就跟在重力場中踩著自己的長褲走路一樣彆扭。他帶走兩把光線槍——卻找不到任何腰帶、扣環、掛鉤、魔鬼氈、魔術扣，或口袋之類的地方可供安全收放——只得模仿全像劇中某些喝醉酒的海盜，兩手各持一槍，在牆壁之間彈跳前進。在一處需要單手吊掛的地方，他不甘願地放掉一把槍。穿上驅逐者的護手套，就像是十五號的連指手套掛在一雙二號小手上。該死的尾巴搖擺不定，擊打到圓形頭罩還會發出砰砰響聲，何況屁股實在痛得不得了。

有兩次卡薩德瞧見遠方亮光，便擠進牆壁裂縫。正當他快抵達那處他曾目睹驅逐者烏賊駛近的甲板缺口，繞過轉角，卻差點和三名突擊隊員撞個滿懷。

他身穿驅逐者太空衣，因此贏得兩秒鐘的優勢。首先卡薩德近距離的一槍，直接命中其中一人的頭盔。第二人（不管是男是女）拿起音波槍胡亂射擊，音爆從卡薩德左肩旁擦過，一秒鐘後，他立刻回敬三發，全數擊穿對方的胸甲。第三名突擊隊員向後一個空翻，找到三處可供抓握的地方，趁卡薩德還沒來得及重新瞄準，一溜煙繞過破裂的艙壁，不見蹤影。卡薩德的耳機傳來連珠炮似的聲音。不管是咒罵、命令，還是疑問，他一概不予回應，無聲無息地展開追逐。

第三名驅逐者大可逃之夭夭，卻決定重拾榮譽心，返回來正面迎戰。卡薩德在五公尺外一槍將能量光束射入他的左眼，心裡卻莫名其妙地萌生一股似曾相識的感覺。

屍體倒轉滾入陽光之中。卡薩德將自己拉至船體殘骸的裂口，瞪大了雙眼。烏賊就停在外頭不到二十公尺遠。他心想：這大概是一番折騰下來，他第一次真正走運的時刻。

卡薩德縱身一踢，跨過中間的鴻溝，很清楚要是有人想從烏賊或殘骸對他射擊，他可一點辦法也沒有。每當他成為明顯目標，總緊張得感覺到胯下兩顆卵蛋似乎要鑽回肚子裡。結果沒人開槍，只有命令和疑惑的話語在他耳邊嘎嘎作響。他聽不懂這些話，也不曉得是從哪兒傳來的，因此，整體而言，默不作聲應該是最好的作法。

笨重的太空衣差點讓卡薩德上不了烏賊。他的腦海閃過一個念頭，如此令人掃興的結局對他這種自命不凡的好戰分子而言，大概是全宇宙間再恰當也不過的裁決了：英勇戰士漂進行星的近地軌道，沒有可供操作的機動系統，沒有推進器，更沒有任何提供反作用力的質量體——甚至連手槍也沒有後座力。他就跟逃出孩童掌心的氣球一樣無用、無害，在太空中了結殘生。

卡薩德拉長身軀，連關節都要脫臼，這才抓住一根鞭狀天線，他見狀連忙兩手交替，將自己拉向烏賊的船身。

該死的氣閘門在哪裡？就一艘太空船而言，這船身也過於平滑了些，而且四周裝飾著圖案、花樣，還掛有警告牌，卡薩德猜想大概是以驅逐者文字所書寫，內容不外乎是「請勿踐踏」或「危險！推進器排氣口」等字樣。仍然沒看到任何入口。他猜想應該有驅逐者待在艇內，至少也會有個駕駛，而他們或許會在裡面納悶為什麼會有撤回的突擊隊員像隻殘廢的螃蟹般繞著船殼爬來爬去，而不是轉開氣閉門。有可能他們已經知道原因，早就拔槍在裡頭以逸待勞。無論如何，絕對不會有誰過來為他開門。

管它去死，卡薩德心一橫，對準其中某個觀察孔泡形罩開槍。

這些驅逐者把船整理得井然有序。只有一些等同於迴紋針和錢幣之類的小東西隨著艙內空氣噴射而出。卡薩德等到氣流平息之後，才從缺口擠進船身。

他所在的位置是運兵區：上頭有枝加上襯墊的握把，看起來頗類似登陸艇或裝甲運兵載具裝載大兵的隔間。卡薩德又在心中記上一筆：一艘烏賊艇約略可以運送二十名穿戴全副真空戰鬥配備的驅逐者突擊隊員。如今它卻空空如也，有張開敞的布簾通往駕駛艙。

艇上只剩下發號施令的駕駛員，他還在努力要解開安全帶，卡薩德就一槍斃了他。卡薩德把屍體移到運兵間，坐上座位，綁好安全帶，希望這就是整艘船的指揮椅。

溫暖的陽光透過泡形罩照耀在他身上。影像監視器和操作臺上的全息影像顯示船體前後的景物，並切換著每個搜索行動成員的肩上攝影機所傳回的畫面。卡薩德瞥了一眼，看見第三手術室內的裸體女屍，以及幾個身影正與手術雷射進行激烈槍戰。

卡薩德小時候的全像劇裡頭，英雄在緊要關頭似乎總知道如何駕馭浮掠機、太空船、異國製造的電磁車，以及其他奇形怪狀的機具。他受過訓練，懂得操作軍用運輸設備、普通的坦克和裝甲運兵車，在生死關頭，連突擊艇和登陸艇都可以姑且一試。假使他受困於一艘叛逃的霸軍太空船內，也許還有那麼一丁點機會，可以摸到指揮中心周邊和主電腦連通，或是透過無線電或超光速通訊發送器傳出求救訊息。然而，坐在驅逐者烏賊艇的指揮椅上，卡薩德可是一籌莫展。

但事情也並不那麼充滿絕望。他立刻就認出艇後觸手操縱器的遙控插槽，只要再給他兩、三個小時來思考、摸索，就可能發現其他功能，可是他沒這麼多時間。前方的螢幕顯示三個穿著太空衣的身影正跳向烏賊，同時開槍射擊。全像控制臺上忽然浮現出一顆驅逐者指揮官蒼白而詭異的外星大頭。卡薩德的頭罩耳機也傳來陣陣怒吼。

汗珠滴落卡薩德的眼簾，在面罩內部形成一道道涓流。他盡可能將之甩開，瞇眼盯著控制臺，按下幾個看起來都差不多的平面按鍵。如果這艘船備有聲控指令迴路、高優先權插斷控制裝置，甚至只要船上電腦起了疑心，卡薩德十分清楚自己將難逃一劫。他在射殺駕駛員之前曾花了一、兩秒鐘考慮這一點，可是卻想不出辦法能夠逼迫或信賴那傢伙。不，一定得這麼做，卡薩德邊想邊敲擊更多控制鍵。

有具推進器開始點火運轉。

烏賊艇在停靠處猛烈扯動，綁在帶子底下的卡薩德也跟著前後搖擺。「幹。」他悄聲罵道。自從詢問霸軍醫官船艦將在何處停留之後，這還是他第一次開口說話。卡薩德盡力向前伸展，讓帶著護手套的手指得以握住拉柄。六支操縱臂裡頭有四支是鬆開的，有一支已經斷裂，最後一支則從梅利克號撕下一大塊艙壁。

烏賊終於開始移動。攝影機顯示，兩名驅逐者在跳躍過程中錯失目標，第三人卻抓住那支先前拯救過卡薩德的鞭狀天線。經過一番摸索，卡薩德大概知道推進器控制鍵的位置，於是更加瘋狂地敲擊按鍵。艙頂大燈亮起，全像投影旋即消失。烏賊艇進行最為激烈的運動，或翻或滾、左右搖擺、前後甩動。卡薩德眼見驅逐者的身影滾過頭頂上的泡形罩，短暫地出現在前方攝影機的螢幕，最終成為船尾鏡頭下的小小斑點。儘管他（或她）變得越來越小，幾乎快看不見，這個驅逐者仍不放棄，持續對準烏賊發射能量光束。

烏賊依舊劇烈翻轉，卡薩德勉力保持清醒。各式各樣的警示語音尖鳴，燈號刺目，想要引起卡薩德的注意。他敲著推進器的控制鍵，等到不再感覺五馬分屍、只剩兩個方向的力量在拉扯時，即認定啟動成功，於是放開雙手。

隨機的攝影畫面呈現驅逐者炬船向後退去的景象。很好。卡薩德絕不懷疑驅逐者的軍艦有能力在任何時候摧毀這艘烏賊艇，如果他膽敢以任何方式接近或威脅對方，肯定會遭此下場。他不曉得烏賊艇本身是否備有武裝，就算有，大概也是用來打人的小型武器。不過他十分確信，絕對不可能有炬船指揮官會允許一架失控的飛梭級載具接近他的船艦。卡薩德假定驅逐者現在完全明白這艘烏賊艇已被敵人所劫走。要是炬船開砲將他自人間蒸發，他絕對不會感到意外——會失望沒錯，但絕不訝異。此時此刻，他的存活端賴驅逐者是否還保有兩種典型的人類情感：好奇心，以及對復仇的渴望。

他知道，在緊張時刻，好奇心往往很輕易就被其他情緒所掩蓋、磨滅，可是他寄望報仇這件事能與驅逐者這種以軍事組織為主體架構的準封建文明有著千絲萬縷、糾纏不清的關連。其餘的條件都差不多，他沒有機會可以繼續重創對方，但也幾乎逃不出他們的掌心。看樣子費德曼·卡薩德上校早就是驅逐者準備抓來開腸破肚的首要目標。他就是希望事情演變成這個樣子。

卡薩德看著前方的攝影畫面，突然皺起眉頭，拉鬆安全帶好從頭頂的泡形罩眺望。烏賊艇仍在滾轉，但已不像先前那樣猛烈。行星似乎越靠越近，其中一個半球還填滿他「上方」的視野，不過他根本不清楚這艘船距離大氣層還有多遠。他無法看懂顯示器上的資料，只能臆測移動前的軌道速度，藉此估計重返大氣層時的衝擊會有多大的力道。卡薩德在梅利克號殘骸上久久的一瞥，透露出殘骸和行星非常接近，或許他那時就位於距行星表面五百到六百公里的停泊軌道上，比登陸艇的發射高度還要高上那麼一點。

卡薩德試圖抹去臉上的汗水，可是當鬆垮手套的指尖碰觸面罩，他卻不由得皺起眉頭。他累了。該死，從冷凍神遊的狀態醒來才不過幾個小時的光景，在那之前，待在艦上的幾個星期，他的肉體幾乎可說已經死亡。

他想弄清楚底下的世界究竟是海柏利昂還是花園星，雖然從來沒到過這兩個地方，不過他明白花園星上的殖民地分布較廣，更接近霸聯殖民星球的標準。他希望這裡就是花園星。

驅逐者的炬船發射三艘突擊艇。儘管後方攝影機轉動鏡頭，遙指視距範圍之外，卡薩德仍及時清楚地看見這些追兵。他輕觸推進器控制鍵，感覺整艘船加速滾轉，朝著上方的行星障壁飛去。再來他也無計可施了。

驅逐者突擊艇迫近之前，烏賊已率先進入大氣層。追兵們鐵定全副武裝，而兩者間的距離也拉近到射程範圍之內。不過，指揮迴路上那個聲音的主人，要不充滿好奇，要不就勃然大怒。

卡薩德所處的烏賊艇一點兒都不符合空氣力學。就如絕大多數船艦之間的接駁載具，烏賊可以在行星大氣中快速飄動，可是一旦潛得太深，被重力完全掌握，那就必死無疑。卡薩德看著重返大氣的紅色警示燈，正常運作的無線電頻道不斷發送周遭離子聚集的雜訊，他忽然開始懷疑這個決定是否正確。

大氣阻力使得烏賊艇穩定下來。卡薩德拚命在控制臺及指揮椅的扶手上頭尋找所期盼的操控線路，同時也首次感受到重力的拉扯。滿是靜電的螢幕顯示一艘突擊艇噴發藍色電漿曳尾，以求減緩速度。這畫面和跳傘者看著同伴打開降落傘或啟動懸浮裝置的景象差不多，那艘突擊艇似乎在一瞬間猛然爬升。

卡薩德還有其他問題亟待解決。這艘烏賊艇似乎沒有跳傘彈射裝置。每一架霸聯宇宙軍的飛梭總會配備某種大氣層內彈出設施，這是一項可追溯至近八百年前的歷史傳統，當時太空航行的範圍僅限於元地球大氣圈外層的短期嘗試。太空船艦之間的接駁載具或許永遠用不到行星大氣內專用的彈射裝置，不過烙印在古早規章裡，流傳甚久的恐懼心理，卻往往積重難返，無法化消。

至少理論是這麼說的。卡薩德什麼也沒找到。船身不停搖晃、旋轉，而且溫度開始上升。卡薩德啪的一聲解開安全帶，將自己拉往烏賊艇後艙，仍不確定究竟要找些什麼。懸浮包？降落傘？甚至是一整組翅膀？

運兵艙裡除了驅逐者駕駛員的屍體和一些不比便當盒大上多少的貯存隔間之外，空無一物。卡薩德一一扯開，能找到最大的東西也不過是急救包。完全沒有能夠製造奇蹟的裝備。

卡薩德整個人懸在樞軸吊環上頭，可以聽見烏賊艇震動的聲響，整艘船已經開始解體。此時他也只能接受事實：原來驅逐者不肯浪費金錢或空間在他們的烏賊艇上裝設這類甚少用到的逃生裝置。他們怎麼會需要呢？他們一輩子都在星系之間的黑暗中打滾，他們對於大氣層的概念不過是罐頭城上八公里長的加壓管路。頭盔上的外部聲音感應器傳來嘶嘶聲響，原來是船殼上的急速氣流，以及空氣從後端的泡形罩破口衝出。卡薩德聳聳肩，他已經賭了太多次，終究還是輸了。

烏賊艇一面震動，一面在大氣中橫衝直撞。卡薩德聽到船尾的操作臂被強大力道撕裂。那名驅逐者的屍體突然被吸出破裂的泡形罩，就像是螞蟻慘遭吸塵器的毒手。卡薩德緊抓樞軸吊環，透過艙口看著駕駛艙內的控制椅。他猛然發現，這些座椅還真古色古香，活脫脫是從專門研究早期太空船的教科書中搬出來的。船體外殼有部分已經燒毀，如同一整片火山熔岩，自觀景窗外呼嘯而過。卡薩德閉上眼睛，試圖回想起奧林帕斯指揮學院裡關於古老太空船結構設計的課程。烏賊艇進入墜毀的最後階段，噪音震耳欲聾。

「以阿拉之名！」卡薩德上氣不接下氣，吐出自孩提時期就未曾說過的字句。他開始將自己拉向前方，進入駕駛艙。在艙口處勉力支撐自身的重量，一手在艙面上摸索著可供抓握的地方，感覺好比在攀爬垂直的牆壁。他是在爬牆沒錯，旋轉中的烏賊艇船尾朝下，穩穩地進行最後的死亡俯衝。卡薩德必須承受三倍重力，他心裡很清楚：只要稍稍一滑，就會摔得粉身碎骨。後方空氣從原本的嘶鳴轉為狂嘯，最後竟如巨龍般怒吼。一連串猛烈的爆炸，使得運兵艙燃起熊熊大火，幾近燒熔。

爬進指揮椅就像是背上掛著兩個人的重量強行越過岩壁突出部一樣艱苦。儘管手指攀住座椅上的靠頭處，鬆垮垮的手套使他無法抓得更牢。卡薩德整個人直挺挺地吊在那兒，底下就是如大鍋般冒出熊熊火燄的運兵艙。船身突然傾斜，卡薩德順勢抬腳擺盪，整個人落進指揮椅。顯示幕全都故障失靈，火燄灼燒艙頂的泡形罩，泛出病態的紅光。卡薩德屈身向前，幾乎快意識不清，他伸長手指，在指揮椅底下、兩膝之間的一片黑暗中摸索。什麼都沒有。等等……有枝握柄。不會吧，親愛的耶穌基督和阿拉真神……這是D形環哪。以往只能在歷史書上看到。

烏賊艇開始解體。頭頂上的泡形罩已被燒穿，液態有機玻璃灑滿整個駕駛艙，卡薩德的太空衣和面罩也濺了一身。他聞到塑膠熔化的氣味。隨著機體解離，艇身又開始滾轉。卡薩德的視線變成粉紅一片，逐漸黯淡、消失。他驅使麻木的手指拉緊安全帶……再緊一點……緊到他覺得胸口發痛，假使不是安全帶嵌入胸膛，那大概就是液化玻璃熔穿太空衣的表面。他接著伸手回去抓住D形環。不過手指過於笨拙，無法完全緊握……不。用力拉呀。

太遲了。最後的爆炸伴隨尖銳刺耳的聲響，烏賊艇便四處飛散。控制臺化成萬千碎片，劃過整個駕駛艙。

卡薩德重重地撞進座椅之中。整張椅子上升、飛出，投入火燄的核心。

翻滾，不停地翻滾……

他依稀察覺到座椅在翻滾的同時，放出了阻絕力場。火燄就在臉龐之外幾公分處熊熊燃燒。

火柱噴發，帶動彈射而出的椅子脫離烏賊艇熾烈的氣流。指揮椅橫越天空，以藍燄畫下自己的軌跡。微處理機控制座椅的旋轉，好讓碟形力場把摩擦產生的高熱隔絕開來。他以八倍的重力強行減速，整整飛了兩千公里，感覺就像是有個巨人蹲坐在他的胸膛。

卡薩德曾一度強迫自己睜開眼睛，注意到自己蜷曲著身子躺在一道綿長的藍白火柱之中，於是他又將雙眼閉上。他並未發現任何關於降落傘、懸浮包，或是其他減速裝置的控制鈕。事實上也無關緊要。現在的他，根本就無法移動手臂或手指。

巨人轉個方向，變得更重了。

卡薩德知道，頭盔的泡形罩不是早已熔化，就是被強風颳走。四周噪音已經大到無法以言語形容的程度。這也沒什麼關係。

他將眼睛閉得更緊。這時候恰恰可以打個小盹。

卡薩德睜開眼睛，看見一個女子的陰暗身影俯身照料他。有一陣子他猜想她就是神祕女郎。他再看了一眼，明白那真的就是她。她冰涼的手指撫摸著他的臉頰。

「我死了嗎？」卡薩德悄聲問道，揚起手來，想要抓住她的手腕。

「沒有。」她的聲音輕柔、低沉，粗濁腔調帶著某個地方的口音，他卻分辨不出。他之前從來沒聽過她開口說話。

「妳是真人？」

「如假包換。」

卡薩德嘆了一口氣，環顧四周。他全身赤裸，僅僅披上一件輕薄長袍，躺臥在某間黑暗如洞穴般的斗室中像是長椅或平臺的地方。抬頭望去，透過破損屋頂，星辰明顯可見。他舉起另一隻手，想要撫摸她的肩膀。她的頭髮好似一圈黑暗光暈，罩住他的身形。女郎身穿一襲寬鬆的薄睡袍——就算在星光下——卡薩德仍能欣賞她嬌軀的輪廓。他嗅聞她的體香，那是摻雜著肥皂和皮膚的香味，屬於她的香味，在過往多次的相聚中，早已深深烙印在他的心底。

「你一定有許多疑問。」她悄聲說道。同時，卡薩德解開固定那一襲薄紗的金色扣環。睡袍窸窸窣窣滑落地面，底下未著一絲半縷。頭頂上，代表天河的銀色光帶清晰可見。

「沒有。」卡薩德簡單回答，將女郎拉至身邊。

凌晨時分，微風揚起，卡薩德一把拉過輕柔的毯子，蓋住兩人。這單薄的材質似乎可以保持身體熱度，兩個人依偎在一塊兒，十分溫暖、舒適。不知在哪個地方，細砂或是雪花刮上光禿禿的牆壁，發出銼磨聲響，天空群星閃爍，清澈明亮。

他們醒來迎接黎明的第一道曙光。絲質床罩下，他倆臉挨著臉，她的手撫過卡薩德的側腹，尋覓著過往和新生的傷疤。

「妳叫什麼名字？」卡薩德悄悄問道。

「噓。」她悄聲回應，手掌滑得更低了。

卡薩德將臉靠近她那散發清香的頸項，她柔嫩的雙峰則緊貼著他。夜色在天光之中逐漸變得蒼白。細砂或雪花依舊消磨著光禿禿的牆壁。

他們享受魚水之歡，睡了一覺，又再度翻雲覆雨。直到天色大亮，兩人才起身穿衣。她已經為卡薩德準備好內衣褲，以及一套灰色的短上衣和長褲。這些服裝十分合身，隨後穿上的海綿襪和軟靴也是一樣。女郎也換上一整套類似的深藍色裝束。

「妳叫什麼名字？」就在他們離開這棟破損的建築，動身前往一座死寂城市時，他又開口提問。

「莫妮塔㉜。」他的夢中情人終於說出答案：「或是慕尼莫西妮㉝，你喜歡哪個就哪個。」

「莫妮塔。」卡薩德輕聲喚道。他抬頭望見一顆小小太陽在寶石色的天空中緩緩上升。「這裡是海柏利昂？」

「沒錯。」

「我是怎麼著陸的？靠的是懸浮力場？還是降落傘？」

「你是掛在一張金箔飛翼底下，降落地面的。」

「我全身上下完全不會痛。難道沒受傷嗎？」

「都已經處理好了。」

「這是什麼地方？」

「詩人之城。一百多年前就已經荒廢了。越過那座山丘，就是時塚所在。」

「那幾艘追殺我的驅逐者突擊艇呢？」

「有一艘在附近降落。痛苦之王已經擔起解決裡頭機組人員的責任。另外兩艘停靠的地方離這裡則有段距離。」

「痛苦之王是誰？」

㉜ Moneta，羅馬神話中天后朱諾（Juno，相當於希臘神話中的「希拉」Hera）的一個稱號，以「朱諾．莫妮塔」稱呼時，專指其執司金錢、財務之意。部分羅馬人則將「莫妮塔」與希臘神話中的「慕尼莫西妮」劃上等號，原因不明。

㉝ Mnemosyne，希臘神話中的記憶女神，為天神烏拉諾斯（Uranus）和大地之母蓋婭（Gaea）之女，和宙斯生下九名繆思女神（The Muses）。另譯為「摩涅莫辛涅」。

「跟我來。」莫妮塔說道。這座城市的盡頭隱沒於沙漠之中。細砂滑過半埋於沙丘底下的白色大理石雕。有艘驅逐者登陸艇矗立在西邊，艙門大開。附近某根傾圮的圓柱上，一臺電熱箱生出熱騰騰的咖啡及剛剛烘培好的麵包捲。兩人默默地享用這一餐。

卡薩德想起海柏利昂的傳說。「痛苦之王就是荊魔神。」他最後終於開了口。

「那是當然。」

「妳來自於這裡……這座詩人之城？」

莫妮塔微笑回應，緩緩地搖頭。

卡薩德喝完咖啡，放下杯子。感覺好像陷入了遲遲不散的幻夢，可是卻遠比他參與過的模擬情境還來得真實、強烈。咖啡嘗起來是甜美的苦澀，暖洋洋的陽光灑落在他的雙手和臉龐。

「來吧，卡薩德。」莫妮塔催促道。

他們橫越冰冷而廣闊的沙地。卡薩德發現自己不時望著天空，他知道驅逐者的炬船隨時可能自軌道轟擊他們……隨即他又突然有了把握，那艘船絕對不會驟下殺手。

時塚就座落在山谷之中。一塊低矮的方尖碑散發柔和光芒。另有一頭石製的人面獅身像，似乎將光線吞噬入肚。一組結構古怪複雜的扭曲塔門，把影子投射在自己身上。其他的陵墓背著初升旭日，只現出側面的黑色輪廓。

每座墳墓都有一道大門，而每道大門均早已敞開。卡薩德心裡明白，自從最初的探險者發現時塚以來，這些門戶就維持開啟狀態，內部建築也一直都空空如也。三百多年來，人們想在其中找出隱密的房間、墓穴、地窖或通道，卻始終徒勞無功。

「你只能走到這裡了，今天的時潮十分強烈。」他倆接近山谷前的峭壁時，莫妮塔提醒道。

植入卡薩德體內的戰術通訊器靜謐無聲。他的通訊記錄器已經沒了，於是只好搜索自己的記憶。

「時塚周邊環繞著反熵場。」

「是的。」

「這些陵墓的年代非常久遠，反熵場的作用是在防止它們老化。」

「不對，時潮就是要讓這些陵墓的時光倒流。」莫妮塔糾正道。

「時光倒流。」卡薩德傻傻地重複著這幾個字。

「你看！」莫妮塔道。

微光閃動，如同海市蜃樓一般，朦朧中，一整棵由鋼刺所構成的巨樹驟然浮現，赭色沙地隨之揚起一陣風暴。

這龐然大物幾乎要填滿整座山谷，向上拔尖少說兩百公尺，幾與崖頂平齊。移動中的鐵枝熔解又再生，構成一幅失調的全息影像。陽光在五公尺長的尖刺上舞動。驅逐者的屍體，不分男女，全身赤裸，像串燒般戳在數十支尖刺上頭。其餘的樹枝也掛著死屍，不過有些並非人類。

好一陣子，沙暴遮蔽了視線，狂風退去，異象也跟著消失。「過來。」莫妮塔吩咐道。

卡薩德跟隨她穿過時潮邊緣，像是孩童在寬闊沙灘上戲弄浪花一般，輕巧地躲避反熵場的起伏律動。卡薩德總感覺，時潮的牽引，宛如一波似曾相識的情懷，觸動他體內每一個細胞。

離谷口沒多遠，就在山坡與沙丘交界之處，也是通往詩人之城的曠野，莫妮塔觸碰一面藍色石板，山壁中立刻現出一道入口，通往懸崖內部一個低矮的長形房間。

「這就是妳住的地方？」卡薩德問道，然而他隨即發現裡面並沒有住人的跡象。四周石牆全都嵌滿架子和壁龕。

「我們必須準備好。」莫妮塔悄悄說道，房內的光線也轉為金黃色調。有枝長架降下承載的裝備，另外從天花板垂落薄薄一片高反射率的聚合物，權充鏡子。

卡薩德像是作夢一般，順從地看著莫妮塔脫下她的衣服，沒多久，連他的也一起褪去。兩人的裸體此刻不再激起欲念，反倒像是某種儀式。

「這麼多年來，妳一直在我的夢裡。」卡薩德對她坦白。

「是的。你的過去。我的未來。事象震波橫亙時光，如同池水上的漣漪。」

她舉起一把金製戒尺，碰觸卡薩德的胸膛。

他眨了眨眼，感覺到輕微震動，肉身變成了鏡子，整張臉看不見五官，只是一個單純的卵形物，完全反射房內的種種色調和紋理。沒多久，莫妮塔也加入他，身體化作一連串的反射面，宛如銘上浮著水銀，水銀表面又盪漾著流水。女體的每一道曲線、每一塊肌肉，均透出卡薩德身體所反射的映像。光線射入莫妮塔的乳房，在其中折射、繞曲，乳頭凸起，猶如清澈池塘明亮如鏡的表面所飛濺出的小小水花。卡薩德靠過去擁抱她，覺得兩個人的表面如同磁化液體般合流在一起。在這連通的場域中，他倆肌膚交融。

「你的敵人就等在城外。」莫妮塔輕聲說道，臉龐的鉻黃色彩在光線下浮動。

「敵人？」

「驅逐者啊。追到這裡要來殺你的那些。」

卡薩德搖搖頭，瞧見反射映像也做著相同的動作。「他們再也不重要了。」

「噢，不，敵人永遠都是很重要的。你一定要武裝自己。」莫妮塔依然輕聲細語。

「拿什麼來武裝？」他一開口，立即發現她拿起一顆青銅圓球碰觸他，原來是一團晦暗無光澤的藍色環形線圈。

他那改造過的軀體旋即對著他說話，聲音清晰無雜訊，比起麾下部隊用來報導戰況的內建指揮線路，絲毫不遑多讓。嗜血好戰的一面，伴隨急速增強的力量，在卡薩德心中重新滋長、壯大。

「來。」莫妮塔引領他重回開闊的沙漠地帶。陽光似乎發生偏振而顯得沉重。在卡薩德眼裡，一道道光束滑過沙丘，像液體般流經死寂城市內部白色大理石砌成的街道。就在城市西端，在業已崩毀的詩人露天劇場遺址附近，有個物體站在那邊等待他們。

剎那間，卡薩德以為那不過是另一個人，配備著他和莫妮塔身上所包覆的鉻力場——不過，僅僅是一剎那的光景而已。這尊鉻金屬表面流注水銀的形體完全不似人類。朦朧之中，卡薩德注意到它具有四隻手臂、可伸縮的手指刀刃，喉嚨、額頭、手腕、膝蓋，全身各處，無一不布滿尖刺，然而，他的眼神卻不只一次停留在那雙至少有兩千個琢面的寶石眼睛。它們彷彿燃燒著熊熊烈燄，連陽光都為之慘淡，整個白天被蒙上一層血霧的暗影。

那就是荊魔神，卡薩德心想。

「那是痛苦之王。」莫妮塔悄聲道。

不管叫作什麼，那形體轉過身來，帶領他們步出死城。

卡薩德對驅逐者採取的防禦手段頗為讚許。兩艘突擊艇的降落地點相距不超過半公里，使槍枝、投彈器、飛彈發射塔的射程能夠涵蓋彼此，並同時可以全方位發揚火力。他們的地面部隊正忙著在艇外一百公尺處挖掘坑道，並堆起一面護牆。卡薩德可以看見至少有兩輛電磁動力坦克隱藏在底下，顯露於外的投彈陣列和發射管足以控制從詩人之城到突擊艇的大片曠野。卡薩德的視覺顯然經過改造，因此能夠看見阻絕力場像是一條條黃色薄霧，在兩艘船之間交叉重疊，運動偵測器和人員殺傷雷則如鳥蛋般閃爍著紅色光芒。

他眨了眨眼，想要了解這幅景象有什麼不對勁，隨後便明白，除卻改造後的身體能讓他察覺能量力場，眼裡能瞧見層疊不絕的光線，這塊即將成為戰場的地帶居然沒有東西在移動。驅逐者的部隊，甚至有的已經擺出動作姿態，竟都僵在原處，好像他小時候在塔西思貧民窟裡把玩的玩具士兵。電磁動力坦克已經在壕溝內就定位，不過卡薩德卻發現就連它們的搜索雷達——在他眼裡呈現出一波波紫色的同心圓弧——也靜止不動。他向天空瞄了一眼，瞥見某種大型鳥類掛在上頭，就像是嵌入琥珀的昆蟲固定在原處。他穿過陣風揚起、懸浮空中的塵埃，好奇地伸出鉻黃色的手輕輕一撢，微粒隨即以螺旋軌跡墜落地面。

荊魔神就在兩人的前方，若無其事地邁開步伐，經過由感應雷構成的紅色迷陣。它跨過一條藍色的詭雷感應光束，低身閃避自動發射系統掃描器所發出的偵測脈衝，它突入黃色的阻絕力場和綠色的音波防禦障壁，直直走進突擊艇的陰影處。莫妮塔與卡薩德跟在後面。

——這怎麼可能？卡薩德發覺自己透過某種媒介提問，這種媒介比不上心電感應，但比植入儀器的傳導要複雜得多。

——他控制了時間。

——痛苦之王？

——沒錯。

——為什麼我們要在這裡？

——他們是你的敵人。莫妮塔朝著前方比了比那些靜止不動的驅逐者。

卡薩德覺得自己終於大夢初醒。這全都是真的。那些驅逐者的眼睛，就在頭盔裡面眨也不眨，是真的。那艘驅逐者的突擊艇，像一座銅製墓碑浮現在他的左邊，也是真實不虛。

費德曼・卡薩德了解到，他可以輕易殺光他們，不管是突擊隊員還是突擊艇上的機組人員，所有人都一樣，而對方卻毫無招架之力。他知道時間並未真正停止，就像待在霍金推進器驅動的船艦裡，時間也不會完全停下來，這不過是流動速率快慢的問題。只要提供足夠的時間，哪怕是幾分鐘還是幾個小時，那隻釘在他們頭頂上的飛鳥終將完成翅膀拍動。如果卡薩德耐著性子，注視得久一點，總會看到前方的驅逐者為了完成眨眼而合上眼瞼。在此同時，卡薩德、莫妮塔和荊魔神就能夠將他們殺個精光，而驅逐者仍渾然不知自己已經遭受攻擊。

這不公平，卡薩德心想。這是錯的。這絕對違反新武士道，比肆無忌憚地殘殺平民還要過分。榮譽的本質奠基於雙方必須在對等狀態下戰鬥。他本想將這個信念傳遞給莫妮塔，可是她卻淡淡地說（或是想）：注意看吧。

隨著一聲不同於空氣衝入氣閘所產生的音爆，時間重新啟動。騰空的飛鳥在頭頂盤旋。沙漠起了一陣風，吹拂塵土，全被靜電構成的阻絕力場擋下。一名原本採取蹲姿的驅逐者突擊隊員站直身子，瞥見荊魔神和兩個人影，隨即透過戰術通訊頻道大呼小叫，同時舉起能量武器。

荊魔神似乎動也不動。對卡薩德而言，它不過從這裡消失，同時又在彼方出現。那名突擊隊員只來得及發出簡短的尖叫，隨後不可置信地往下看，只見荊魔神的手臂抽出他的胸膛，滿布刀刃的掌心還抓著心臟。受害的驅逐者瞪大雙眼、張開嘴巴想要吐出什麼話語，人已倒地不起。

卡薩德轉向右方，發現自己和一名身穿盔甲的驅逐者正面交鋒。他的對手像是抬重物般緩緩舉起武器，卡薩德揮動手臂，感覺鉻力場在嗡鳴，隨即看見自己的手刀割穿敵人的護甲與頭盔，連脖子也一起削斷。驅逐者的頭就這麼滾落塵土之中。

卡薩德跳進一道淺淺的戰壕，眼見幾名士兵開始轉身。時間仍然呈現不連續的現象：敵人在某一秒鐘以極慢的速度移動，下一秒又抽動得像是受損的全像錄影以五分之四的時間快轉播放。他們不可能和卡薩德一樣快。於是，他把新武士道拋在腦後：這些全都是來追殺他的野蠻人哪。他折斷一人的背脊，跨到一旁用力戳刺，鉻手指穿過第二個人的護甲，再揉碎第三個人的喉頭，閃過以慢動作揮來的刀鋒，順勢踢斷使刀者的脊椎骨。他縱身一躍，跳出壕溝。

——卡薩德！

他立即屈身，一道雷射紅光慢慢爬過他的肩膀，劃向空中，猶如燃燒遲緩的引信。空氣爆裂的同時，卡薩德還可以聞到臭氧的氣味。不可能啊。我居然躲得過雷射！他撿起一塊石頭，對準坦克上方操作地獄鞭的驅逐者擲去。一道音爆傳來，那名砲手全身爆開，屍塊向後飛散。卡薩德從屍體上的彈帶取下一枚電漿手榴彈，跳上戰車艙口，等到爆炸火燄噴上突擊艇船頭的高度，他的人影早已落在三十公尺之外。

卡薩德在風暴中心暫停下來，欣賞莫妮塔展開個人的屠殺秀。鮮血噴灑在她身上，卻未曾沾黏，好比水面上的油彩，沿著身體曲線浮動，在她下頦、肩膀、椒乳和小腹，留下一抹抹的彩虹。她望向戰場這頭的卡薩德，一股嗜血狂潮立刻注入他的體內。

她的背後，荊魔神在混亂中緩慢行進，收割似地挑選它的祭品。卡薩德看著這怪物在現實世界裡淡入淡出，了解到對痛苦之王而言，他和莫妮塔的行動還是太慢，就像他眼裡的驅逐者。

時間向前躍進了五分之四秒。殘存的部隊開始慌亂，放棄崗位，槍口對準彼此，爭相登上突擊艇。卡薩德試圖揣測，在他們的眼底，過去這一兩分鐘究竟是什麼樣的場景：模糊不清的幻影穿越防線，同伴們一一噴血而亡。卡薩德注視著莫妮塔在行伍間游移，隨興所至，盡情開殺。令他大感驚訝的是，他發現自己也有些許控制時間的能力：眨一眨眼，敵人的速度就會降至三分之一，再一眨，事件又會恢復原來的步調。卡薩德的理智和榮譽心呼喚他，要他停止這單方面的殺戮，可是那幾近淫欲的嗜血早已壓過任何反對聲浪。

突擊艇內有人關上了氣閉門，當下就有個被嚇得魂飛魄散的突擊隊員發射定向成形電漿砲，炸開整個艙口。眾人你推我擠，想要逃離這些看不見的殺手，傷者被狠狠踩在腳下。卡薩德就跟在他們後面。

俗諺有云：「像被逼在角落的鼠輩，猶作困獸之鬥。」拿這句話來形容目前的景況，至為貼切不過。人類的軍事會戰史中，戰士們在封閉場域內，唯一選擇就只有拚命奮戰的時候，往往能激發出最猛烈的攻擊。無論是滑鐵盧之役，在聖拉海和好果蒙㉞兩座莊園旁的通路上面，亦或盧瑟斯星蜂巢般的坑道裡頭，史上最為慘烈的肉搏戰總發生在無路可退的狹窄空間之內。今天也不例外。驅逐者力戰……死亡……就如同被逼在角落的鼠輩一樣。

荊魔神已經破壞整艘突擊艇，莫妮塔留在外頭殘殺六十餘名堅守崗位的戰鬥員。卡薩德則負責料理躲進艇內的人。

倖存的突擊艇終於向同伴開火。此時卡薩德早已離開，望見粒子束及高強度雷射緩緩爬來，過了許久，才又跟著幾枚飛彈。飛彈速度奇慢，他都可以在上頭簽好姓名。到了這個地步，超載的突擊艇裡裡外外滿是驅逐者的屍首，不過它的阻絕力場仍正常運作。能量發散、衝擊，產生爆炸，將屍體拋向外圍陣地，裝備同時起火燃燒，高溫使細砂熔成玻璃，大地蒙上一層光滑表面。就在卡薩德與莫妮塔從半球狀的橘色火幕向外看去的當下，最後一艘突擊艇乘機逃往太空。

——我們能阻止它嗎？卡薩德汗如雨下，大口大口地喘著氣，全身上下因興奮而微微顫抖。

——是可以。莫妮塔回答道：不過我們不想這麼做。他們回去會將訊息傳給整個群集。

——什麼訊息？

「卡薩德，過來這兒。」

他轉向聲音來處。她身上的反射力場已經消失，嬌軀香汗淋漓，暗色髮絲纏結在太陽穴上，乳尖

㉞ 聖拉海（La Haye Sainte）與好果蒙莊園（Chateau Hougoumont）均為滑鐵盧之役的著名戰場。

高挺無比。「過來。」

卡薩德反顧自身。他自己的力場也不見了，他的意志讓力場消失了。而此時此刻，他性慾高漲，自從擁有記憶以來，未曾經歷過如此亢奮的體驗。

「來嘛！」這回莫妮塔細語呢喃。

卡薩德靠近她、抱起她，帶她走向一座風蝕圓丘頂上連綿不絕的草地，沿途感受著汗水濡濕的光滑美臀。他將女郎置於成堆驅逐者屍體之間的空地，粗暴地掰開她的雙腿，抬起她的一雙手臂，高舉過頭，按在地上，自己的高大身軀沉入對方的兩腿之間。

「好。」卡薩德輕喚著吻上莫妮塔的左耳垂，引來一聲嬌嗔。他的雙唇緊貼女子頸凹處的脈動，靈舌舔舐椒乳上的鹹濕汗水。倒臥在死者之間。死人越積越多。好幾千人。好幾百萬具屍體。死透的肚皮迸出笑聲。來自瞬間傳送艦的長串成排的戰士，逐一投入早已在此地等候的熊熊火燄。

「就是這樣。」耳朵裡襲來她溫熱的氣息。莫妮塔雙手掙脫，沿著卡薩德濕潤的肩膀向下滑去，長指甲刮過後背，驟然攫住雙臀，推向自己。卡薩德挺勃的陽物劃過她的恥毛，頂著腹部底端，陣陣抽動。傳送門敞開迎入攻擊母艦長而冰冷的艦身。電漿爆炸，產生高熱。上百艘、上千艘船艦舞動、湮滅，一如旋流中的微塵。粗大堅實的紅色光束刺向遠方，目標物沉浸在洶湧的極致暖意之中，人的身體也在紅光裡沸騰、蒸融。

「好棒啊！」莫妮塔張開櫻唇和嬌軀，迎接卡薩德進入。上下都是暖濕的，他進入女子體內，享受這溫暖摩擦的同時，她的舌頭也鑽進他的嘴裡。他使勁刺入，而後稍稍拉回，好讓兩人和諧律動的水漾暖意將他完全吞沒。高溫侵襲上百星球。鮮明烈燄焚掠大陸，海水翻滾、升騰。汪洋般的大量空氣燃燒方熾、過熱膨脹，好比溫暖肌膚隨著戀人愛撫而聳起。

「嗯……噢……啊……」他的雙唇感受到莫妮塔的熱情氣息，她的身軀像是塗上了油，光滑柔嫩。卡薩德快速衝刺，感官膨脹增大，整個宇宙竟同步收縮，莫妮塔將暖意、濕意完全封閉，緊緊包覆他，他的意識也隨之模糊、渙散。她的俏臀，彷彿感覺到他分身根部受壓迫而膨脹增長到駭人的程度，開始激烈回應，強力需索。卡薩德表情扭曲，閉上眼睛，看見了……

……火球不斷擴張，群星漸漸死去，太陽爆炸，化為一波波猛烈的火燄，星系一個接著一個，在毀滅的狂喜中消弭於無形……

……他胸口吃痛，髖部卻停不下來，反而更加急促，正當他睜開眼皮，映入眼簾的竟是……

……莫妮塔雙乳之間伸出一枝巨大鋼刺，幾乎要戳穿他，幸好卡薩德下意識地拉起上身往後一退，利刃汲出血液，滴在她肉體之上，那蒼白的肉體如鏡面般映照群像，如金屬般冰冷死寂。卡薩德的下身還是戮力猛衝，縱使他的雙眼因激情而朦朧，仍見莫妮塔的嘴唇開始乾枯、向後捲曲，口腔內部牙齒所在，已布滿一排排的鋼刃，原本緊握臀部的手指，也化作刀鋒恣意斲削，她的雙腿，就是強而有力的鐵箍，束縛他來回律動的堅臀。她的眼睛……

……就在高潮來臨的前幾秒鐘，卡薩德試圖抽離……兩隻手握住對方的喉頭，使勁按壓……她像水蛭一般黏住不放，好似準備吸乾他的八目鰻……兩人合體滾向旁邊的屍身……

……她的眼睛可比殷紅珠寶，迸發一股發狂似的高熱，同樣的熱度充盈於他持續疼痛的睪丸，如火燄般迅速擴展、滿溢……

……卡薩德雙掌猛擊土壤，將自己抬離她……抬離它……儘管力道強橫，仍不足以抵禦將兩人按在一處的可怕重力……她的下體像是八目鰻的口器，不停地吸吭，他就快要噴發，眼睛卻從她的眼底看見……眾多世界的消亡……眾多世界的消亡！

卡薩德驚聲尖叫，完全抽出。向上拔起，移往旁邊的同時一條條的模糊血肉硬生生被扯了下來。金屬利齒喀噠一聲猛然閉合，封住鋼鐵構成的陰道，距離濡濕的龜頭不過只有毫釐之差。

卡薩德翻身側臥，旋即滾開，下身仍不住地搖擺，無法遏抑射精的衝動。噴發的精液形成一道白束，灑落在某具屍體緊握的拳頭之上。卡薩德發出呻吟，又滾了一圈，像胎兒般蜷曲身體，此時卻再度射出，一射再射。

他聽聞嘶嘶沙沙的聲響，知道她已起身站在背後。卡薩德滾轉仰臥，瞇眼面對陽光，以及自身的痛楚。她就站在上方，兩腿分開，呈現充滿尖刺的輪廓。卡薩德抹去眼裡汗滴，瞧見手腕被血水染成鮮紅，同時等待對方致命的一擊，皮膚也開始收縮，迎接刀刃劃入體內的時刻。他大口大口喘著氣，抬頭看向上方的莫妮塔：大腿並非鋼鐵，而是肉身，濕漉漉的下體殘留方才激情的痕跡。她背著太陽，臉孔晦暗不明，不過他看得出，她眼裡如寶石般多球面的凹陷處所燃起的熊熊火燄已漸漸平息。她展開笑容，成排金屬利齒反射陽光，晶亮閃耀。「卡薩德……」她悄悄呼喚，那是細砂砥磨石礫的搔刮聲響。

卡薩德奮力將眼神移開，掙扎著站起身，心懷懼意，跌跌撞撞跨越屍體和焚燒中的石堆，一心一意逃離現場。他並沒有再回頭。

將近兩天之後，海柏利昂自衛軍的斥候單位終於尋獲費德曼·卡薩德上校。他失去意識，倒臥在雜草叢生的荒野中，該地通往早已廢棄的時光堡[35]，距離死城和驅逐者彈射逃生艙殘骸約莫二十公里之遙。卡薩德全身赤裸，由於身上幾處嚴重創傷，又經風吹日曬，幾乎僅存一息。不過他對急救的反應尚稱良好，並立即空運向南飛過馬轡山脈，住進濟慈市的醫院。自衛營派出的偵查小隊小心翼翼地往北推進，特別留心環繞時塚的反熵潮浪與驅逐者所留下的詭雷。結果什麼也沒有發現。偵查兵只找到卡薩德用來脫困的機體殘骸，和兩艘驅逐者自軌道發射，降落於此，卻被燒個精光的突擊艇廢船殼。沒有任何線索指出他們為何要摧毀自己的艦艇，而那些驅逐者的屍體，無論是死在艇內或散布艇外，全都燒得面目全非，無法進行勘驗分析。

過了三個海柏利昂日，卡薩德終於恢復意識。他發誓在竊奪烏賊艇之後就什麼也記不得了。兩週

[35] Chronos Keep，Chronos 為希臘神話中時間的擬人具象，直接由原始的混沌（Chaos）分化而出，常與泰坦神首領克羅諾斯（Cronus）混淆。

後，他被送上霸軍的炬船，離開此地。

一回到萬星網，卡薩德便申請退伍。有好一陣子他活躍於反戰運動，偶爾出現在萬事議會網路，力主裁減軍備。可是驅逐者對布列西亞的攻擊行動已經使霸聯動員起來，為三百年來未曾有過的星際級大戰而準備。卡薩德的聲音不是被這股潮流所淹沒，就是被視為南布列西亞屠夫良心不安的內疚。

卡薩德說完故事，已接近正午時分。領事眨眨眼，環顧四周，這還是兩個多小時以來，他首次注意到船上與周遭的景況。貝納瑞斯號已經駛進胡黎河的主要水道，波浪湧上挽具，還可以聽見鎖鍊和繫索吱吱嘎嘎的聲響。眾多小型船隻迎面而來，似乎只有貝納瑞斯號逆流而上。領事抹一抹額頭，驚訝地發現手掌滑溜溜的滿是汗水。天氣已十分暖和，防水遮布的陰影趁他不注意的當口，悄悄爬離領事的座位。他再度眨眼，擠掉眼裡的汗珠，走向陰涼處，自餐桌旁的櫥櫃裡生化人侍者早已準備好的酒瓶中取用飲料。

「我的天哪，這麼一來，根據這個怪物莫妮塔的說法，時塚的時光是倒流的囉？」霍依特神父開口提問。

「是的。」卡薩德答道。

「這有可能嗎？」霍依特繼續追問。

「有。」換成索爾．溫朝博答話。

「如果這是真的，那麼你『遇見』這個莫妮塔……或者管她的真名是什麼……是在她的過去，卻是你的未來……也就是說，這場相會還沒有發生。」布瑯・拉蜜亞分析道。

「沒錯。」卡薩德道。

賽倫諾斯走向欄杆，吐了口痰到河裡。「上校，你想這婊子會不會是荊魔神的化身？」

「我不曉得。」卡薩德單調的聲音幾不可聞。

賽倫諾斯轉往索爾・溫朝博。「你是個學者。在荊魔神的神話當中，有沒有任何關於它能變換形體的說法？」

「沒有。」溫朝博答道。他正備妥奶瓶球，哺餵女兒。嬰孩發出細嫩的咪咪聲，擺動小小的手指。

「上校，那個力場……不管那件戰鬥服是什麼做的……在你遭遇驅逐者，以及這名……女性……之後，還帶在身邊嗎？」海特・瑪斯亭說。

卡薩德注視聖堂武士好半晌，然後搖搖頭。

領事原本盯著飲料，可是他靈光一閃，整個頭猛然挺直。「上校，你說你目睹了荊魔神殺人鐵樹的景象……那座構型，也就是刺穿犧牲品的東西。」

卡薩德那雞蛇[36]一般致命的眼神自聖堂武士處轉向領事。他緩緩點頭。

「上頭有屍體嗎？」

頭又點了一下。

領事抹去上唇的汗水。「倘若這棵樹隨著時塚而時光倒流，那麼上頭的犧牲品就來自於我們的未來。」

卡薩德不發一語。此時其他人也瞧向領事，不過似乎只有溫朝博明瞭這段話的意義……同時也知道領事的下一個問題究竟為何。

領事忍住再度拭乾嘴唇的動作，聲音沉著從容：「當中有我們其中的某個人嗎？」

一分多鐘過去了，卡薩德遲未開口。潺潺的河水、船具的沙沙聲，剎那間宛如轟然巨響。終於，卡薩德吸了一口氣，說道：「有。」

眾人再度陷入靜默。這回由布瑯．拉蜜亞出聲打破：「你可以告訴我們是誰嗎？」

「不行。」卡薩德起身走向通往下層甲板的階梯。

「等等。」霍依特神父喚道。

卡薩德在樓梯口停下腳步。

「你至少也跟我們說清楚另外兩件事吧？」

「什麼事？」

一陣痛楚襲來，霍依特神父表情扭曲，枯瘦憔悴的臉龐布上一層汗液，看起來更顯蒼白。他吸了口氣，說道：「第一點，你是否認為荊魔神……還是那女人……想要以某種方式利用你來引發你所預見的這場恐怖星際戰爭？」

「沒錯。」卡薩德輕聲回答。

「第二個問題，你是否可以告訴我們，當你在朝聖過程中遇上荊魔神……或是這個莫妮塔時……你打算向他們祈求些什麼？」

卡薩德首度展開笑容。這笑容極為冷淡，令人不寒而慄。他說：「我不會作出任何祈求。我也不會跟他們要求些什麼。這一回，只要我遇上了，我一定會宰掉他們。」

當他進入船艙時，其餘六名朝聖者完全沉默，也不正視彼此。午後，貝納瑞斯號仍繼續朝著北北東的方位駛去。

---

36 Basilisk，歐洲傳說中的蛇類之王，只要被牠盯上一眼就足以致人於死。其形象有三種：一是巨型蜥蜴，二是巨蛇，第三種則是三呎高的小公雞，卻有著蛇尾和毒牙，這種形象則等同於另一種傳說怪物 cockatrice。

HYPERION

III

飄浮遊艇貝納瑞斯號在日落前一小時駛入了奈伊德❶河港。船員與朝聖者緊靠舷欄，無言凝視眼前景象。這座曾有兩萬人的城市燒成白燼，星火猶在悶燒。建於哀王比利時期、聲名遠播的河濱飯店只餘地基，焦黑的碼頭、船塢、遮陽露臺全都倒塌陷入胡黎河的淺灘中。海關燒得只剩四壁。城市北端的飛船站唯一可見的是漆黑的骨架，繫泊塔成了扭曲變形的木炭。岸邊的荊魔神小教堂則消失得無影無蹤。對朝聖者來說，最糟的是奈伊德船站已經完全損毀——放挽具的碼頭燒毀倒塌，魟廄門敞向河流。

「天殺的！」馬汀．賽倫諾斯詛咒。

「誰幹的？」霍依特神父問：「是荊魔神嗎？」

「比較可能是自衛軍。」領事說：「不過也許是在與荊魔神戰鬥時造成的。」

「我簡直不敢相信。」布瑯．拉蜜亞怒聲喝道。她轉過頭問剛走上後甲板的貝提克化生，問道：「你不曉得這裡發生的事嗎？」

「不曉得。所有水閘以北的區域，通訊中斷已經超過一個星期了。」生化人說。

「該死！為什麼？這顆上帝遺棄的星球就算沒有數據圈，總有無線電吧？」拉蜜亞問。

貝提克化生微微地笑了一下。「沒錯，拉蜜亞君，我們是有無線電，但是通訊衛星已經失效，卡爾拉水閘的微波中繼站也被摧毀，而我們又不能用短波。」

「魟的問題怎麼辦？我們能靠現有的這幾隻撐到邊緣城嗎？」卡薩德問。

貝提克皺起眉頭，他說：「我們非這麼做不可，上校。但這樣極不人道，挽具裡的兩隻魟永遠無法從這種苦力中復元。如果有新的魟，我們會在日出前抵達邊緣城，但靠這兩隻……」生化人聳聳肩。

「如果運氣好，牠們活了下來，明日下午前應該會到……」

「風船車會留在那裡等我們，對吧？」海特．瑪斯亭問。

「我們只能這麼希望。」貝提克化生說：「對不起，我先告退一下，得去餵餵我們僅有的可憐小魚。我們在一個小時內就會出發。」

奈伊德廢墟裡裡外外沒瞧見半個人影，也不見船隻經過。往城鎮東北方前進了一個小時後，他們進入，胡黎河下游河畔的農莊森林景象漸漸轉為草海南側波浪般的橘紅色草原風光，領事不時可以看到築塚蟻蓋的泥塔，這些鋸齒狀的建築物在河邊竟可高達十米。然而沒有任何完整的人類居所。貝蒂津的渡口化為烏有，連根纜繩或小棚都沒留下，兩百年的歷史就這麼沒了。洞穴角的走私者客棧陰暗沉寂，貝提克化生和其他船員喊了半天，黑色的洞口中沒有傳來任何回應。

日落時河流萬籟俱寂，不久之後便被蟲鳴鳥叫的合唱打破，好一陣子胡黎河的表面像鏡子一樣反射灰綠色的天空微光，偶爾被傍晚覓食的魚躍及拖行船隻的魟所產生的水痕所攪亂，等到黑夜真正降

❶ Naiad，希臘神話中居住在河流，湖泊或泉水中的仙女。

臨，無數的草原游絲——色澤比牠們森林裡的親戚淺，但翼展則更寬，散發出磷光的影子有孩童那般大小——在丘陵起伏的山谷中與溪流間漫舞。等到星座浮現、流星劃過天際，遠離人間煙火的夜裡看來更加燦爛，船上也點起了燈籠，晚餐端上了船尾的甲板。

荊魔神朝聖者仍然十分靜默，彷彿還在思索卡薩德上校陰森可怖又令人困惑的故事。領事從中午前就不停飲著酒，現在他開始覺得有點飄飄然——遠離現實和痛苦的記憶——讓他安然度過每一晝夜。於是他開口問道，輪到誰講故事了？那聲音既小心且一點都不含糊，只有真正的醉鬼才辦得到。

「我。」馬汀．賽倫諾斯說，詩人也從早上就開始喝個不停，儘管他的聲音跟領事一樣小心翼翼，但是他尖削的紅潤臉頰和幾乎瘋狂的明亮眼睛道出了真相。「好歹我抽到了三號……」他舉起那張小紙片。「如果你們還想聽這個該死的故事……」

布琊．拉蜜亞滿臉不悅，舉起酒杯又放了下來，說：「也許我們該討論一下從前兩個故事裡了解什麼，以及與我們現在的……情況有什麼關聯。」

「還不到時候，我們知道的還不夠。」卡薩德上校說。

「讓賽倫諾斯君講吧，然後我們可以討論我們所聞所知。」索爾．溫朝博說。

「贊成。」雷納．霍依特附議。

海特．瑪斯亭和領事都點了點頭。

「就這麼辦！」馬汀．賽倫諾斯嚷嚷：「我會說我的故事，不過先等我喝完這杯該死的酒吧。」

III 詩人的故事——海柏利昂詩篇

太初有字❷。再是他媽的文書編輯器，接著是念動記錄器，然後文學一命嗚呼，就這麼簡單。

培根說過：「不良、不當的文字組合，對思想造成重重蒙蔽。」我們都貢獻過不少對思想重重蒙蔽的文字，不是嗎？我更是其中的佼佼者。二十世紀，有一位沒人記得，比較好的作家——我的意思是，沒人記得，可是很不錯——他講過一句話很妙：「我很喜歡當作家，我只是受不了紙上作業。」懂嗎？各位兄弟姊妹，我很喜歡當詩人，我只是不能忍受他媽的文字。

從哪裡開始呢？

從海柏利昂開始如何？

（淡入）將近兩個標準世紀以前。

哀王比利的五艘種船像金色蒲公英，在這個再熟悉不過的琉璃色天空上飄過。我們以美洲征服者之姿昂首闊步踏上這個星球：兩千多位視覺藝術家、作家、雕塑家、詩人、生物藝術家❸、影像玩家、

❷ In the beginning was the Word.，出自《新約聖經》〈約翰福音〉。

❸ ARNist 為 RNA artist 的簡稱，一種以遺傳工程製造新生物的藝術家。

全像電影導演、作曲家、解構藝術家，天曉得還有什麼人。能夠維生，靠的是人數超過我們五倍的行政人員、技師、生態學家、督導、皇宮侍從、馬屁專家，當然，也包括被拍馬屁的皇室家族自己，這些人呢，又有數量十倍以上的生化人，幫忙種田、看顧反應爐、建築城市工程，還要搬這個抬那個的……操，你懂我意思。

我們降落在一個老早就爬滿窮光蛋的世界，他們在兩世紀以前成了這裡的原住民，想盡辦法餬口度日。這些勇敢探險家所留下的高貴後代，自然把我們當神一樣款待——尤其是我們的安全人員宰了他們幾個比較衝動的領導人之後——我們也很自然地接受我們應得的崇拜，並且讓他們和那些藍皮膚一起工作，在南緯四十度附近耕田，並打造我們山坡上輝煌的大城。

它曾經是一座山坡上輝煌的大城。今天你們看到的廢墟根本沒得比。沙漠在過去三個世紀中不斷擴張，沿著山坡蜿蜒而下的渠道崩塌粉碎了，城市本身只剩骨架。但在它風光的日子裡，詩人之城確實美麗無比，一點點蘇格拉底的雅典，混著文藝復興時期威尼斯的思想活力、巴黎印象畫派時期的藝術狂熱、軌道之城最初十年的民主風範、以及天崙五中心蘊藏的無限未來。

然而到頭來，它哪個都沒當成。它只不過是侯洛斯嘉[4]充滿幽閉恐懼的蜜酒廳，怪物就在外頭的黑暗中虎視眈眈。我們肯定有我們的格蘭戴爾。瞧哀王比利那佝僂的可憐身影就知道，我們甚至有位侯洛斯嘉。我們獨獨缺了基族，也就是四肢發達、頭腦簡單的偉大戰士貝奧武夫，和他手下那一群歡樂的瘋子。英雄人物既然從缺，我們只好扮演起受害者的角色，寫我們的十四行詩、練我們的芭蕾、讀我們的故事，任由那隻渾身鋼尖的格蘭戴爾，繼續為黑夜帶來恐懼，收割腿骨和關節。

那時候的我，身體還是半人半羊，和我的靈魂全無二致，幾乎要完成我的畢生心血、我的《詩篇》了，這是我堅持了五百個悲慘年頭中，最接近的一次。

（漸暗）

我突然想到，剛剛的格蘭戴爾故事還不完整，演員都還沒登臺亮相。非線性的劇情安排和斷裂式的散文固然有人愛看，我也包含在內，不過到了最後，各位朋友，能不能讓一紙文字化為永恆，還是得看角色啊。難道你從沒偷偷想過，哈克和吉姆❺，就在這一刻，正在我們目不可及的某條河上，努力划著他們的木筏，他們比起那個昨天服務我們試鞋、今日便已面目模糊的店員，還來得真切實在許多？無論如何，如果我要好好交代這個該死的故事，你們就該知道裡頭有什麼角色。因此，雖然這段回憶令我痛苦不堪，我還是要回到原點，從頭說起。

太初有字。字以古典二進位編碼。字曰：「要有生命！」於是，我媽大宅的智核儲藏庫某處，死去已久的爸爸的冷凍精子，先經過解凍，接著懸浮，然後像老式香草麥芽酒那樣搖晃了一陣，隨即裝

❹ 貝奧武夫、侯洛斯嘉與格蘭戴爾皆出自古老英國史詩《貝奧武夫》（*Beowulf*），見第二章注釋。

❺ 馬克吐溫《頑童歷險記》（*The Adventure of Huckleberry Finn*, 1885）的兩名主角。

進一管半水槍半自慰棒的玩意，最後神奇的扳機一扣，射入了母親體內，那正是花好月圓、卵子完熟之時。

當然，母親實在不需要用這麼野蠻的方式受孕。她可以選擇子宮外受精、植入爸爸DNA的男性情人、複製人代理孕母、基因接合式處女生產，或其他你想得到的辦法……但她後來對我說，她向傳統打開了雙腿，我猜她比較喜歡那種。

總之，我出生了。

我在地球出生……在元地球……媽的，拉蜜亞，妳最好給我相信。我們住在母親的大宅裡，那是離北美保留區不遠的一座島上。

元地球老家的風景速寫：

晨曦微光漸散，由深紫而桃紅而淡紫，皺紋紙似的樹影落在西南草坪的遠方。天色一如薄透無瑕的瓷器，沒有任何雲朵、或飛行軌跡。曙光乍現時萬籟俱寂，等待破曉的喧囂，隨即朝陽升起，彷彿銅鈸一擊打破了寧靜。柑橘、蘋果被點染成金，底下一片綠意悠然，葉片灑下陰影，楊柳扁柏紛紛垂枝，林間空地就像墨綠色的絲絨。

母親的大宅，我們的大宅，不過千畝，周圍還有上百萬畝的土地。小草原大小的草坪遍布其上，那完美草地似乎在呼喚身軀躺臥、在那柔軟的圓滿中沉沉入睡。高大挺拔的林木讓地球成了日晷，影子緩步繞行，首先錯落交疊，再隨日升中天而短縮，終於日落西山，樹影向東流。宏偉的橡樹，巨大的榆樹、楊樹、柏樹、紅木、盆栽。榕樹落下許多新生樹幹，像圓滑的拱柱撐起一座以天為頂的廟堂。柳樹在整齊的運河和四處漫流的小溪岸邊垂下枝頭，隨風吟唱古老的輓歌。

我們的家立在一座小山坡上，到了冬天，褐色的草地起起伏伏，看上去像一頭雌獸的側腹，肌理滑順而充滿速度的爆發力。屋子本身滿是歲月的遺跡：東側的中庭裡，一座翡翠高塔染上第一道曙光，南面一排山形牆，在午茶時間將楔形陰影投向溫室的水晶玻璃，東向柱廊的陽臺和迷宮般的階梯，則是和午後陰影玩起埃薛爾遊戲。

那已經是大錯誤發生之後，但環境尚未惡劣到無法居住。我們住在大宅的那段時間多半屬於所謂的「潛伏期」，也就是每次地球全身痙攣之後，有十到十八個月平靜的日子好過，那時，基輔團隊的混帳小黑洞一邊消化地心碎片，一邊等待下次的進食。到了「悲慘時期」，我們會到月球外圍科瓦叔叔的地方度假，在一顆驅逐者遷徙前就被搬移過去的環境地球化❻小行星上。

你們可能已經猜到，我是屁眼插著金湯匙出生的。我不會道歉。搞了三千年的民主，元地球各大家族終於意識到，想避免這種暴民統治唯一的方法就是不讓他們繁殖下去。換句話說，就是贊助種船艦

❻ Terraformed asteroid，環境經人工改造變為適宜人類居住的小行星。

隊、空間跳躍船探索任務、新的傳送門移民計畫……聖遷時期恐慌之下的一切緊急措施……只要他們在外太空出生，放過元地球就好。至於元地球是個髮禿齒黃的老妓女這件事，當然沒影響這些暴民急於拓荒的興致，他們不是笨蛋。

就像釋迦牟尼，我幾乎快到成年才第一次對窮困有了粗淺的認識。我十六標準歲，正在修業旅行[7]，背包徒步走過印度的途中，看見一個乞丐。印度古老家族為了宗教因素讓他們四處乞討，但我那時候只知道這個人衣著破爛、肋骨突出，捧著一個裝了破舊信用感應器的藤籃，求我用萬用卡去碰一下。我的朋友差點笑死。我吐了。那是在貝納瑞斯。

童年的我算是天之驕子但不至於討人厭。貴夫人西碧兒盛名遠播的派對，帶給我不少美好的回憶（她是我母親這邊的曾姨婆）。我記得有一次她在曼哈頓群島辦了一場三天的盛宴，來賓們遠從軌道之城和歐洲生態建築區搭乘登陸艇進場。我記得帝國大廈矗立於水面，萬點燈光映在礁湖和爬滿蕨類的河道上，降落在觀景臺的電磁車不斷吐出乘客，而四周較低矮的建築群聚成一座座繁茂島嶼，升著烹煮食物的火光。

那時北美保留區就是我們的私人樂園。據說那座神祕的大陸上大約還住著八千人，不過一半是看守者。其餘的，包括四處逃亡的生物藝術家（專門復活早已消失在前洪水時期北美大陸的動植物），還有生態工程師、歐格拉拉蘇族和地獄天使公會之類的領照原始部落，和偶爾造訪的遊客。我有個表兄弟，據說曾經在保留區的各個觀察區之間做過背包徒步旅行，但那是在中西部，區和區之間相對比較近，恐龍族群也罕見得多。

大錯誤之後的第一個世紀，大地之母雖傷重致命卻死得不快。悲慘時期災情慘重，痙攣更規律、潛伏期更短、每次的後果更恐怖，然而地球都拚命忍受並自我修復。

剛剛說北美保留區是我們的樂園，但事實上，整個垂死的地球都是。母親在我七歲的時候就讓我擁有自己的電磁車，一小時內可以飛到世界上任何一個地方。我最好的朋友阿馬菲．舒瓦茲住在曾經是南極共和國的埃里伯斯火山❽住宅區，我們天天見面。元地球的傳送門禁令一點都不礙事。夜晚我們躺在某處山坡，視線穿越萬盞軌道燈、兩萬個繞地號誌，落在兩三千顆可見的星上，即使早在當時，聖遷已經利用傳送門編起了萬星網，我們卻絲毫不感嫉妒、沒有一點加入的渴望。我們是快樂的。

母親在我回憶中顯得異常風格化，像是我的《垂死地球》系列小說中一名虛構角色。或許她是吧。或許我是由歐洲自動化城市裡的機器人撫養、喝亞馬遜沙漠的生化人奶水，或者根本像酵母一樣在釀酒商的桶子裡長大。我記得母親的白袍鬼魅般飄過大宅幽暗的房間，記得她在溫室塵埃漂浮、錦緞絲滑的光線下倒茶，十指纖纖的手背上，青色靜脈細緻無比，記得燭光如金色蒼蠅，深陷她蛛網光澤的秀

---

❼ Wanderjahr，德語「流浪之年」，指一段時間當中，人離開熟悉的環境，到異地漫遊，在陌生的環境下增廣見聞，得到新的經驗和體悟。

❽ Mount Erebus，位於南極洲上第二高的火山，地球上已知區域最南端的火山，也是座活火山。

髮，頭髮向上挽成貴夫人般的髻。有時我夢見她的聲音，如歌一般柔軟，宛如我在子宮中翻身，但我即刻驚醒，那聲音原來不過是吹動蕾絲窗簾的風，或打在岩石上的異國海潮。

打從有了自我的概念，我就知道我以後會是個詩人，這是我的責任。我甚至沒有其他的路可以選，簡直就像四周一切垂死的美麗將最後一口氣吐進我體內，並且命令我在剩下的人生裡都必須與文字為伍，好補償我的同類對母世界粗率的摧殘。所以管他呢，我成了詩人。

我那時的家教名叫巴薩札❾，他屬於人類但十分古老，也是個難民，來自古代亞歷山大港人跡雜沓的暗巷。巴薩札的身體被早期的劣等波森療程弄得幾乎要散發藍白光芒，像是一尊受過紫外線照射的活木乃伊，包在液態塑膠裡，還有，他也是個徹底的老色胚。我一直到幾個世紀之後，進入了半人半羊時期，才終於體會可憐的巴薩札老師那種慾望有多麼強烈，不過從前那段時間，只會讓我們很難留住大宅裡的年輕女工。不管是人還是生化人，巴薩札毫不偏心，統統上過。

幸好，巴薩札老師對年輕肉體的著迷僅限於異性，所以我的教育倒不受影響。他有分外之想的時候，不是在家教時間缺席，就是過度專注於背誦奧維德、施納史或吳喬治❿的詩作。

他是個很棒的家教老師。我們研究希羅時代和古典時期晚期作品，參觀雅典、羅馬、倫敦、密蘇里州漢尼拔鎮⓫的遺址，從來不考試。不論學的是什麼，巴薩札老師都期待我過目不忘，而我也沒讓他失望過。他說服我母親相信，所謂「漸進式學習」的問題並不適合元地球的家族，因此什麼ＲＮＡ藥物、數據圈沉浸、系統逆時針訓練、特殊化偶遇群體、背離現實的「高層次思考技術」、識字前編碼學習等等那些阻礙智能發展的捷徑，我從沒接觸過。少了這些經驗的我，六歲就能背誦費茲傑羅版⑫的《奧德賽》譯本，還不會自己穿衣服就能寫六節詩，還沒和ＡＩ連結就能以複雜的賦格詩律思考。

然而，我的科學教育不是「匱乏」可以形容的。巴薩札老師對他所謂「宇宙機械化的那一面」興趣缺缺。我一直到二十二歲才體認到，電腦、遠端機械單位、和科瓦叔叔的小行星維生系統全都是機器，而不是我們身邊「生命靈魂」的某種神奇顯現。我相信這世上有仙女、樹精，也相信命理學、占星學，以及北美保留區原始林深處仲夏前夕的神奇魔力。就像造訪海登工作室的濟慈和蘭姆⑬，巴薩札老師和我為了「令人困擾的數學」而乾杯，也因為彩虹的美麗詩篇在牛頓的三稜鏡窺視之下毀壞殆盡而深感惋惜⑭。對一切科學和客觀的事物抱持不信任、甚至仇恨的態度，讓我在接下來的人生十分受用。我已經體認到，要在後科學時代的霸聯繼續當個前哥白尼時代的異教徒，並不困難。

---

⑨ Balthazar，與前往伯利恆東方三博士之一的名字相同。

⑩ 吳喬治（George Wu），與後文提到的達頓（Daton）、塞爾門・布萊彌（Salmud Brey）、艾德蒙・奇・佛雷拉（Edmond Ki Fererra），應為作者虛構的文學家。

⑪ 馬克吐溫成長的城鎮，其小說《湯姆歷險記》（*The Adventures of Tom Sawyer*, 1876）所發生的場景即為此處。

⑫ Robert Fitzgerald（1910-1985），著名的希羅史詩翻譯家，曾經翻譯過荷馬的《伊利亞德》與《奧德賽》。與寫《大亨小傳》的費茲傑羅為不同人。

⑬ Benjamin Robert Haydon 為歷史作家、畫家，Charles Lamb 為散文家，二人均為濟慈好友。

⑭ 典出濟慈〈拉蜜亞〉：「一切的魅力，不是皆隨哲學冰冷觸碰而灰飛煙滅？……哲學令天使折翼，定律與直線征服了一切神話，清空了鬼魅的氣氛、掃除了地精的礦坑、拆散了彩虹……」此處的哲學指的是牛頓所著之《自然哲學的數學原理》。

我早期的詩作令人鄙夷。就像大部分低劣的詩人，我並沒意識到這個事實，自傲地以為創作本身就能為我粗製濫造的廢物製造一點價值，並因而心安。即使我在屋裡各處留下臭氣沖天的拙劣作品，母親還是一貫地包容。就算我像隻未經訓練的駱馬愉快地在屋裡四處撒尿，她依然會放縱她唯一的小孩。巴薩札老師從沒對我的作品表示任何意見，我想主要原因是我一篇也沒給他看過。巴薩札老師認為，備受尊敬的達頓是個騙子、塞爾門．布萊彌和佛洛斯特⑮應該用自己的腸子上吊、華滋華斯⑯是個白痴，而且所有不如莎士比亞十四行詩的作品都是對語言的褻瀆。我想不到任何硬要讓巴薩札老師看我的詩的理由，即使我知道裡面充滿了正在綻放的才華。

當時好幾個歐洲家族的生態建築區正流行紙本期刊，幾本粗劣刊物的業餘編輯看在母親的份上（如同母親對我的縱容），我得以在上頭發表了一些自己的文學糞便。偶爾我會逼阿爾菲或其他幾個不像我這般自認清高、會用數據圈和超光速通訊器玩伴，把我的幾首詩上連到外環或是火星，換句話說，通往急速成長的傳送門殖民地。他們從不回覆。我假設他們太忙了。

在面對出版的殘酷考驗之前就認定自己是詩人或作家，就像年輕人誤以為自己將永不凋零，既天真又無害……而不可避免的幻滅，也一樣痛苦。

我的母親隨著元地球一起死去。最後一次地殼變動的時候，大概還有一半的老家族沒走，那時二十歲的我，打算浪漫地和母世界一起消失。母親則作了相反的決定。她倒不是擔心我死得太早，她和我一樣，到了那種時候也變得極度自我中心，不顧他人。她所擔心的，也不是足以回溯到五月花號的貴族血脈會隨著我的ＤＮＡ消失而結束。不，讓她困擾的是，家族滅亡時竟然積欠著債務。我們最後一百年的奢侈生活，似乎是靠著向外環銀行和其他謹慎的外地球機構大量借貸才得以支撐。現在，地球各大陸在強烈收縮之下互相撞擊，廣大的森林一一燃燒，海洋沸騰成不容生命的一鍋熱湯，空氣灼熱厚重難以穿透、卻又不到可耕作的濃度，現在，銀行要來討債了，而我就是擔保品。

或者說，母親的計畫才是擔保品。她趕在一切化為烏有之前幾個星期，將剩下的資產全部變現，存了二十五萬元在快要撤離的外環銀行的長期戶頭，然後叫我出遠門到瑞夫金大氣保護區，那是在織女星外圍一顆叫天堂之門的小衛星上。那個鬼地方早在當時已經有傳送門連到太陽系，但我沒走傳送門，我也沒搭上每個標準年在天堂之門降落一次、配備霍金推進器的空間跳躍艦。不，母親把我丟到這個偏遠地區的小角落，搭的是一艘低於光速的三級登陸艇，和牲畜胚胎、濃縮柳橙汁、各種餵食用病毒一塊兒冷凍，一趟下來，在船上是一百二十九年，預估時債則是一百六十七個標準年！

母親的如意算盤是，長期戶頭累積的利息除了可以還清家族債務，也許還夠讓我過一段舒服的日

⓯ Robert Frost（1874-1963），美國詩人，曾四度獲普立茲獎。

⓰ William Wordsworth（1770-1850），英國浪漫詩人，與雪萊和拜倫齊名。

子。母親一生自始至終，就這一次打錯了算盤。

天堂之門的風景速寫：

泥濘的小徑自車站的接駁碼頭四處流竄，像是痲瘋病人背上的膿瘡紋理。破麻布一般的天空中，懸掛著斑駁的硫磺色雲塊。完工前就腐朽大半的木造建物胡亂堆疊，空無一物的窗口虛無地望向隔鄰樓房大開的嘴巴。原住民交配繁殖就像……人類吧，我想……跛腳的瞎子，肺部被廢氣燃燒殆盡，還有一窩子小孩要照顧，這些小孩的皮膚，不到五個標準歲就長滿痂癬，眼睛被大氣層刺得淚水直流，四十歲以前就會死於呼吸空氣，他們笑起來一嘴爛牙，油膩的頭髮爬滿虱子和吸飽了血的跳蚤。爸媽驕傲的眼光依然燦爛。這樣注定滅亡的討厭鬼有兩千萬人，全擠進一座除了貧民窟別無所有的小島上，而小島甚至沒有我元地球老家的西側草坪大，這些人全搶著呼吸那個世界唯一可以呼吸的空氣，即使吸了就死完全正常。直到大氣供應站故障之前，他們不斷湧入半徑六十哩、勉強能維生的大氣圈，不斷往中心推擠靠近。

這就是我的新家：天堂之門。

母親沒料到元地球的戶頭竟然會被全數凍結，並撥入逐漸發達的萬星網經濟體內。她也忘記大家之所以等到霍金引擎問世才敢出航觀賞銀河旋臂，是因為在長期極低溫冬眠之下，相較於數週或數月的冷凍神遊，大腦發生永久性毀損的機率是六分之一。我運氣算不錯了。到了天堂之門，我從冬眠艙被挖起來去邊界之外做酸性運河開鑿工作之前，只發生過一場腦部意外——中風。生理上，幾個禮拜之後我就可以進泥坑工作了。智能上，則有很大的進步空間。

我大腦左半球停止運作，就像空間跳躍艦內的受損部位被封閉起來，氣密門使這區受損空間暴露在真空之中。我還能思考。控制右半邊身體的能力也很快恢復了。只是語言中樞受創過重，難以輕易修復。嵌在我腦子裡的神奇有機電腦，像發現程式出錯一樣，把語言相關內容拋棄了。右半腦不能說完全沒有語言區分，但只有對話中情緒最激昂的用語，才能進駐還在運作的這個半球，我能用的詞彙在當時只剩九個（我後來得知，這個數量相當多。很多腦血管病變患者只留得住兩、三個）。以下就是我有能力運用的全部詞彙，在此記錄一下：幹、屎、尿、屄、該死、幹媽的、屁洞、噓噓、便便。

很快地分析一下便可發現有些詞是多餘的。我能用的有八個名詞，代表六個東西，八個名詞中有五個也可以作動詞用。我保留了一個毫無疑問是名詞的詞彙，另有一個形容詞也可當動詞或語氣詞來用。我的新語言世界包括了四個單音節詞、三個複合詞和兩個小孩子說話的疊字。我的文字表達空間提供了四種與排泄相關的管道、兩項對人體器官的指涉、一個對神的詛咒的需求、一個性交的標準敘述或命令，和性交的衍生詞，但因為我的母親已經去世，不再是可行的選擇。

整體來說，夠用了。

在天堂之門的爛泥坑和臭水溝裡的那三年，並未讓我留下美好的回憶，但這幾年對我的影響，並不亞於在元地球度過的前二十個年頭，甚至還可能超越。

我很快就發現，生活中來往最密切的幾個人，像是用鏟子的工頭老泥，按時向我收保護費的下水道惡霸昂克，滿頭虱子、我一有錢就會去睡的員工宿舍小蕩婦琪蒂，都能聽懂我有限的字彙。「屎——幹，屁洞屄噓噓幹。」我會邊打手勢、邊含糊地說。

「啊，你要去福利社買點海藻來吃，是吧？」老泥咧嘴而笑，露出唯一一顆牙齒。

「該死便便。」我會衝著他咧嘴笑回去。

詩人的生命不僅在於有限的文字拆解變化，更是知覺和記憶兩者幾乎無限的組合方式，再加上對所感知、所記下的事物的敏銳自覺。我在天堂之門的三個本地年、將近一千五百個標準天，讓我像重新出生一樣觀看、感覺、聆聽、記憶。即使是在地獄裡重新出生也不打緊，所有真正的詩，都來自加工過的經驗，而我重獲新生的天賜大禮，就是赤裸裸的經驗。

這個美麗新世界比起我的母世界領先一點五個世紀，但要適應不成問題。過去五個世紀以來，大家總是把擴張和拓荒精神掛在嘴邊，不過我們都知道，人類自身的宇宙變得多麼僵固困窘。我們活在一個舒服的創意黑暗時代，體制極少變革，且靠的是漸進演化而非激烈革命。在以往大幅躍進的領域，科學研究卻像螃蟹一樣橫步不前，個人裝置就改變得更少了，你我都會用的高原期科技產品，我們的曾祖輩不但一眼就認得出來，而且馬上就可以操作！所以在我沉睡時，霸聯成為正式實體，萬星網逐漸密布成今日的模樣，萬事議會以民主體制加入了人類歷史的仁慈專制君主行列，智核退出服務人類的角色，以盟友而非奴隸的身分提供援助，而驅逐者退回黑暗之中、成了人類的死敵……但這種種情勢在我被關進那座冰凍棺材與豬肚肉和水果冰砂為伍之前，就已緩緩發展，舊有趨勢的明顯延伸並不難理解。何況，歷史從內部看來總是黑暗混沌一片，不像史學家回頭遙望時，看到整頭清晰可辨的牛。

我的生命就是天堂之門以及活過每分每秒。天空總是掛著一顆黃褐色的夕陽，像一片倒塌的天花板，距離我的小屋不過幾公尺高。這間狗窩意外舒適：一張桌子用來吃飯、一席床墊用來睡覺和性交、一個坑洞用來撇尿拉屎，和一面窗戶，可以安靜地看風景。我身邊的一切正是腦中詞彙的投射。

監獄一向讓作家如魚得水，因為它一刀斬除了行動自由和意志不堅的雙重誘惑，天堂之門也不例外。這個大氣保護區奪走了我的身體，但我的心智，雖然所剩無幾，卻不容侵犯。

我在元地球上寫詩，用的是沙度—達克納牌的念動通訊記錄器，當下可能在一張厚墊法式長椅上舒服地伸展，也許搭電磁車在陰暗的礁湖上空飄浮，或者一面沉思一面在花香四溢的樹蔭間散步。這些空洞幻想的產物，手法拙劣、結構鬆散、毫無力道又自大可笑，我已經描述過了。在天堂之門，我發現肉體勞動真是心靈最好的刺激。我應該補充一下，不止是一般的肉體勞動，而是絕對會讓你脊椎彎曲、肺部漲痛、內臟翻絞、韌帶斷裂、睪丸破碎的肉體勞動。不過，我發現，只要這份工作沉重而重複，心靈不但可以在想像世界中漫遊，其實還會逃離到更高的領域。

因此，在天堂之門，織女主星靜靜灑下紅光，我一面挖著運河爛泥最深處的渣滓，或在大氣供應站迷宮般的肺管裡、循環呼吸器的細菌所累積成的鐘乳石和石筍之間爬行，一面成了詩人。

我只欠文字。

二十世紀最受人尊崇的作家威廉・蓋斯[17]曾在訪談中說過：「文字是最崇高的物，它是意識的思考對象。」

它的確是。就像任何曾經投影在柏拉圖幽暗的人類感知洞穴中的概念，純粹而超驗。但它也處處是自大自傲和認知錯誤的陷阱。文字將我們的思想逼上無數自我蒙蔽之路。我們的精神活動多半在文字構築的腦中世界進行，這表示我們缺少客觀性，不足以看清語言對現實造成的可怕扭曲。舉個例子：象形中文「信」這個符號由兩個部分所組成，實際上就是一個人站在他的言語旁邊。到這裡還沒有問題。不過想想老式英文的「正直」是什麼意思？「母國」呢？「進步」呢？「民主」呢？「美」呢？但即使是自我欺騙，我們依然化身為神。

有位和蓋斯活在同一世紀的哲學家暨數學家叫作羅素[18]，他寫過：「語言不只足以表達思想，更使得沒有語言，思想即無法成形。」這就是人類創造力的精華所在：不是文明的璀璨外表，也不是毀滅文明的炫目武器，而是文字，像精子攻擊卵子那樣，孕育出新概念。甚至可以說，文字／概念這對連體嬰，就是人類物種面對錯綜複雜的宇宙，唯一可以做出、將會做出、也應該做出的貢獻。（對，我們的DNA獨一無二，但蠑螈的也是。對，我們營造建築，但從水獺到築塚蟻等許多動物也會，那些由城垛包圍的丘狀蟻塚，現在從左舷就看得到。對，我們用抽象如夢的數學編織出真實的造物，但宇宙先天便內建了算術運則。畫一個圓，π就抬頭仰望，進入一個新的太陽系，第谷[19]的方程組就隱藏在時間／空間的黑絨披風之下。但在生物和幾何的層層面貌、甚或哪一塊無知覺的石頭底下，哪裡有宇宙藏的字呢？）即使是我們所發現的非人類智慧生物——木星三號的浮球、迷宮建造者、希伯崙星的感靈獸、杜魯勒斯星的條狀人、時塚的建造者、甚至荊魔神自己——留下了種種難解的謎團和神祕的工藝，但沒有語言。沒有文字。

詩人濟慈在給一位叫貝理的朋友的信中提到：「我唯一能肯定的，就是內心情感的神聖和想像世界的真實性——任何想像力視為美並加以捕捉的，必定為真——不論此對象原本存在與否。」

大約在聖遷前三個世紀死於最後一次中日戰爭的中國詩人吳喬治，對這一點也感同身受，他在通訊記錄器上錄了一段話：「詩人是現實的瘋狂產婆。他們看不到現實本身，抑或現實的其他可能，眼中只有現實必然的模樣。」後來，在他過世前那個禮拜，給情人的最後一張碟片上，他說：「文字是真相的子彈帶中唯一一種子彈。而詩人就是狙擊手。」

懂嗎？太初有字。而文字在人類宇宙的結構中得到血肉。而且，只有詩人才能拓展這片宇宙，就

---

⑰ William Gass（1924-），美國當代傑出散文家，華盛頓郵報譽為「文章風格昭著的美國第一作家」。

⑱ Bertrand Russel（1872-1970），英國哲學家、數學家與邏輯學家，在知識論、語言哲學、科學哲學甚至倫理學上影響重大，堪稱廿世紀最重要的思想家之一。他提出著名的「羅素悖論」對數學理論基礎造成重大影響，並曾於一九五〇年獲諾貝爾文學獎。他也是和平主義者，持反戰、反核立場，支持自由精神。

⑲ Tycho Brahe（1546-1601），丹麥天文學家，死後將多年的觀測紀錄交給其助手克卜勒，後來克卜勒便從這些資料中發現了克卜勒行星運動三大定律，並支持了日心說的理論。

像霍金推進器突破愛因斯坦式的時空障礙一樣，找出通往新現實的捷徑。

我意識到，成為一個詩人、一個真正的詩人，就是成為全人類的神之化身，接下詩人的衣缽，就是背負人子的十字架、承受人類靈魂之母的劇烈產痛。

成為一個真正的詩人，就是成為上帝。

我曾對著天堂之門的朋友解釋這些想法，我說：「尿、屎，屁洞幹媽的，該死屎該死。屄。噓噓屄。該死！」

他們搖著頭笑了笑，然後走開。偉大的詩人在生前總是難以被人理解。

黃棕色的雲在我身上降下了酸液。我踩著深及大腿的爛泥，清理城市下水道的水蛭草。我在那邊的第二年，老泥死了，那時大家都在忙著把第一大道運河延伸到中池淤泥灘的工程案。一場意外。他為了趕在填平機壓過來之前把一朵硫磺玫瑰救起來，爬到泥沙丘上，結果碰到泥流。沒多久，琪蒂嫁人了。她仍然兼差，但我越來越少看到她。綠色海嘯沖走淤泥灘市之後不久，她在生產時過世。我繼續寫詩。

你可能會問，右半腦只有九個字彙可用的人，怎麼可能把詩寫好？

答案是我完全不用文字。文字在詩裡只是次要。主要還是和現實有關。我處理的是「物自身」[20]，影子背後的實體，能編織出強而有力的概念、譬喻和連結，就像工程師建造摩天大樓，總是先搭起細密的合金骨架，玻璃、塑膠和鉻鋁金屬才會跟著出現。

慢慢地，文字也歸位了。大腦重新自我校正的過程順利得不可思議。左半腦所失去的東西，不是在其他地方落地生根，就是重新控制了曾經受損的區域，有如拓荒者回到一片被火燒過卻更加肥沃的平原。像「鹽」這麼簡單的字，以前總是讓我口齒不清、氣喘吁吁，腦筋在一片虛無中摸索，就像舌頭在缺了牙的牙床裡不斷刺探，不過現在文字和語句慢慢流了回來，像是被遺忘的玩伴的名字。白天我在泥田裡勞動，但夜裡我坐在那張碎片拼湊的桌子前面，就著一盞印度油燈的火光，寫我的《詩篇》。馬克吐溫曾經用他平易近人的口吻說過：「對的字和幾乎對的字之間的差別，就像是閃電和螢火蟲之間的差別。」他說得幽默，但還不夠完整。在天堂之門開始寫《詩篇》的那幾個月，我發現，找到正確的字和接受不夠好的字之間的差別，就像是被閃電打中和在一旁觀看閃電的差別。

於是，我的《詩篇》開始成長。用的紙極薄，是回收水蛙草纖維製成，以公噸為單位配給的衛生紙，筆則是員工福利社賣的廉價墨水筆，《詩篇》就這樣找到了雛形。文字像一度拆散的立體拼圖，一塊塊歸位還原的同時，我還需要一種形式。我回歸巴薩札的課程，首先嘗試彌爾頓史詩宏偉莊嚴的步

⑳ Ding an Sich，此詞彙原指德國哲學家康德之重要理論，用以指稱不繫於認識的事物，即不僅「對我們」而存在，而是其自身真正存在而與表象對立的存有物。亦稱「本體」（Noumenon），與「現象」（Phenomenon）相反。

伐。越來越有自信的我，加入拜倫的浪漫感觸，再佐以濟慈對語言的禮讚。我把這些統統混合，又添了一小撮葉慈高明的犬儒精神，和幾分龐德[21]學者氣息、隱隱約約的傲慢身段。我切肉剁骨，倒入各種成分，包括艾略特[22]對意象的掌握、迪倫·湯瑪斯[23]對空間的感受、戴爾摩·史華滋[24]的末日氣氛、史帝夫·田姆[25]的恐怖筆觸、塞爾門·布萊彌對純真的期盼、達頓所喜愛的迴旋式格律、吳喬治對物理世界的崇拜，和艾德蒙·奇·佛雷拉極端玩世不恭的態度。

當然，到了最後，我把這整鍋材料全扔了，以一種完全屬於自己的風格撰寫《詩篇》。

如果不是爛泥坑惡霸昂克，我可能現在還待在天堂之門，白天挖酸性運河，晚上寫《詩篇》。那天我放假，就帶了《詩篇》，我唯一的手稿，到交誼廳的公司圖書館去作點研究，半路上昂克和他的兩個小弟從巷子裡冒出來，要我馬上交下個月的保護費。天堂之門大氣保護區沒有萬用卡，我們用公司券或非法私幣來付帳。兩種我都沒有。昂克要看我背包裡的東西，我想都沒想就拒絕了。我錯了。如果我當時把手稿給昂克看，他八成會拆散扔到泥巴裡，撂幾句狠話，再揍我一頓。而實際上，他被我的拒絕給惹火了，所以他和那兩個原始人跟班把袋子撕開，把手稿拆散扔到泥巴裡，然後把我揍到幾乎斷了氣。

那天剛好有一艘保護區大氣品管經理的電磁車低空飛過，經理夫人獨自一人要去軌道上的公司住戶商店。她命令電磁車降落，叫她的生化人隨從把我和剩下的手稿帶上船，然後親自載我到公司醫院。

正常來說，簽約員工都是在現場掛號的生物診所接受醫療援助，還不保證有，但是醫院不想拒絕一位經理夫人，所以讓我入院。我始終昏迷不醒，在一位人類醫生和經理夫人的照顧下，浸泡在療養槽裡養傷。

好吧，為了把這個漫長的無聊故事刪減成一個簡短的無聊故事，我直接挑重點講。當我還在再生營養素裡漂浮的時候，那位經理夫人海倫達讀了我的手稿。她很喜歡。公司醫院把我從水槽抬出來的同一天，海倫達傳送到文藝復興星系，把《詩篇》給她的姊妹菲莉亞過目，菲莉亞的朋友的情人認識一個網際出版社的編輯。第二天我醒過來，被打斷的肋骨接回原位、碎裂的顴骨完全復原、淤青也消失了，我得到五顆新牙齒、一片新的左眼角膜和一紙網際出版社的合約。

我的書在五個禮拜之後上市。又過了一個星期，海倫達跟她的經理離婚，和我結婚。那是她第七

㉑ Ezra Pound（1885-1972），廿世紀美國現代詩人，對現代自由詩體影響深遠，除了創作詩集，他還是位熱衷中國古典文學和哲學的翻譯家，重要著作包括《休・賽爾溫・莫伯利》《詩章》等，並譯有《神州集》《詩經》。

㉒ Thomas Stearns Eliot（1888-1965），美國及英國詩人、評論家、劇作家，在廿世紀文學史上影響重大，曾獲一九四八年諾貝爾文學獎。著有《荒原》等詩集。

㉓ Dylan Thomas（1914-1953），英國威爾斯詩人，詩作大多屬超現實主義流派，內容較具有夢幻色彩，著有《死亡和出場》等詩集。

㉔ Delmore Schwartz（1913-1966），美國現代詩人、短篇小說家。以諷刺詩著稱，短篇小說也備受讚譽，有評論將他與斯湯達爾和契科夫相提並論。曾在大學任教，啟迪了傳奇搖滾歌手路瑞德（Lou Reed）。

㉕ Steve Rasnic Tem（1950-），美國恐怖小說作家，其短篇小說曾被譽為可與卡夫卡媲美。

次婚姻，我的第一次。我們在群星廣場㉖度蜜月，一個月之後我們回來，我的書已經賣出超過十億本，這是四個世紀以來第一本登上暢銷排行榜的詩集，我也多了好幾百萬財產。

泰莉娜・溫葛莉－費夫是我在網際的第一個編輯。是她決定書名要叫《垂死地球》（搜尋記錄之後發現五百年前有一本同名小說㉗，不過版權已經過期、書也絕版了）。是她決定單獨出版《詩篇》中回想眷戀元地球末日的章節。也是她決定刪除那些她認為會讓讀者無聊的部分。有關哲學的段落、針對我母親的描寫、向前輩詩人致敬的部分、操弄實驗性韻文的篇幅、較偏私人性質的部分……其實，除了有關地球末日那種單純美好、牧歌式的敘述之外，其他全刪了，而扔掉所有沉重的負擔之後，留下的這個部分顯得多愁善感、清淡無味。出版四個月，實體傳真版的《垂死地球》賣了二十五億本，「視網」數據圈上出了數位精簡版，也有人買了全像電影的版權。泰莉娜指出，出版時機實在太完美了。當初元地球死亡所導致的創痛與震驚，讓人們在整個世紀中都不願面對，彷彿地球從沒存在過，接下來一段時間，對地球的興趣又死灰復燃，隨著現在已經遍布萬星網、充滿元地球鄉愁的狂熱團體興起，達到最高點。一本寫地球末日的書，就算是詩集，也來得正是時候。

對我而言，成為霸聯名人頭幾個月的生活，比之前從元地球被寵壞的小鬼過渡到天堂之門被奴役的中風病人，更令人不知所措。那幾個月之間，我造訪了一百多個世界參加簽書和傳真簽名會，我和馬蒙・漢姆列一起在「萬網最新！」秀上露面，我和首席執行官西尼斯特・裴洛、萬事議會議長德洛依・

費恩及二十位參議員見過面。我去了星際女性筆會和盧瑟斯作家公會發表演說，我得到新地球大學和劍橋二大的榮譽學位，有人為我舉辦慶祝儀式、進行訪談、拍照、寫書評（正面的）、出傳記（未經授權）、拍我馬屁、連載作品、騙我錢財。那是一段忙碌的日子。

霸聯生活速寫：

我家有三十八間房間，橫跨三十六個世界，連一扇門扉都沒有：拱狀入口都是傳送門，其中幾間用簾子遮住，大部分可以進入觀賞。每個房間到處都有窗戶，至少有兩面牆裝了傳送門。從文藝復興星的主餐廳遠眺，可以看到持能星赤褐色的天空及我家火山山頂下方山谷中青銅色的高塔，轉個頭也可以傳送門越過主起居室的大片白地毯，看見更遠處的永絕星上，愛倫坡海拍打著興旺角的尖塔。圖書室窗外就是諾洪星的冰河和翠綠天空，走個短短十步路，就可以下樓到我的塔樓書房。那是一個舒適寬敞的房間，周圍的環形玻璃窗經過極化處理，三百六十度望去，都是天津三賈努共和國東境的柯旭帕・喀喇

㉖ Concourse，萬星網內各星球將其精華地段用大型傳送門相連形成的一個城市。

㉗ 指美國幻想小說家傑克・凡斯（Jack Vance, 1916-）一九五〇年起所著的一系列小說，描述遙遠的未來，地球已成荒原，殘存的人類用魔法與科技試圖找回失落的文明，對後來紙上角色扮演遊戲「龍與地下城」的規則與設定影響深遠。

㉘ Karakoram，位於中國、塔吉克、印度、阿富汗、巴基斯坦幾國的邊境，長八百公里，平均海拔超過五千公尺。

崑崙山脈㉘群峰，那裡與最近的人類聚落相隔兩千公里。

海倫達和我共用的巨大臥室，就在聖堂武士的神谷星一棵三百公尺高的世界樹枝頭間輕輕搖擺，一旁的日光浴室，孤伶伶落在希伯崙星荒蕪的鹽漠中央。房間外面不一定都是自然景，視聽室面向天崙五中心一座拱形塔上一百三十八樓的浮掠機停機坪，從中庭的梯臺可以俯瞰新耶路撒冷的老街市場。建築師是傳奇大師米倫・德—哈維的弟子，他在房屋設計中融入了幾個小玩笑：向下的樓梯反而通到塔樓書房，當然是其中之一，不過一樣幽默的是：從塔樓房出到健身房，竟然就來到盧瑟斯星最深的蜂窩洞的最底層，或者是客人房的浴室，包括馬桶、坐浴盆、臉盆、淋浴間，都蓋在一條開放式、毫無牆面的船上，在無涯海洋星的紫色海洋中漂浮漫遊。

起初房間之間的重力變化造成一些干擾，不過我很快就適應，常常下意識穩住腳步迎接盧瑟斯、希伯崙和天龍座七號的額外拉力，且會不自覺預期多數房間不到一個標準G的行動自由。

海倫達和我在一起的那十個標準月當中，我們沒在家裡花多少時間，反而偏愛和朋友一道在萬星網度假中心、旅遊生態圈和夜生活去處間來來去去。我們的「朋友」以前是傳送族，現在叫自己馴鹿族，名稱來自元地球已絕種的遷徙性哺乳動物。這群人包括一些作家、幾個成功的視覺藝術家、群星廣場的知識分子、萬議媒體代表、激進生物藝術家和基因接合美容師、萬星網上流階層人士、有錢的傳送癖和逆時針上癮者、數名全像電影和舞臺劇導演、兩三個演員和表演藝術家、幾個金盆洗手的黑幫老大和一群名單經常更換的新進榜名人……包括在下。

每個人都喝酒、用刺激物和植入裝置、連線，也買得起最棒的藥。當紅的藥物叫逆時針。它絕對是種貴族階級的惡習：一個人需要花大錢植入整組設備才能完全體驗藥效。海倫達為我作了一切安排，生物監視器、感官延伸器、體內通訊記錄器、神經導流裝置、加強器、外腦皮層處理器、血液晶片、RNA條蟲……我體內的樣子，連我媽都認不出來。

我試過兩次逆時針。第一次順暢無比，我的目標是九歲生日宴會，第一發就準確命中。一切栩栩如生：日出時傭人在北草坪歌唱，為了讓我和阿爾菲開電磁車瘋一整天、在亞馬遜盆地的灰色沙丘上放肆滑翔，巴薩札老師不情願地取消上課。其他老家族的代表傍晚抵達時的火炬遊行，他們包裝華美的禮物在月光和萬頂天燈的照耀下散發光芒。幾小時的逆時針作用後，我帶著微笑醒來。第二趟我差點沒命。

我才四歲，哭著跑過一間間瀰漫灰塵和舊家具氣味的房間找媽媽。生化人傭人試圖安撫我，但我甩開了他們的手，跑上染了不知多少前人陰影和塵灰的長廊。我打破生平學到的第一條規矩，摔開通往母親縫紉房的門，那是她的至聖之地，每天下午她隱身其中三小時，再次現身時，臉上一逕掛著溫柔的微笑，淺色洋裝裙邊滑過地毯時的窸窣聲，像鬼魂嘆息的回音。

我媽坐在暗影中。我那時四歲，手指受傷了，我衝過去投進她的懷抱。

她沒有反應。她優雅的手臂，一隻依然倚著法式長椅的椅背，另一隻無力地靠在抱枕上。

她的冷酷無情嚇到了我，我的身子向後退。沒從她懷中起身，便扯開厚重的絲絨窗簾。

母親的眼睛翻白，嘴唇微張，口水濡濕了她的嘴角，在她完美的下巴上閃耀著。從她偏好的貴夫人式髮髻的金色秀髮中，我看到了導線的冷硬金屬光澤，以及接入頭部、插槽處較為黯淡的光芒。兩側露出的一小塊頭骨呈現死白。在她左手邊的桌上，躺著一支空的逆時針筒。

傭人趕到並將我拉開。母親的眼睛一直沒有眨過。被帶離房間的時候，我不斷尖叫。

我尖叫著醒來。

也許是我再也不願使用逆時針，更促使海倫達離去，不過也許並非如此。我是她的玩物，一個原始人，對她數十年來習以為常的生活方式如此天真無知，取悅了她。無論如何，不願使用逆時針，讓我度過了許多沒有她的日子。重播過往占用的是現實的時間，而用藥時間超過了一輩子清醒時光的總和，是不少逆時針成癮者致死的原因。

起初我以植入裝置和高科技玩具打發時間，這些都是我還是個元地球家族成員時玩不到的東西。頭一年，我發現數據圈是個令人愉快的發明，我經常調閱資訊，活在全介面的狂熱之中，對原始資料上了癮，如同刺激模擬和藥物之於馴鹿族。當我犧牲長期記憶以換取植入裝置全知全能的短暫滿足感，可以想像在墳墓裡的巴薩札老師因此輾轉難眠。我到後來才感覺失落，費茲傑羅的《奧德賽》譯本、吳氏的《最後征途》和另外幾十部史詩，曾經讓我撐過中風時期，現在卻如雲朵遭狂風吹散，四處紛飛。很久之後，我擺脫植入裝置，才費力地將它們再次全部記入腦海。

我一生中第一次、也是唯一一次，對政治產生了興趣。我沒日沒夜地透過傳送門線路監視參議院，或躺著連結萬事議會。有人曾經估計，萬事議會一天大概處理一百件霸聯的有效法案，而沉迷於感覺中樞的那幾個月裡，我一件都沒錯過。我的意見和名字在辯論頻道上傳了開來。法案不論大小、議題不分難易，我一概有話可說。每幾分鐘投一次票的簡單動作，給我一種完成了什麼的偽成就感。最後我總算意識到，經常連接萬議不是足不出戶、就是變成行屍走肉，才放下了我對政治的偏執。經常忙著使用植入裝置的人在大庭廣眾之下顯得難堪可鄙，而不必等海倫達嘲笑，我也知道再不出門就會像萬星網各地幾千萬隻懶蟲一樣，變成萬議上癮者。所以我戒了政治。不過那時我已經找到一份新的熱情——宗教。

我加入了幾個宗教。靠，我還幫忙創立了幾個教派。當時諾斯替禪教會正以倍數成長，我成了虔誠信徒，在HTV脫口秀上露面，並以前聖遷時期、回教徒朝聖麥加的全副熱情，尋找我的「力量之地」。更何況，我喜歡傳送。《垂死地球》讓我賺了將近一億元的版稅，海倫達的投資成果也不錯，但曾經有人計算，像我家那樣的傳送門住宅，光是保持和萬星網的連結，每天就要五萬元，而且我傳送的目的地還不限於家裡的三十六個世界。網際出版替我辦了張萬用金卡，我也毫不吝於使用，先傳送到萬星網乏人問津的角落，然後花上好幾個禮拜的時間住在豪華飯店，開著租來的電磁車，在落後世界的荒僻地區尋找我的力量之地。

我一個也沒找到。海倫達和我離婚前後，我宣布退出諾斯替禪教會。那時帳單開始堆積如山，而海倫達拿走屬於她的股票和長期投資之後（她讓律師起草婚姻協議書的時候，我不只是天真無知、正在戀愛……我還是個笨蛋），我必須把仍在我名下的大部分變現。

到了最後，即使實行減少傳送次數和遣散生化人傭人等省錢措施，我依舊面臨財務災難。

於是我去找泰莉娜・溫葛莉—費夫。

「沒有人想讀詩。」她說，一面翻著過去一年半當中我寫的薄薄一疊《詩篇》手稿。

「什麼意思？《垂死地球》是詩啊。」我說。

「《垂死地球》是運氣好。會大賣是因為群體潛意識正在期待那本書。」泰莉娜說。她的指甲又長又綠，彎成最新流行的滿清宮廷風，彷彿某種葉綠素怪物的利爪，根根緊扣我的手稿。

「也許現在的群體潛意識也在期待這一本。」我說。我有點生氣了。

泰莉娜笑了，笑聲一點也不令人愉快。她說：「馬汀啊，馬汀，這本書是詩。你寫的是天堂之門和馴鹿族，但表達出來的是寂寞、流離、焦慮，還有對人性的嘲諷。」

「所以呢？」

「所以沒人想花錢看別人的焦慮。」泰莉娜笑著。

我轉身離開她的書桌，走到房間另一邊。她的辦公室占了天崙五中心巴別區網際塔四百三十五樓一整層。這裡沒有窗戶，圓形房間的地板和天花板之間完全開放，和外界隔著一圈完全不放光的太陽能阻絕力場。就像站在兩片懸在半空中的灰色碟子之間。我看著赤紅色雲塊在下方半公里處的低矮高塔間飄移流動，想到人類的狂妄自大。泰莉娜的辦公室沒有門廊、樓梯、電梯、升降力場或暗門，與其他樓層完全不連接。要進入她的辦公室，得透過半空中一座全像雕塑般閃閃發亮的五面體傳送門。我意識到自己腦中想著高塔火災、電力中斷，以及人類的狂妄自大。我說：「妳的意思是你們不會出版這本書？」

我的編輯笑著：「正好相反，馬汀，你幫網際賺了幾十億，我們會出版。我只是說沒人會買。」

我大喊。「妳錯了！不是所有人都懂得欣賞好詩，但是會看書的人數還夠讓它進入暢銷排行榜。」

泰莉娜這次沒笑出聲，但是她的綠色嘴唇抖了抖，向上畫出一道狠笑。她說：「馬汀呀，馬汀，閱讀的人口從古騰堡時代就在穩定下降。到了二十世紀，所謂工業化民主國家當中兩年能看完一本書的人只有不到百分之二。這還是在那些智慧型機器、數據圈和友善介面出現之前的情況。到了聖遷時代，百分之九十八的霸聯人口連閱讀動機都沒有。所以他們沒浪費時間學看書。現在更糟糕。萬星網有超過一千億人，願意實體傳真任何印刷資料的不到百分之一，會讀一本書的人就更少了。」

「《垂死地球》賣了快三十億本！」我提醒她。

「嗯哼，那是天路歷程效應。」泰莉娜說。

「什麼效應？」

「天路歷程效應。麻州殖民地，那是……什麼時候啊！十七世紀的元地球，上流社會家家戶戶都有一本。可是，老天爺，沒有人要讀它。希特勒的《我的奮鬥》和史督卡斯基的《斷頭孩子的眼中風景》也是一樣。」

「希特勒是誰？」我說。

泰莉娜笑了笑。「一個寫了點東西的元地球政治人物，《我的奮鬥》還沒絕版……網際每隔一百三十八年更新一次版權。」

「嗯，聽好，我要花幾個禮拜把《詩篇》潤一下，我會盡全力。」我說。

「好啊。」泰莉娜笑了。

「我想妳會希望像上次那樣做點刪改？」

「一點也不，既然這次的中心主旨不是鄉愁，你還不如用你想要的方式來寫。」泰莉娜說。

我眨了眨眼。「妳是說這次我可以保留那些無韻詩？」

「當然。」

「還有哲學的東西？」

「一定會保留。」

「還有實驗性的部分？」

「對。」

「而且妳會把我寫的全部印出來？」

「絕對會。」

「有賣出去的可能嗎？」

「門都沒有。」

我所謂「花幾個禮拜把《詩篇》潤一下」變成了十個月的瘋狂工作。我把家裡大部分房間封閉，只留下天津三的塔房、盧瑟斯的健身房、廚房、無涯海洋星的浮艇浴室。我一天連續工作十小時，然後暫停一下做些激烈運動，接下來吃個飯小睡片刻，又回到寫字桌前坐上八小時。像是回到五年前那段中風復原期，有時候要花上一小時或一整天的時間，一個單字才會浮現、一個概念才得以在語言堅硬的土壤中扎根。現在這個過程就更緩慢了，我苦心思索完美的字詞、精準的韻腳、最富趣味的意象、最難以捕捉的譬喻，以描述最飄渺的情感。

十個標準月之後我總算完工，並且對一句古老箴言深有同感，意思大概是書或詩永遠寫不完，只是被主人遺棄[29]。

「妳覺得怎麼樣？」我問正在翻看初稿的泰莉娜。

她的眼睛是當週流行樣式，像兩只銅金色素面碟子，但即使如此也藏不住眼淚。她拭去一顆淚

---

[29] 出自法國詩人暨評論家 Paul Valéry。

珠。「好美。」她說。

「我試著找回一些古代作家的聲音。」我說，突然覺得有些赧然。

「你表現得很棒。」

「天堂之門間奏曲還不夠好。」我說。

「很完美了。」

「那段寫的是寂寞。」我說。

「寂寞也不過如此。」

「妳覺得可以了嗎？」我問。

「已經完美了……是經典。」

「妳想它會賣嗎？」我問。

「媽的，不可能。」

《詩篇》第一版，他們預計發行七千萬份實體傳真。網際出版登了各種數據圈廣告、安排HTV促銷短片、送出軟體插件、順利爭取到暢銷作家的推薦口碑、確保《新紐約時報好書版》和《天崙書評》都會寫書評，總之，砸下大筆行銷費用。

《詩篇》出版的第一年，賣了兩萬三千份實體傳真。版稅分紅是售價十二元的十分之一，這樣算起來，網際預支給我的兩百萬元我賺了一萬三千八百元回來。第二年則賣掉六百三十八份實體傳真。沒人要買數據圈或全像電影版權，也沒有巡迴活動。

《詩篇》的銷售數字不行，惡評倒是很多……

《時報好書版》的說法是：「晦澀難懂……文字過時……與當代關注議題完全脫節。」而《天崙書評》的厄本·凱普利如此寫道：「賽倫諾斯君將溝通失敗的藝術發揮到極致，自溺於氾濫而虛偽的混淆視聽之中。」馬蒙·漢姆列在「萬網最新！」節目現場發出了致命的最後一擊：「喔，那個誰的什麼詩啊——看不懂。根、本、不、想、看。」

泰莉娜·溫葛莉－費夫似乎不怎麼擔心。第一波書評出籠和實體傳真的營收進帳後兩週，我狂喝痛飲十三天之後那天，我傳送到她的辦公室，狠狠坐進那張如黑豹般蹲踞在房間中央的流體棉心絨毛椅。隱形阻絕力場外不遠處，傳說中的天崙五中心暴風雨正在咆哮，木星般巨大的閃電撕扯著血紅天空。

「別太緊張。」泰莉娜說。這個禮拜的流行裝扮包括一叢自額頭刺出半公尺高的黑色髮錐，以及一套人體遮蔽場，所釋放的流波不斷變色，隨時隱藏——和揭露——其下的裸身。「第一版才傳真了六萬份而已，所以我們也沒浪費太多錢。」

「妳原本說要出七千萬份！」我說。

「是啦，不過，網際出版的常駐AI讀過之後我們就改變主意了。」

我在流體棉心裡陷得更深了。「連AI都討厭這本書？」

「AI愛死了，就是這樣我們才確定人類不會喜歡。」泰莉娜說。

我坐起來。「我們不能賣一些給智核嗎？」

「有啊，一本。大概一用超光速通訊傳過去，那邊幾百萬個AI就即時分享了吧。跟這些矽晶體打交道的時候，星際著作權根本就是個屁。」泰莉娜說。

「好吧，下一步怎麼辦？」我說完，身體一癱。室外，閃電的大小有如元地球古代的超級高速公路，在各企業高塔和高聳雲層之間跳躍舞動。

泰莉娜從座位起身，走到圓形地毯的邊緣。她的身體遮蔽場閃爍不定如蓄滿電力的水面浮油。

「下一步由你來決定，是要當個作家呢，還是全萬星網最丟臉的笨蛋。」她說。

「什麼？」

「你聽到了。」泰莉娜轉身微笑。她的牙尖冠上一層金色。「按照合約，我們可以用任何必要的方式把預支金拿回來。凍結你在星際銀行的財產，沒收你藏在自由居的金幣，再把你那棟俗氣的傳送門房子賣掉，大概就差不多了。然後你可以到哀王比利住的那個什麼鬼星球，跟他蒐集的那些搞藝術的半吊子、中輟生和神經病一起過活。」

我兩眼發直。

「話說回來，我們也可以忘掉這次暫時的不愉快，然後你可以動手寫你的下一本書。」她露出她那吃人的笑容。

我的下一本書在五個標準月之後上市。《垂死地球二》緊接著《垂死地球》的結尾往下寫，這次用的是直截了當的散文，句子長度和章節內容都仔細依循六百三十八名一般實體傳真讀者試讀時的神經生理反應來安排。這本書採用小說體，長度夠短，不至於嚇跑超市收銀櫃檯前面的潛在客層，封面則是一部二十秒的互動式全像電影，有個高大黝黑的陌生人阿馬菲·舒瓦茲（我猜，雖然阿馬菲本人既矮又白、還戴近視眼鏡），把一名正在掙扎的女性的上衣撕破，剛好裂開到乳頭露出之前，這位金髮女郎轉過頭來，氣喘吁吁地向看官低聲求救，配音的是色情全像電影明星莉妲·史璜。

《垂死地球二》賣了一千九百萬本。

「不錯啦，打開讀者市場都需要一點時間。」泰莉娜說。

「《垂死地球》第一集賣了三十億本。」我說。

「天路歷程效應，《我的奮鬥》，一世紀才一次，搞不好更少。」她說。

「可是它賣了三十億……」

「你聽好，元地球二十世紀的時候，有家連鎖速食餐廳，進了一堆死牛肉，用油炸過，加一些致癌物質，包在石油做成的塑料裡面，結果賣出去九千億份。人類。去搞懂吧。」泰莉娜說。

《垂死地球三》有幾個角色出場：女奴隸維諾娜，在逃跑之後努力向上，最後開了自己的塑性纖維種植場（元地球從來沒長過塑性纖維，不過算了）。英俊瀟灑、經常出入敵方封鎖線的阿圖洛．列葛雷夫（哪來的封鎖線啊？！），還有九歲大的英娜森．史培瑞，她有心電感應能力、正受某種莫名的小耐爾氏症的死亡威脅。英娜森一直活到《垂死地球九》，網際出版允許我殺掉這小混蛋的那一天，我出門跑遍二十個星球、喝酒慶祝六天之久。我在天堂之門一個換氣管中醒來，滿身的嘔吐物和循環呼吸器黴菌，忍受全宇宙最嚴重的頭痛的同時，心中明白，很快我就必須動筆撰寫《垂死地球年代記》第十集。

當個俗爛作家並不難。從《垂死地球二》到《垂死地球九》，六個標準年過得還算無憂無慮。我的研究工作貧乏、劇情老套、角色平板、文筆不值一提，不過空閒時間倒可以自由安排。我旅行。我又結了兩次婚，兩任老婆離開的時候沒傷感情，倒是把我下一本《垂死地球》的版稅帶走不少。我試了幾個宗教和酗酒，發現後者帶來長久慰藉的希望比較大。

我保住了我的房子，添了通往五個星球的六個房間，用藝術品填滿它們。我也招待客人。我認識的人當中有一些是作家，但就像任何時代，我們總是相輕，互相詆毀，且偷偷憎恨他人的成功並挑剔他們的作品。我們每個人心裡都知道，自己才是真正的文字藝術家，只不過剛好在寫商業作品，其他人都是俗物。

然後，一個涼爽的早晨，我的臥室在聖堂武士世界樹頂枝頭輕輕搖晃時，我望著灰色的天空醒來，並意識到我的繆思已經走了。

當時我已經五年沒寫詩了。《詩篇》翻開放在天津三的高塔上，已出版的部分之後只增加了短短幾頁。我一直用念動記錄器寫小說，當我走進書房的時候，其中一具自動開啟。該死，機器印著，我對我的繆思做了什麼？

我的繆思竟在我毫不知情的情況下溜走，多少反映了我當時從事的寫作類別。對於不寫東西和從未感受過創作衝動的人來說，繆思似乎是一種比喻、一種有趣的想像，但是對我們以文字為生的人而言，我們的繆思，就像繆思幫助我們雕塑的語言之軟土一樣，是真實且必要的。當一個人在寫作——認真寫作——就像這個人得到了一條通往眾神的超光速通訊線路。當一個人的意識變成了工具，就像筆或念動記錄器一樣能確切記錄與表達從不知何處源源不絕湧入的啟示，沒有哪個真正的詩人能解釋那種愉悅。

我的繆思走了。我到房子裡其他星球找她，但爬滿藝術品的牆面和空無一物的房間只有沉默以對。我走過傳送門飛到我最喜歡的地點，看著數顆太陽在葛拉斯星風聲獵獵的大草原邊落下、夜霧籠罩無有星烏黑陡峭的懸崖，但即便把《垂死地球》無止無盡的垃圾散文全趕出了腦袋，我依然聽不見繆思的一絲耳語。

我在酒精和逆時針裡找她，重回天堂之門上靈感泉湧的日子，那時她的啟示時常在我耳邊響起，讓我不得不放下工作，或自睡夢中醒來，但在重現的時光中，她的聲音卻是模糊虛弱，像一片來自某個逝去年代的受損錄音光碟。

我的繆思走了。

我按照約好的時間，分毫不差地傳送到泰莉娜．溫葛莉—費夫的辦公室。泰莉娜已經從實體傳真部總編輯升為發行人。她的新辦公室占據了天崙五中心網際塔的最高樓層，站在那裡，就像是爬上全宇宙最高聳的山峰，並在鋪了地毯的頂端居高而下，頭頂上只有阻絕力場略略偏光的隱形圓頂，而地毯的盡頭，就是六公里深的垂直墜落。我在想其他作家是否有過跳下去的衝動。

「新的一集？」泰莉娜說。盧瑟斯星支配了這個禮拜的流行趨勢，而且「支配」兩個字可沒下錯：我的編輯全身披著皮革和鋼鐵，手腕和脖子上都是生鏽的尖刺，從肩膀到左胸橫跨一條巨大的子彈帶。彈匣看起來是真的。

「對啊。」我把手稿盒丟到她桌上。

她嘆了口氣。「馬汀呀，馬汀，你什麼時候才會把書傳送過來呢？用不著這麼麻煩，先列印再親自帶來。」

「自己送過來有一種說不出來的滿足感，尤其是這一份。」我說。

「哦？」

「是啊，妳要不要看一下？」我說。

泰莉娜笑了笑，用黑色指甲逐一點過子彈帶上的彈匣。「我相信它一定符合你一貫的高標準，馬汀，我沒有必要看。」她說。

「請妳看一下。」我說。

「真的，沒有理由嘛。每次在作者面前讀他的新書，我都會緊張。」泰莉娜說。

「這本不會，看前幾頁就好了。」我說。

她一定從我的聲音裡聽出了什麼，因為她輕輕皺了皺眉，將盒子打開。她看了第一頁，然後翻完整本手稿之後，眉頭皺得更厲害了。

第一頁只有一句話：「接著，十月某個美好的早晨，垂死的地球吞下自己的內臟，經歷最後一次痙攣，然後死掉。」剩下兩百九十九頁都是空白。

「馬汀，你在開玩笑？」

「沒有。」

「那是小小的暗示囉？你想寫別的系列故事？」

「不是。」

「馬汀啊，我們也不是沒有心理準備。我們的故事發想小組已經替你想了幾個精彩的系列主題。瑟懷茲君覺得赤色復仇者的全像電影小說由你來寫最合適。」

「妳可以把赤色復仇者塞進自己的大企業屁眼，泰莉娜。我和網際出版還有妳所謂小說的這灘爛泥，到此為止。」我誠懇地說。

泰莉娜的表情沒有變化。她的牙齒不是尖的，今天是一口鏽鐵，以搭配手腕的尖刺和脖子的項圈。她嘆了口氣道：「馬汀啊，馬汀，如果你不道歉、改進、重新上軌道，你的人生會有多慘你都不知道。不過這些都可以等到明天。你何不先回家、清醒一下，然後好好想一想呢？」

我笑了。「現在就是我八年來最清醒的時候，小姐。我只是花了一點時間才發現，在寫這些廢物的不只是我……整個萬星網今年出版的書，沒有一本不垃圾。所以，我可不想待下去。」

泰莉娜起身。我頭一次注意到，她的擬真帆布軍用腰帶上掛了一枝霸軍騾死棒。我希望那和她身上其他道具一樣，是設計師的贗品。她低聲威嚇：「聽好了，你這可悲、沒天分的俗物，你的卵蛋可是落在網際的手裡。你再給我們惹麻煩，就會被送到哥德小說工廠，用蘿絲瑪莉小山雀當筆名。現在給我回家，清醒一下，然後寫你的《垂死地球十》。」

我笑著搖搖頭。

泰莉娜微微瞇起眼。「你還欠我們將近一百萬元預支金，只要跟收款部說一聲，馬上就可以凍結你家每一個房間，除了你當廁所用的那艘該死的浮艇。你可以坐在上面，直到海裡堆滿你的屎為止。」

我最後一次笑出來。「那是一臺密封的衛浴設備，更何況，昨天我已經把房子賣了。預支金的餘款支票現在應該已經送到了。」我說。

泰莉娜拍拍驟死棒的塑膠握把。「網際已經申請《垂死地球》的概念版權了，你知道吧。我們只要找別人來寫就行了。」

我點點頭。「他們要寫我沒問題啊。」

我的前任編輯意識到我不是開玩笑的時候，語氣出現某種變化。不知怎的，我感覺到如果我留下來，對她反而有利。「聽好，我知道我們一定可以想個辦法，馬汀。前幾天我才跟總經理說過你的預支金太少了，還有網際應該讓你再開發一個新的系列……」她說。

「泰莉娜啊，泰莉娜，再見。」我嘆了口氣。

我先傳送到文藝復興星，再到極簡星，從那裡搭上一艘跳躍艦，花三個禮拜的時間航行到艾斯葵司星，以及哀王比利擁擠的王國。

哀王比利的人物速寫：

威廉二十三世國王陛下，溫莎流亡王國最高統治者，看起來有點像一尊被遺忘在熱爐子上的人體蠟燭。他的長髮一股股披散在塌陷的肩膀上，眉間皺紋緩緩向下流動，來到巴吉度獵犬般的雙眼周圍時，分支成更密的細紋，然後沿著一道道皺褶和刻痕繼續下探，迷失在下巴和頸部的肉垂迷宮之中。據說比利王讓人類學家聯想起邊疆星球金夏沙的憂愁人偶，讓諾斯替禪教眾懷念太金寺火災後的慈悲佛像，也讓媒體歷史工作者匆忙翻找資料庫，調出一位早期平面電影演員查爾斯・勞頓㉚的照片。這些故事對我來說毫無意義，我看到比利王就想到逝世已久的家教巴薩札老師瘋狂酗酒一星期的模樣。

哀王比利鬱鬱寡歡的名聲是過於誇張了。他常開口笑，只不過他的運氣不好，獨樹一格的笑容讓大多數人以為他在哭。

人的長相是天生的，不過以國王陛下的情況，他傾向於給人一種「丑角」或「受害人」的整體印象。他的造型，如果真能用這兩個字形容，經常近乎某種無政府狀態，使他的生化人僕人的服裝品味與配色觀受到打擊，因此有些時候他不但本身穿著不協調，也同時和周圍的環境格格不入。他的形象還不僅限於穿著搭配的混亂無章，威廉國王無論身在何處永遠衣衫襤褸，拉鍊敞開，絨布袍子破破爛爛、又因靜電而不斷沾起地板上的碎屑，左袖口的褶邊裝飾比右邊的長了一倍，而右袖口，互別苗頭似的，看起來好像剛剛才沾了一圈果醬。

你懂我意思。

即使外表如此，哀王比利仍有清晰的頭腦，而他對藝術和文學的熱情，唯有真正的元地球文藝復興時期那種狂熱，差可比擬。

某種意義上，比利王可說是那個臉永遠緊貼在糖果店櫥窗上的胖小孩。他喜愛並欣賞精緻的音樂，自己卻不能演奏。他喜歡品味芭蕾和一切優雅事物，自己卻是呆手呆腳，舉止笨拙惹笑。他對書本充滿熱情、對詩的評論切中精準、對辯論之術向來支持，但是比利王親自開口卻是結結巴巴，害羞的天性也讓他無法和別人分享自己的散文或詩作。

當了一輩子單身漢，比利王如今邁入耳順之年，他起居於破爛皇宮和幅員兩千平方哩的王國之間，猶如這些只是另一套皺巴巴的皇室服裝。他的滑稽故事很多：有一次，比利王贊助的一位名油畫家，看到國王陛下低著頭、背著雙手走在路上，一腳踏在花園小徑上，一腳踩在泥地裡，顯然深深陷入長考。畫家向贊助人行禮如儀。哀王比利抬起頭來，眨眨眼睛向四周張望，彷彿從一場漫長的午覺中醒來。

國王陛下向興致盎然的畫家問道：「不好意思，可─可─可不可以請─請─請你告訴我——我剛剛是朝皇宮走過去，還是從皇─皇─皇宮走出來？」

「從皇宮出來，陛下。」畫家回答。

國王嘆了口氣：「喔，好─好─好，那我吃過午餐了。」

霍瑞斯．葛藍儂─海特將軍當時已經展開他的反抗行動，而屬於邊疆地區的艾斯葵司正落在他的進攻路線上。艾斯葵司並不擔心，霸聯已經派了一支太空艦隊作為屏障，但摩納哥流亡王國的皇家統治

㉚ Charles Laughton（1899-1962），英國舞臺劇暨電影演員、劇作家、製作人，以電影《亨利八世的私生活》（*The Private Life of Henry VIII*）獲得一九三三年奧斯卡最佳男主角。

㉛ 南魚座主星，距離地球約二一．五一光年，是地球上可以看到的第十七位亮星。

者召見我的時候，這枝蠟燭看起來融化得更塌了。

「馬汀，你聽─聽─聽說了北落師門星㉛那場戰─戰─戰役了吧？」國王陛下說。

「是，聽起來沒什麼好擔心的。北落師門星正是葛藍儂─海特一直以來攻擊的那種星球……地方不大，移民最多幾千個，礦產豐富，時債至少有……距離萬星網二十個標準月吧。」我說。

「二十三個，所以你不─不─不認為我─我─我們有危─危─危險？」比利王說。

「嗯，沒有，實際調度時間不到三星期，時債不到一年，霸聯隨時都可以趕在將軍從北落師門星傳送之前，把軍隊送進來。」我說。

「也許吧。」比利王一面思考，一面將身子靠上一座星球儀，又在圓球被壓得轉動之際筆直跳了起來。「但無論如何，我已經決定要開始我們的小─小─小型聖遷行動。」

我眨了眨眼，感到驚訝。遷國這件事比利已經講了快兩年，可我從沒想過他會真的放手去做。

「太─太─太……艦隊已經在帕爾瓦蒂星待命了，艾斯葵司已經同意─支─支─支……提供我們進入萬星網所需的運輸作業。」他說。

「可是皇宮怎麼辦？圖書館呢？農田和土地呢？」我說。

「當然都捐出去了，可是圖書館的館藏會跟我們一起走。」比利王說。

我靠著馬毛沙發椅的扶手坐下，揉揉臉頰。搬來王國這十年，我從比利的贊助對象升格為導師，而成顧問，現在是朋友，但我從沒假裝自己搞懂過這位不成人形的謎團。當初我才抵達就立刻獲准晉見。「你是—是—是否希—希—希望加—加—加入我們這塊小殖民地上其他創作天—天—天才的行列？」他那時問我。

「報告陛下，是的。」

「那麼你會—會—會寫—寫—寫更多像《垂死地球》的書嗎？」

「陛下，可以的話我會盡量避免。」

「我有讀—讀—讀過，你知道嗎，很—很—很有趣的一本書。」這位小個子說。

「您太客氣了，先生。」

「胡—胡—胡說，賽倫諾斯。之所—所—所以有趣是因為顯然有人把它大肆刪改過，書裡剩下的全是爛東西。」

我那時訝然失笑，突然察覺我會喜歡哀王比利這個人。

他嘆道：「不—不—不過《詩篇》，那—那—那才叫一本書。大概是過去兩個世紀以來萬星網出版過最好的韻—韻……詩集了。你是怎麼避開出版界庸俗審查制度的，我永遠不會知道……我替王—王—王國訂了兩萬本。」

我輕輕點頭示意，二十年前自中風復原之後，第一次無言以對。

「你會寫更多像《詩篇》那樣的詩—詩—詩嗎？」

「我來這裡就是要試試看，陛下。」

「那麼歡迎你，你會住在皇—皇—皇……城堡的西側樓房，靠近我的辦公室，我的門將永遠為你而開。」哀王比利說。

現在我向關著的門瞥了一眼，又看看這位瘦小的君王，他看來——即使在微笑——幾乎就要落淚。

「海柏利昂？」我問。他曾經好幾次提到這個從殖民地退化成蠻荒世界的星球。

「一點沒錯。生化人種船在那裡已駐守好幾年，馬—馬—馬汀。可以說是為未來鋪路吧。」

我挑了挑眉。比利王並不是靠王國的資產生財，而是透過對萬星網經濟的龐大投資。即使如此，如果他已經暗中執行再殖民計畫達數年之久，投入的資金必定十分驚人。「你記—記—記不記得為什麼第一批移民把那個星—星—星……地方取名海柏利昂，馬汀？」

「當然。聖遷之前這些人原本住在土星其中一顆衛星，一個小小的殖民地。他們全靠地球補給在過日子，所以他們搬到邊疆地帶之後就用衛星名字稱呼新的星球。」

比利王的笑容悲哀。「那麼你知道為什麼對我們來說，這名字是個好兆頭嗎？」

我花了大概十秒鐘才聯想到。「濟慈。」我說。

幾年前有次我們討論詩的本質，快結束時，比利王問我誰是歷史上最純粹的詩人。

我那時問他：「最純粹的？你的意思是最偉大的吧？」

「不，不，要—要—要吵誰最偉大太荒謬了。我想知道你認為最—最—最純粹……最接近你定義的本質的人是誰。」比利說。

我花了幾天思考之後，帶著答案來見比利王，我們一起看著皇宮附近懸崖邊的幾顆落日。紅藍交錯的影子跨過琥珀色的草坪，朝我們延伸。「濟慈。」我說。

「約翰．濟慈。」哀王比利低聲複述，片刻之後問道：「啊，為什麼？」

所以我告訴他這位十九世紀元地球詩人的成長背景、技藝訓練、早逝的一生……不過大部分說的是一個幾乎完全奉獻給詩學創作的生命。

當時比利似乎有點興趣，現在他看來簡直著迷，揮揮手叫出一個幾乎塞滿房間的全像模型。我退後幾步，穿過山丘、建築、低頭吃草的動物，走到一個比較好的角度觀察。

「看哪，海柏利昂。」我的贊助人低聲嘆道。一如以往，比利王全神貫注的時候往往忘了口吃。全像投影變換著視野：河邊城鎮、港口都市、山峰懸崖，一座丘陵上的城市，山坡上滿是紀念碑，和一旁谷底的詭異建築相互呼應。

「時塚？」我說。

「沒錯。已知宇宙中最難解的一道謎題。」

誇張的說法讓我皺眉。「那裡面媽的根本沒東西，從被發現以來一直都是空的。」我說。

「這些墳墓放出某種奇怪的反熵場，一直存留到現在，這是除了奇異點之外，少數幾個膽敢玩弄時間的現象之一。」比利王說。

「沒什麼大不了的，那一定就像金屬表面上塗的防鏽劑一樣。它們建造的目的就是永久保存，可是它們是空的。還有，我們什麼時候開始對科技大驚小怪了？」我說。

「不是科技，是神祕。」比利王嘆了口氣，滿臉的皺紋更深刻了。「一個地點的靈性對某些創作人來說非常必要。古典烏托邦和異教神祕主義的完美結合。」

我聳聳肩，不怎麼在意。

哀王比利揮手讓投影消失。「你的詩─詩─詩有進步嗎？」

我叉起雙臂，狠瞪著出言不遜的皇家矮子。「沒有。」

「你的繆─繆─繆思回來了嗎？」

我不發一語。若眼神能殺人，天黑之前我們會此起彼落地喊著：國王駕崩，吾王萬世不朽！

「很好─好─好。」他說，證明他除了哀傷之外也可以擺出一副洋洋得意的表情。「打─打─打─包吧，孩子。我們要去海柏利昂囉。」

（淡入）

哀王比利的五艘種船如蒲公英般飄過琥珀天空。白色城市矗立於三塊大陸之上：濟慈、安迪米昂、浪漫港……詩人之城本身。超過八千名藝術的信徒在這個粗陋荒僻的世界，逃離俗見之暴政，追尋全新的視野。

艾斯葵司和溫莎流亡王國是聖遷後一世紀的生化人生化製造中心，現在這些藍皮膚的人類之友在此辛勤耕作，知道只要完成這最後一份勞役，他們即成自由之身。白色城市聳立了。偽原住民厭倦了假扮，便從村莊和森林出走，幫助我們將這塊殖民地打造得更符合人類需求。技術官僚、政治官僚、生態官僚紛紛解凍，並得以在這片單純的世界上任意妄為，於是哀王比利的夢想離現實又更近了一步。

等我們抵達海柏利昂，霍瑞斯．葛藍儂—海特將軍已經死了，他短暫但遍地血腥的兵變早已敉平，但再回頭已經不可能。

一些比較吃苦耐勞的藝術家和工匠拋棄了詩人城，投向傑克鎮或浪漫港，甚至移居正在拓展的邊界區域，加入同樣辛苦但更富創造力的人們，但我留了下來。

我在海柏利昂的前幾年沒找到繆思。對許多人來說，在電磁車不可靠、浮掠機數量稀少等運輸工具有限所加深的距離感，以及沒有數據圈可用、無法連結到萬事議會，超光速通訊器也只有一臺所產生的人工智能的縮減使用，都讓他們重拾創作能量，也對身為人類和藝術工作者的意義有了全新的體會。

至少我是這麼聽說的。

繆思沒有降臨。我的詩一如以往，技法純熟、像哈克的貓一樣死板。

我決定自殺。

但首先我花了點時間，至少九年吧，進行一項社區服務，提供新海柏利昂唯一欠缺的東西，道德之墮落。

一位名字恰好叫葛老曼．駭克的生物雕塑家，讓我獲得了賽蹄[32]該有的體側毛髮、兩隻蹄子、一雙羊腿。我蓄了鬍子，把耳朵弄長。葛老曼對我的生殖器作了有趣的調整。傳聞四起。農家女孩、原住民、我們一身藍色的都市計畫人兼拓荒者的夫人們，全都在等待海柏利昂唯一的羊人居民造訪，或乾脆主動安排會面事宜。我領會了「陽具崇拜」和「求雌癖」的真正意涵。永無休止的性競技之外，我也讓自己成為酒國傳奇，並任由詞彙能力再次趨近中風後的水平。

那是他媽的天堂。那是他媽的地獄。

然後就在我準備一槍射穿腦子的那個晚上，格蘭戴爾出現了。

來訪怪物的速寫：

我們最糟的噩夢活了過來。迴避光明的魔物。魔比斯和魁爾的幽影㉝。請把火燒旺些，媽，格蘭戴爾今晚要來。

起初我們以為失蹤的人只是不見了。我們的城市沒有沿城牆巡邏的守望人，其實連城牆也沒有，我們的蜜酒廳毫無看門的戰士。接著一名男子報案，說他的老婆在晚飯之後、哄兩個孩子上床之前消失了。然後抽象內爆家荷班．克里斯特，在詩人露天劇場的小週末表演沒能出席，是他八十二年演出生涯中第一次。眾人擔心了。哀王比利結束了傑克鎮的重建監督工作回來，保證安全措施會更加嚴密。城市周圍架起一張掃描網。艦隊安全部官員掃蕩時塚，回報該區域完全淨空，將機器人送到玉塚基部的迷宮入口處，經過六千公里的探針測量，也毫無發現。不管是自動操控或人為駕駛的浮掠機，搜尋城市與馬轡山脈之間，也沒有發現任何比岩鰻大的熱能訊號。大約有當地一週的時間，沒再傳出失蹤的消息。

接著發生了命案。

雕塑家彼得・賈西亞，被人發現陳屍工作室、寢室、屋外的後院。艦隊安全部行政官特魯因・海恩斯竟然蠢到向媒體說：「他就好像被什麼凶狠的動物給活活撕碎一樣。但什麼動物能把人弄成那樣，我從來沒看過。」

我們都暗自騷然竊喜。那句對白的確糟糕至極，直接從幾百萬部我們用來嚇唬自己的全像電影中抄襲而來，但現在我們都成了電影的一部分。

調查矛頭指向明顯的凶嫌：某個瘋子逍遙法外，可能正在用脈衝刀或地獄鞭大開殺戒。這一回他（或她）沒有足夠時間處理屍體。可憐的彼得。

艦隊安全部行政官海恩斯遭到解職，市政官普魯耶特得到國王陛下的許可，僱用、訓練、武裝一支約由二十名警官組成的市警隊。謠言傳出整個詩人城六千市民都將被迫接受測謊。路邊咖啡廳充斥著關於人權的討論……嚴格來說我們不屬於霸聯，我們有人權可言嗎？各種緝捕凶手的草率計畫紛紛

---

32 Satyr，希臘神話中的森林之神，半人半羊，性好色。

33 出自一九五六年的科幻電影《惑星歷險》（*Forbidden Planet*），其角色和設定源自莎士比亞的《暴風雨》，但劇情非常不同。電影敘述二二〇〇年，聯合星球探險船來到河鼓二（即牛郎星），調查十九年前一支探險隊柏勒洛豐號所發生的意外，發現摩比斯博士是唯一的倖存者，並熱中研究當地已滅絕的魁爾文明，經過一連串事件之後，發現摩比斯與魁爾文明的真相。

出籠。

接著屠殺開始了。

這些謀殺毫無共通模式。屍體可能三兩並陳、單獨出現、或下落不明。一些失蹤案沒有血跡，其他的遍地腥紅。無人目擊攻擊行動，也無人倖存。地點似乎不是問題：威蒙特一家住在城外的別墅區，但希拉·羅伯從不離開她在市中心的高塔工作室，有兩名受害者顯然是晚間在禪花園散步時單獨失蹤，但李曼大臣的愛女有保鏢隨行，卻在單獨進入哀王比利皇宮七樓一處浴室後，不見蹤影。

在盧瑟斯或天崙五中心或其他十幾個老萬星網星球上，一千人死亡可以換來小幅度報導，大略是數據圈的短期新聞或晨報倒數幾頁的篇幅，但在總人口五萬的殖民地、一座六千人的城市裡，十幾件謀殺案，正所謂風聲鶴唳、草木皆兵，通常能充分掌握大家的注意力。

我認識前幾名被害人當中的一個。西西普麗斯·哈利斯是我在羊人時期所征服的前幾個對象之一，也是其中最飢渴的，是個漂亮女孩，金色長髮柔順得不可思議，鮮摘蜜桃般的皮膚太過嬌嫩、讓人作夢也不敢撫摸，一位如夢似幻的美人：正是連最膽小害羞的男性都幻想侵犯的那一種。現在，西西普麗斯被徹底侵犯了。他們只找到她的頭，立在拜倫爵士廣場正中央地面，彷彿她從頸部以下全被灌漿大理石埋住。聽到這些細節，我很清楚我們面對的是什麼樣的生物，因為在母親大宅我曾養過一隻貓，幾乎每個夏日早晨牠都會在南邊露臺上留下類似的貢品，像是沙岩地上一顆瞪著天空、滿臉驚訝的老鼠頭、或是一隻咧嘴露齒的松鼠——一名自傲但憤怒的獵人所留下的戰利品。

哀王比利來訪時，我正努力寫著《詩篇》。

「早安，比利。」我說。

「是國王陛下。」國王陛下擺出少見的皇室架子，發著牢騷。從降落艇在海柏利昂著陸的那天起，他的口吃就不藥而癒。

「早安，比利、國王陛下。」

「哼，你又開始寫作了，賽倫諾斯。」我的主子壓低嗓子抱怨著，他移開一些紙，不偏不倚對著乾淨的長椅上唯一一灘翻倒的咖啡坐下。

我不認為有必要回應這個膚淺的觀察。

「你一直都用筆嗎？」

「不，只有我想寫值得閱讀的東西的時候。」我說。

「那些值得閱讀嗎？」他對過去兩個本地週我所累積的一小疊手稿比了比。

「對。」

「對？就這樣？」

「對。」

「我很快就可以讀到嗎？」

「不。」

比利王低頭看去，注意到他的左腿在一灘咖啡裡。他皺皺眉頭，挪開身體，然後用披風下襬把縮水的咖啡池擦乾。「永遠讀不到？」

「除非你活得比我久。」

「我是打算這麼做，等你不再找本國的母羊玩山羊遊戲之後。」國王說。

「那是一種譬喻嗎？」

「完全不是，只是一項觀察。」比利王說。

「我小時候的農場生活結束之後，就再也沒特別注意過母羊。我在一首歌裡面答應我媽，以後不會沒經過她同意就又開始亂搞羊交。」我唱起一小段古老小調，歌名是〈不會再有下一頭母羊〉，比利王悲哀地看著我。

「馬汀，有人或什麼東西正在屠殺我的人民。」他說。

我把紙和筆放下。「我知道。」

「我需要你幫忙。」

「拜託，怎麼幫啊？我要像HTV電視的偵探一樣去追查凶手嗎？他媽的在萊欣巴赫瀑布㉞上來一場他媽的生死鬥？」

「那樣是最好，馬汀。不過現在你只要給些意見，出一兩點建議就夠了。」

「意見一，來這裡很笨。意見二，留下來很笨。唯一的建議：走人。」我說。

比利王憂鬱地點頭。「離開這座城市還是整個海柏利昂？」

我聳了聳肩。

國王陛下起身走到我小書房的窗邊。窗外隔著三米寬的巷子，就是隔壁自動回收廠的磚牆。比利王專心看著風景。「你知不知道荊魔神的古老傳說？」他說。

「我聽過一些片段。」

「本地人認為那個怪物和時塚有關係。」他說。

「本地人會在肚皮上塗顏料慶祝收割，而且抽未轉殖基因的菸草。」我說。

比利王點頭同意這句話有道理。他說：「霸聯先遣小隊之前對這塊區域很小心。他們架了多頻道記錄器，也一直固守馬轡山以南的基地。」

「聽好，國王陛下……你想怎樣？免除你把事情搞砸、在這裡蓋了個城市的罪行嗎？你的罪赦免了。去吧，從此不要再犯罪了，我的孩子。好，如果你不介意的話，大人，再見。我還有下流打油詩要寫呢。」我說。

㉞ 即福爾摩斯和莫里亞蒂教授在《最後一案》中搏鬥的地點。

比利王沒從窗邊轉過身來。「你建議我們疏散城市，馬汀？」

我只猶豫了一秒鐘。「是啊。」

「那你會和其他人一起走嗎？」

「為什麼不會？」

比利王轉過來看著我的眼睛。「你會嗎？」

我沒說話。過了一會我把視線移開。

「我想也是。」這顆星球的統治者說。他把一雙胖手搭在背後，繼續盯著磚牆。「如果我是偵探，我會起疑。全城產量最少的市民在沉寂十年之後又開始寫作，就在第一批命案發生……多久呢，馬汀？……兩天之後。現在他從自己曾經風光一時的社交圈當中消失，把時間全花在寫作史詩上……突然變害羞了，連年輕女孩都不需擔心他山羊般的熱情。」

我嘆了口氣。「山羊般的熱情，大人？」

比利王轉過頭看著我。

「好吧，你逮到我了。我承認。是我殺了他們，還用他們的血來洗澡。這是他媽的一種文字春藥。我看再兩……最多再三百個受害人……我下一本書就可以準備出版了。」我說。

比利王轉回去面對窗戶。

「怎麼啦，你不相信我？」我說。

「不相信。」

「為什麼不？」

「因為，我知道凶手是誰。」國王說。

我們坐在黑暗的全像放映室，看著荊魔神殺死小說家希拉·羅伯和她的愛人。光很微弱，希拉的中年肉體似乎閃著一層曖曖磷光，而她年輕許多的男友屁股之白淨，在黯淡燈光下給人脫離曬成深棕的軀體而飄浮起來的錯覺。他們的性愛即將抵達狂熱的頂點時，無法解釋的事發生了。少了最後的衝刺和高潮瞬間的靜止，那年輕男人像是往後上方凌空飛起，彷彿希拉用某種方式將他從她的身體裡強迫彈射到空中。碟片的音軌上，前一刻還是喘息、呼告、指示等可想而知的床上活動聲，突然放映室裡全是尖叫聲。先是年輕男人的，然後是希拉的。

男孩的身體砰一聲撞上鏡頭外的一堵牆。希拉的身體攤開，滑稽、悲哀又無助地等著，兩腿大張、手臂攤平、胸部垂軟、大腿發白。她的頭原本歡愉地後仰，現在有時間抬頭之後，高潮來臨的表情轉為驚嚇和憤怒，兩者竟不無相似。她張開嘴巴想喊些什麼。

一個字都沒有。傳出來的是剁西瓜般的刀刃刺穿肉體、鉤子扯斷筋骨的聲音。希拉的頭向後倒去，嘴巴以不可能的角度張開，然後身體從胸骨以下炸了開來。肉片四濺，有如希拉·羅伯正被一把隱形的斧頭劈成柴薪。看不見的手術刀成功將她剖開，橫向切口一一出現，像變態醫師心愛的手術錄影以猥褻的高速播放。這是一場對活人的殘酷解剖。應該說曾經活過的人，因為當鮮血停止飛濺、身體不再痙攣，希拉死亡的四肢放鬆了，兩腿再度張開，呼應上方令人作嘔的臟器景觀。接著，極短的一瞬間，床邊出現一團鮮紅和鉻銀的模糊影像。

「暫停、放大、調整影像。」比利王命令室內電腦。

那團模糊的東西逐漸清晰，成了毒品上癮者噩夢中的頭顱：一張由鋼、鉻、頭骨組成的臉，牙齒有如機械狼與蒸汽挖土機的混種，眼睛像兩道灼熱的紅寶石雷射穿過充血寶石，額頭如水銀般的顱骨上突出一根三十公分長的彎月刺刀，頸子圍著一圈類似的尖刺。

「荊魔神？」我問。

比利點點頭，下巴和脖子幾乎沒動。

「那個男孩怎麼了？」我問。

「希拉的屍體找到的時候，沒有他的線索，直到這片光碟尋獲為止，沒人知道他失蹤了。他的身分鑑定是安迪米昂來的年輕旅遊專員。」國王說。

「這段影片你才剛找到？」

「昨天，安全部的人在天花板上找到監視器，直徑不到一公釐。這樣的碟片希拉有一整個資料庫。那臺攝影機顯然是專門用來記錄……呃……」比利王說。

「臥室的鬧劇。」我說。

「沒錯。」

我起身走向那隻生物的漂浮影像。我的手一一穿過額頭、尖刺、下顎。從這玩意的頭來看，咱們本地的格蘭戴爾直立時身高超過三公尺。「荊魔神。」我喃喃自語，打招呼的意味多過認清身分。

「關於它的事你能告訴我多少，馬汀？」

「幹麼問我？」我壓不住怒氣。「我是詩人，不是神話歷史學家。」

「你用種船電腦搜尋過荊魔神的性質和來源。」

我挑起一邊眉毛。電腦使用紀錄應該屬於私人資訊且匿名，就跟在霸聯登入數據圈一樣。「那又如何？殺人案發生之後查閱過荊魔神傳說的，少說幾百人吧。搞不好上千。我們就這麼一個他媽的惡魔傳說。」我說。

比利王臉上的皺紋開了又合。「對，可是你在第一起失蹤案發生前三個月查過那些檔案。」他說。

我嘆了口氣，往放映室的座墊裡坐得更深。「好吧，我查過。那又怎樣？我想把那該死的傳說用在我寫的該死的詩裡面，所以我研究了一下。逮捕我啊。」

「你查到什麼？」

我現在非常生氣。我狠狠地把羊蹄踩進軟地毯。「就是該死的檔案裡的東西，你他媽的到底要我怎樣，比利？」我火大了。

國王揉揉眉毛，不小心小指戳到眼睛，臉皺了一下。「我不知道，安全部的人本來要把你帶到船上，接上全拷問介面。我決定先跟你談談。」他說。

我眨了眨眼睛，胃裡升起一陣零度重力的奇異感覺。全拷問介面代表皮層分流器和頭骨插槽。大部分被這種方式拷問的人事後都能完全復原。大部分。

「可以告訴我，你打算把荊魔神傳說的哪一方面用在詩裡嗎？」比利王輕聲問道。

「當然。根據原住民建立的荊魔神教義，荊魔神是痛苦之王與最終和解之天使，從超越時光之地來此宣告人類的終結。我喜歡這種自大。」我說。

「人類的終結。」比利王覆述。

「對。他是天使長聖米迦勒、先知摩羅乃㉟、魔鬼撒旦、隱熵、科學怪人等等全部的綜合體。他在時塚附近遊蕩，等人類登上絕種動物排行榜的時間一到、該加入渡渡鳥、黑猩猩、抹香鯨的行列時，就會出來大開殺戒。」我說。

「科學怪人，為什麼還他？」披風皺巴巴的矮小肥仔思索著。

我吸了一口氣。「因為荊魔神教相信人類用某種方式創造了這個東西。」我說，雖然我很清楚比利王知道的遠遠超過我現在說的一切。

「他們知道怎麼殺死他嗎？」他問。

「不知道。就我所知他應該是長生不死、超越時間。」

「是神囉？」

我遲疑了。最終我開口：「不盡然，比較像是宇宙最恐怖的噩夢變成真實。有點類似死神，不過偏好把靈魂掛在一棵長滿刺的大樹上……特別是那些人的靈魂還沒離開身體時。」

比利王點點頭。

「聽著，如果真要鑽研邊疆世界的神學問題，為什麼不飛到傑克鎮找幾個神教牧師來問？」我說。

「對，他們已經在種船上接受拷問了。這事真摸不著頭緒。」國王把肥厚拳頭枕著下巴，很顯然心不在焉。

我起身欲走，不確定是否會獲准離開。

「馬汀？」

「嗯。」

「你走之前還有沒有想到什麼，能幫我們了解這件事？」

我在門口停下，覺得心臟快要撞斷肋骨跳出來。「有，我可以告訴你荊魔神到底是誰、有什麼意義。」我說，我的聲音在顫抖的邊緣。

「哦？」

㉟ Moroni，在耶穌基督末世聖徒教會（即摩門教）教義中，先知摩羅乃在一八二三年九月二十一日拜訪了摩門教創始人斯密約，授與他金頁片，並口述翻譯給斯密約聽，後來便成了一八三〇年出版的《摩門經》。

「是我的繆思。」我說，然後轉身，回到房間寫作。

當然是我召喚了荊魔神。我知道。我開始寫他的史詩，就召喚了他。太初有字。

我將詩的標題改為《海柏利昂詩篇》。詩寫的不是一顆星球，而是自封為泰坦巨人的人類之命運。寫的是一個僭越上帝卻毫無自覺的種族，竟然因為純粹的粗心大意毀滅了家園，再將這份危險的自大帶到宇宙各處，但最終嘗到了他們自己幫助創造的神之怒火。《海柏利昂》是我多年來第一部嚴肅作品，也是我生涯中最好的一部。原本只是半開玩笑向約翰．濟慈的魂魄致上敬意，現在成了我活在世上的唯一理由，在這庸俗可笑的時代裡一部突出的史詩鉅作。《海柏利昂詩篇》筆觸之高超，我無以企及，境界之深遠，我無能想望，歌聲之優美，非我所屬。人類之命運是我的主題。荊魔神是我的繆思。

又多了二十人死亡，比利王才下令疏散詩人城。有些難民去了安迪米昂、濟慈或其他幾個新興城市，但大部分投票決定搭種船返回萬星網。比利王創作烏托邦的夢想到此破滅，即使國王自己繼續居住在濟慈陰鬱的皇宮中。自治議會得到殖民地管理權，隨後向霸聯提出入盟申請，並立刻成立一支自衛軍。自衛軍主要由原住民組成，這些人十年前還在彼此打鬧，現在則接受這個新殖民地自行任命的軍官指揮，他們唯一的貢獻，就是用自動巡邏的浮掠機擾亂夜晚的平靜，用移動監視機器人破壞逐漸入侵的沙漠的美麗。

令人意外，留下來的不只我一個。至少有兩百人沒走，不過大部分人避免任何社交接觸，只限於在詩人步道上交會、或在空蕩蕩的圓頂食堂分坐用餐時，彼此禮貌微笑。

謀殺和失蹤案繼續發生，平均約每兩個當地星期一起，不過多半不是被我們居民發現，而是區域自衛軍司令，他下令每幾週清點一次人頭。

第一個年頭在我心中留下的畫面格外有團體歸屬感：那一夜，我們集合在交誼大廳目送種船艦隊離開。那正是秋季流星雨的高峰，海柏利昂的夜空本就閃耀著金光流火，種船引擎齊聲點燃的瞬間，宛如一顆小型太陽升起，於是接下來的一小時，我們望著朋友和藝術同行消失在一道核融合噴焰當中。哀王比利也在當晚的送行行列，我記得他看了我一眼，才步履沉重地踏上華美座車，返回濟慈市的避難所。

接下來的十二年我只離開過城市六次，一次去找生物雕塑家把我的羊人裝飾拿掉，其他次則是去買食物和補給品。荊魔神教此時已經恢復舉行荊魔神朝聖，來往旅途中，我將他們走向死亡的繁複路線反向利用，像是步行到時光堡、搭空中纜車穿越馬轡山脈、乘風船車、最後坐上冥河渡船順胡黎河而下。回程時，我總是盯著朝聖者眾，揣想會有多少人存活。

詩人之城幾乎無人造訪。城裡未完工的高塔越來越像崩塌的廢墟。罩著精美金屬玻璃圓幕的拱廊和蓋頂走道現在爬滿了藤蔓，柴堆綠和疤痕草從石板間探出頭來。自衛軍製造更多混亂，埋下地雷和陷阱想殺了荊魔神，唯一的收穫是摧毀城裡曾經風光的景致。灌溉系統故障停擺。渠道崩塌。沙漠入侵。

我在比利王皇宮各房之間搬遷，寫我的詩集，等待我的繆思。

如果你仔細想，整個因果關係有點類似資料藝術家卡洛司的某個瘋狂邏輯迴路，或是埃薛爾的一張幻覺圖像：荊魔神之所以會出現，是因為我《詩篇》的召喚力量，但《詩篇》本身如果沒有荊魔神這位繆恩的存在／威脅，也不可能成形。也許那段日子我是有點瘋了。

接下來的十二年，突發的死亡將城裡遺民一一剔除，直到剩下我跟荊魔神。每年一度經過的荊魔神朝聖團只是小小的騷動，只是遠方一支橫越沙漠朝時塚而去的隊伍。有時少數人會回來，匆匆行過朱紅砂粒，逃往西南方二十公里外的時光堡避難。更多時候，沒人出現。

我在城市的陰影下眺望。我的頭髮、鬍子不斷生長，直到遮住了身上破爛衣服的一部分。我通常在晚上出門，鬼魂般在廢墟間穿梭，有時凝視我亮燈的塔樓，就像休謨㊱透過自家窗戶看進屋內，然後認真確定他不在家。我一直沒有把食物合成器從食堂搬到公寓，反而喜歡在寂靜空蕩的破損食堂中用餐，像個神智不清的艾洛伊族人把自己養胖，等待不可避免的莫洛克族㊲來襲。

我從沒看到荊魔神。許多夜晚，就在日出之前，我會因為突然傳來的金屬搔刮石頭聲、某物腳底踩過沙粒的摩擦聲而驚醒，雖然我常常肯定自己受到監視，卻從沒看過監視者。

偶爾我會旅行一小段路到時塚去，尤其在夜間，一邊避開反熵時潮輕柔而擾人的拉扯，一邊在人面獅身像雙翼繁複的黑影中移動，或透過玉塚的翡翠牆壁凝視星空。正是從一次深夜朝聖回來時，我發現書房中有一名不速之客。

「精彩呀，馬—馬—馬汀。」比利王說，手指輕敲散置房間各處的其中一疊手稿。這位失去權位的君主坐在長桌邊上過大的椅子裡，面容蒼老，枯槁更甚以往。顯然他已經讀了好幾個小時。「你真—真—真的認為，人類應—應—應該得到這樣的結局？」他輕聲問我。我已經十二年沒聽過他口吃了。

我離開門邊，但沒回答。比利是我超過二十個標準年的朋友和贊助人，但那一刻我想動手殺了他。想到有人未經許可偷看《海柏利昂》，我就怒不可抑。

「你的詩—詩—詩……作品都有日—日—日期嗎？」比利王說著，一邊翻過最新完成的一疊手稿。

「你怎麼進來的？」我忍不住了。這不是隨便問問。浮掠機、降落艇、直升機，這幾年來想飛到時塚附近，總是運氣欠佳。機器會在毫無乘客的情況下抵達。替荊魔神添了不少神話色彩。

披風滿是皺痕的矮個子聳聳肩膀。他的制服理當高貴神氣，卻讓他看起來像個過重的丑角。「我跟在上一批朝聖者的後面，然後從時光堡過來看。我注意到你已經好幾個月沒寫了，馬—馬—馬汀。你

---

36 David Hume（1711-1766），蘇格蘭哲學家，西方哲學史上的重要人物，為徹底的懷疑論者。

37 艾洛伊族（Eloi）與莫洛克族（Morlock），皆出自H．G．威爾斯的《時間機器》，描述一位科學家透過時間旅行來到遙遠的未來，發現人類變成兩族，艾洛伊族居於地表追求安逸，不思勞動，而莫洛克族則居於陰暗的地下，怕光怕火，只有黑夜才能到地表活動，他們用地下的機械為艾洛伊生產各種用品，然而卻以艾洛伊為食。

能解釋嗎？」他說。

我一面側身接近，一面靜靜怒視著他。

「也許我可以。」比利王說。他的目光停在《海柏利昂詩篇》完稿的最後一頁，彷彿上面記載了某個難解謎題的答案。「最後幾段詩是在去年J．T．特里歐失蹤的同一個星期寫的。」

「所以呢？」我已經來到桌子的另一頭。我裝著若無其事，把一小疊手稿紙拉近，移出比利伸手可及的範圍。

「所以那就是─是─是─是……根據自衛軍的掃描器……詩人之城最後一位遺民死亡的日─日─日期，意思是，除了你─你─你之外的最後一位，馬汀。」他說。

我聳聳肩膀，開始繞過長桌。我必須將擋在中間的手稿移開才能接近比利。

「你知道，你還沒寫─寫─寫完，馬汀，人類還有一點機會度─度─度─度過最後的衰亡。」他用他深沉、悲哀的聲調說著。

「沒有。」我說，又偷偷走近一些。

「但你寫不出來，不是嗎，馬汀？除非你的繆─繆─繆思在外面殺人，否則你無法寫─寫─寫寫詩，不是嗎？」

「胡說！」

「也許是，但卻有令人驚異的巧合，你曾經想過為什麼你能躲過一劫嗎，馬汀？」

我再次聳肩，將另一疊稿紙從他手邊滑開。我比他更高、更壯、更凶狠，但我必須確保把他從座位上提起來扔出門的時候，如果他掙扎抵抗，手稿不會受損。

「我們解決這個問題的時—時—時候到了。」我的贊助人說。

「不，你回家的時候到了。」我推開最後一疊詩稿，高舉雙臂，發現自己一隻手竟握著黃銅燭臺。

「拜託別動。」比利輕聲說著，從大腿邊舉起一把神經麻痺槍。

我只猶豫了一瞬，隨即大笑。「你這可悲的下三濫騙子，你他媽到死都不會用槍。」

我上前將他痛打一頓，扔出門外。

我的臉頰緊貼中庭石板，但睜開的那隻眼睛剛好看見破裂的走廊圓頂細格子間灑下點點星光。我無法眨眼。四肢軀體傳來知覺恢復的刺痛感，彷彿我全身曾經沉沉睡去，現在卻痛苦地醒來。我想大叫，但下顎跟舌頭卻拒絕合作。突然我被抬起來靠在一張石板長凳上，現在我看得到瑞斯米·柯爾貝設計的廣場和枯噴泉。拉奧孔㊳與海蛇的青銅鑄像彼此角力，在黎明前流星雨的映照下閃爍不定。一個熟悉的聲音傳來：「我很抱—抱—抱歉，馬汀，但—但—但這一切瘋—瘋—瘋狂必須結束。」比利王帶著

㊳ Laocoon，希臘史詩中的一名特洛伊人，為海神波塞頓的祭司。關於他的死有數種版本，其一是由於他警告特洛伊人木馬是陷阱，支持希臘的雅典娜（一說是波塞頓）為阻止他繼續預言而派海蛇絞殺他和他的兒子。

高高一疊手稿，走入我的視野。其餘幾疊稿紙堆在噴泉底部，金屬製特洛伊人的腳邊。旁邊放著一桶煤油。

我終於眨了眨眼。眼皮像鑄鐵般動著。

「再過幾秒—秒—秒……分鐘，麻痺作用就會消—消—消失了。」比利王說。他將手伸進枯噴泉中拿起一束手稿，用打火機點燃。

「不！」我在緊閉的上下顎間勉強擠出叫聲。

火燄跳躍著熄滅了。比利王讓灰燼散落在噴泉中，舉起另一疊紙張，捲成筒狀。火光照亮他涕淚縱橫的臉頰。「是你召—召—召喚出—出—出來的，它必須被毀—毀—毀滅。」矮小的男人哽咽說著。

我掙扎著起身。手腳抽搐如失去控制的木偶四肢，疼痛難以想像。我再度尖叫，痛苦的聲響在大理石和花崗石之間迴響。

比利王拿起厚厚一疊手稿，停下來朗誦最上面一頁：

故事道具全無
僅憑脆弱的有限生命，我挑起
永恆寂靜之擔，
陰鬱永無止境，三道身影不變

鎮壓理智整整一月。
因我燃燒的大腦計算無誤
她銀色的季節在夜晚灑下
而每一日我感到自己變得
更枯槁如魅——我時時祈禱
全神貫注，死亡將領我出幽谷
及其一切重擔——對改變已然絕望
的喘息間，每一刻我詛咒自己。㊴

比利王仰視星空，讓這張紙消失於火燄之中。

「不！」我再度哭喊，並強迫雙腳彎曲。我舉起膝蓋跪地，試著以刺痛如火燒的手臂穩住身子，但又倒往一側。

穿著披風的身影拾起一疊過厚而無法捲起的手稿，在幽暗的夜光中凝視。

㊴ 此非賽倫諾斯所寫，而是出自濟慈的〈海柏利昂的殞落〉，後詩亦同。

接著我見到一張蒼白臉龐
不背負人間悲傷，卻因病鍍上一層白
永恆而不致命；
疾病不斷改變著他，快適之死亡
抑無法終結；那面容朝死亡而行
至無死之地；越過了
百合與冰雪；除此之外
此刻我不應多想，雖然我見到那臉……

比利王將打火機湊近，五十頁手稿成了一團火燄。他將燃燒的紙張丟進噴泉，伸手再拿。

「拜託！」我大喊著撐起身體，抗拒著雙腳不時抽搐的神經電流，靠在石椅上。「拜託。」第三個身影不是真的出現，更像是它讓已身的存在侵入我的意識。它似乎一直都在，而比利王跟我直到火燒旺了才終於注意到。巍巍然佇立著，四臂伸出，全身包覆著鉻銀與骨骼，荊魔神火紅的凝視轉向我們。

比利王倒吸一口氣，退後幾步，走向噴泉將更多的《詩篇》餵進火堆。餘燼順著溫暖的氣流飛起。一群鴿子從纏滿藤蔓的圓頂鋼架間衝出，爆發一陣鼓翅聲。

我向前移動，蹣跚著不像走路。荊魔神沒有動作，血紅目光未曾移開。

「去吧！回到你所屬的黑暗幽谷！」比利王嗓音高拔，忘了口吃，雙手分持一團著火的詩作。

荊魔神似乎微微偏了偏頭。銳利的臉龐閃爍著紅光。

「我的主！」我大叫，究竟是對著比利王還是那隻來自地獄的怪物，我當時並不知道，現在也難以分辨。我跌跌撞撞走完最後幾步，抓向比利的手臂。

他不見了。前一秒年邁的國王還在我伸手可及處，下一瞬間他已在十公尺之外，被高高舉起在廣場石板之上。尖銳如鋼刺的手指穿透了他的手臂、胸膛和大腿，但他仍然扭動著，我的《詩篇》在他的拳頭中燃燒。荊魔神將他抱起，如同父親將小孩舉起接受浸禮。

「毀了它！」比利王大喊，被刺穿的手臂無力示意著。「毀了它！」

我在噴泉旁停下，虛弱地靠著池邊踉蹌行走。起初我以為他指的是毀了荊魔神……接著我想到他指的是毀了那些詩……然後我意識到他是說兩個都毀掉。枯噴泉池子裡還躺著超過一千頁的凌亂手稿。

我撿起那桶煤油。

荊魔神沒有移動，只以一種充滿感情的奇特動作，將比利王慢慢拉攏到胸前。比利丑角般的絲質服飾間浮現一根長長的鋼刺，就在胸骨上方，比利靜無聲地掙扎嘶喊。我呆立原地，想到幼年所展示的蝴蝶標本收藏。慢慢地，機械化地，我將煤油灑上散落一地的紙張。

「結束它！」比利王喘息著。「馬汀，看在老天份上！」

我撿起他剛剛掉在地上的打火機。荊魔神沒有動作。血液浸透了比利罩衫的黑色補丁，直到它們和原有的赤紅色塊融成一片。我用拇指掀著古董打火機，一下、兩下、三下，只有火花。淚眼朦朧間我依然看著畢生心血躺在蒙塵的噴泉底。我扔了打火機。

比利尖叫。模模糊糊地，我聽到他在荊魔神的擁抱中一面扭動，一面發出刀刃摩擦骨頭的聲音。

「讓它結束吧！」他大喊。「馬汀……喔，天哪！」

於是我轉身，快走五步，把剩下半桶的煤油潑了出去。煙霧瀰漫著我早已朦朧的視線。比利和抱著他的不可思議信的生物，像全像電影的喜劇丑角一般全身濕透。我看到比利眨著眼睛吐出泡沫，我看到荊魔神線條分明的光滑口鼻反射著流星雨照亮的夜空，接著比利依然緊握的燒毀稿紙上，星點餘燼引燃了煤油。

我舉起雙手保護臉——太遲了，鬍鬚、眉毛捲曲著燻燒起來——並向後跌出好幾步，直到噴泉邊緣將我攔下。

有一瞬間，那堆火構成了一尊完美的餤之雕像，一幅藍黃相間的聖母憐子像，長了四隻手臂的聖母擁抱一個著火的耶穌形體。下一秒，著火的人形依然被鋼刺和二十隻細長尖爪釘住，扭曲弓身，長喊出聲，直到今日我仍不敢相信，那是緊擁死亡的兩人中人類那一半所發出的。尖叫聲使我雙膝疲軟，從這城市的每一處迴盪，使人陷於盤旋不去的驚慌。尖叫聲持續數分鐘之久，直到燃燒的景象完全消失，不留一點灰燼或視網膜殘像。又過了一兩分鐘我才意識到，我現在聽到的尖叫聲是我自己的。

反高潮是世間萬事理所當然之道。真實生活極少走向完美的結局。

我花了幾個月，也許一年的時間，謄錄受煤油損壞的手稿，並重新撰寫《詩篇》。一點不意外地，我並沒有寫完。這不是我的選擇。是我的繆思棄我而去。

詩人之城平靜地衰敗了。我又待了一兩年，也許是五年，我不知道，當時我的精神相當錯亂。直到今日，早期荊魔神朝聖的記錄還記述著一位身形枯槁的人物，全身毛髮破布、凸著雙眼，他向寂靜的時塚揮舞拳頭、吼著髒話，要裡面的懦夫現身，朝聖者總是從客西馬尼睡夢中被他驚醒。

最終火燄般的瘋狂燃燒殆盡，雖然餘燼將永遠透出光芒，我長途跋涉一千五百公里走向文明之地，背包裡只裝了手稿。一開始靠岩鰻和雪水維生，最後十天什麼也沒吃。

之後的兩個半世紀乏善可陳，更不值重新活過。波森療程讓身體器官苟延殘喘、繼續等待。在兩趟非法、次光速的冷凍神遊旅程中睡上漫長冰冷的大覺，每一次都超過一世紀，每一次都讓腦細胞和記憶付出代價。

我當時等待著。我仍然在等待。詩必須要完成。一定會完成。

太初有字。

到了最後……凌駕榮譽、生命、一切之上……

最後必將是字。

Hyperion

海柏利昂㊤

作者・丹・西蒙斯（Dan Simmons）｜譯者・林翰昌／李漢威｜封面設計・徐睿紳｜內頁排版・謝青秀｜責任編輯・郭純靜｜編輯協力・徐慶雯｜行銷企畫・陳詩韻｜總編輯・賴淑玲｜社長・郭重興｜發行人兼出版總監・曾大福｜出版者・大家出版｜發行・遠足文化事業股份有限公司 231 新北市新店區民權路 108-4 號 8 樓 電話・(02)2218-1417　傳真・(02)8667-1851 ｜劃撥帳號・19504465 戶名・遠足文化事業有限公司｜印製・成陽印刷股份有限公司　電話・02)2265-1491 ｜法律顧問・華洋法律事務所　蘇文生律師｜全集定價 665 元（上下不分售）｜初版一刷・2017 年 3 月｜有著作權・侵犯必究｜本書如有缺頁、破損、裝訂錯誤，請寄回更換

國家圖書館出版品預行編目 (CIP) 資料

海柏利昂 / 丹 . 西蒙斯 (Dan Simmons) 作 ; 林翰昌 , 李漢威譯 . -- 初版 . -- 新北市 : 大家出版 : 遠足文化發行 , 2017.03
上冊 ; 14.8x21 公分
譯自 : Hyperion
ISBN 978-986-94206-2-4(上冊 : 平裝). --

854.57　　105025353